# 비전(飛傳)

Vision

김윤이 · 하상균 · 이상석

# 저자의 말

　인연은 과학적으로 설명하기 힘든 신비로운 삶의 씨줄과 날줄이다. '이유 없는 우연은 없다.'라는 말은 그저 생기는 우연이라는 것은 없고, 삶은 다 인연으로 엮여 있다는 말이다. 살다보니 인연이라는 것이 참 중요하다. 일면식도 없던 인연들을 만나서 이렇게 책을 낸 것만 봐도 그렇다.

　"글 좀 써보실래요?"

　그냥 글만 쓰면 되는 줄 알고 덥석 물었다. 인연이 되려고 그랬나보다.

　'비차'라는 것이 무엇인지 들어본 적도 없던 나였다. 자료를 다 준비해서 준다는 말에 그저 정리해서 쓰기만 하면 되는 줄 알고 겁도 없이 덤볐다. 켜켜이 쌓여 가는 '비차'에 관련한 자료에 단순히 재미있는 소설을 쓰는 것이 아니라는 것을 깨닫고 나의 안이함을 후회했을 땐 이미 나는 '비차'에 매료되고 있었다.

　책 좀 읽는다고 으스댔던 나였다. 그런데 '비차'의 존재조차 모르고 있었다. '비차'를 알려야겠다는 책임감이 느닷없이 생겨버렸다. 이왕이면 재미있게 이야기를 만들어서 누구나 흥미있게 읽을 수 있으면 좋겠다는 목표가 생겼다. 본격적으로 소설을 시작하기 전에 씨줄과 날줄부터 준비했다.

과거의 정평구와 윤달규를 현재의 이유연과 윤동비로 연결시키기 위해 역사를 공부해야 했고, 진주를 알아야 했다. 그리고 그 꼭짓점에서 중요한 역할을 해야 할 가상의 인물이 필요했다. 과거의 아가타 준세이와 현재의 아가타 유키타이다. 조선과 왜, 한국과 일본 간의 오래된 숙제를 풀어 줄 인물이다.

  이규경의 〈오주연문장전산고〉 중 '비차 변증설'과 신경준의 〈여암전서〉에 수록된 짧은 글귀가 '비차'의 존재를 세상에 나오게 했다.

  이 소설은 '비차'에 관련한 더 자세한 기록이 꼭 남아 있기를 바라고, 남아 있을 수도 있다는 희망이 만든 이야기이다. 비차가 비전 Vision이 되어 우리나라의 항공분야에 자부심이 되길 바란다. 인연이 닿아서 이 소설을 썼고, 소설 속 주인공들의 인연이 실제 나타나길 바란다.

  김윤이 올림

# 목 차

# CHAPTER
01

# Ⅰ. 이륙 – 만남

- 역사는 나라의 거울이며 옛것을 드러내고 미래를 여는 것이다.
- 이유없는 우연은 없다.

# CHAPTER
## 01

## Ⅰ. 이륙 - 만남

"무슨 가을비가 장맛비 쏟아지듯 하노? 비가 이리 오는데 우리 연이
는 어데 간다고 그리 바쁘노?"

쪽진 머리에 감색으로 곱게 물들인 개량 한복을 입고 비오는 바깥을
내다보던 김 노인은 바쁘게 왔다 갔다 하는 유연에게 애정 어린 목소
리도 묻는다. 바쁜 점심시간을 넘긴 때라 식당 안에는 마지막 남은
손님 두 팀만 수정과를 마시고 있고, 김 노인은 한 숨 돌리며 손녀에
게 눈길을 준다.

"어머니, 10월이고 비오잖아요. 연이가 늘 가는 거기 가겠죠."

"벌써 10월이더나? 가을바람 선선하니 식당 손님이 많아 시간 가는
것도 몰랐네. 연아! 제발 덜렁거리지 말고 운동화 신어라!"

"앗! 따가워. 누가 여기다 이런 걸 흘렸지?"

한손엔 우산을 들고, 또 한손엔 두툼한 공책을 든 유연은 비틀거리
며 식당 바닥에서 무언가를 주워들었다. 아마도 손님이 떨어트리고
간 모양이다. 아이들이 하늘에 날리고 노는 연 모양 같기도 하고 작

은 새 모양 같기도 한 펜던트인데, 순간 유연은 어디서 본 듯하여 잠시 생각에 빠졌다.

"머꼬? 우리 연이는 와 이리 덜렁대는지… 이름은 유연인데 하나도 안 유연한기라. 쯧쯧."

김 노인은 겉으로는 손녀를 꾸짖었지만 속으로는 행여 넘어져 다쳤을까봐 그런 것을 흘리고 간 손님을 원망했다.

"푸하하, 할머니. 내 이름은 아버지가 지었거든요. 아버지를 뭐라고 하시죠. 저 나가요. 오늘 식당일은 여기까지 도우는 걸로 끝!"

여느 고색창연한 기와집 못지않게 큰 풍채를 가진 식당 대문을 나서며 유연은 우산을 펼쳐들었다. 진주에서 이 곳 '촉석루'식당은 모르는 사람이 없을 정도로 오래된 교방 음식점이다. 조선시대 진주 교방청 교방음식의 명맥을 이어가는 이곳은 김 노인이 시어머니의 대를 이어 운영하고 있다.

진주 교방음식 중에서도 특히 조선잡채와 전복 김치는 이곳의 별미로 손꼽힌다. 토요일과 일요일에는 예약 손님이 일주일 전부터 다 잡혀 있을 정도로 소문 난 곳이라, 유연은 주말에는 별다른 약속이 없으면 식당일을 거들고 있다. 오늘처럼 특별한 날을 제외하고는.

촉석루를 나선 유연은 5분내 거리에 있는 진주성으로 비를 제치며 걸어갔다. 진주시민은 무료로 입장할 수 있기 때문에 날씨가 좋아 산책이라도 하고 싶을 때면 유연뿐만 아니라 촉석루 식구들은 이곳을 자주 온다. 어김없이 가을비가 내리는 10월 초순이면 유연은 낡은 양장본 노트를 들고 진주성을 찾는다.

벌써 10여 년째 계속 되는 연례행사와 같은 것이다. 물론 이맘때가 아니라도 봄이면 다양한 빛깔의 봄꽃을 보러, 늦여름이면 구석구석 얄밉게 뻗은 꽃무릇을 보러, 가을이면 오래된 나무에서만 볼 수 있는 깊은 단풍을 보러, 겨울에는 찬 기운 사이로 뻗은 멋들어진 나뭇가지를 보러 이곳을 찾지만, 꼭 10월 첫 가을비가 내릴 때쯤 유연은 남다른 마음으로 진주성을 온다.

식당이 공북문에서 5분여 거리에 있어 유연은 주로 공북문 쪽으로 진주성에 들어선다. 우산을 무색하게 만드는 흩날리는 빗줄기에 운동화의 여기저기가 흑색 물로 얼룩이 졌지만, 그런 것은 아랑곳하지 않고 진주성 입구로 들어섰다. 들고 온 낡은 양장본 노트는 비에 젖은 운동화와는 달리 유연의 겨드랑이에 끼여서 비 한 방울 맞지 않고 깨끗하다.

지난주까지 유등축제 때문에 시끌벅적했던 성내에는 축제 흔적으로 알록달록 각양각색의 등들이 즐비해 있다. 조금 가파른 성곽을 따라 걸어 들어가면 북장대가 있다. 북장대는 진주성의 북쪽에 위치한 지휘소로 진남루라고도 불린다. 높은 곳에 자리하고 있어, 한여름에도 시원한 바람이 불어와 인근 주민들이 많이 찾아와 쉬는 곳이다.

유연은 늘 하듯이 북장대 계단을 올라섰다. 우산을 탈탈 털어 입구에 세워두고 운동화는 비에 더 젖지 않게 북장대 누각 지붕 밑으로 밀어 넣어둔다. 들이치는 비를 최대한 피할 수 있는 가운데에 자리를 잡아야하겠지만 누각 앞으로 펼쳐진 풍광을 보려면 약간의 비를 맞는 것은 감수할 수 있다.

유연이 북장대 마룻바닥에 자리를 잡고 앉으려는데 주머니에서 무언가 유연의 허벅지를 찔러서 인상을 찌푸리게 했다. 아까 식당에서 주워 넣은 펜던트였다. 잊고 있었는데 '아차'하는 생각이 들며 잠시 접어두었던 생각을 끄집어냈다. 분명히 이것과 비슷하게 생긴 것을 가지고 있었다. 고등학교 때 받았던 그것이 갑자기 생각이 났다.

*** 

"연아! 비오는 데 집에 있지 어딜 간다고 그리 호들갑이고?"
비가 오니 운동화를 신어야 할지, 아니면 입고 있는 원피스와 어울리는 단화를 신어야 할지 고민하는 유연을 대신해 하동댁이 대답을 한다.
"큰 사장님, 우리 연이 오늘 미팅이 있는가보네예. 이쁘게 꾸미고 나가는 걸 보니."
"미팅? 아이고, 연아, 고등학생이 무슨 미팅이고? 비도 오고 고마 집에서 얌전히 공부나 해라. 괜히 나갔다가 또 자빠지지 말고!"
"아니거든요! 미팅이 아니고 동아리 모임이라구요! 하동 이모는 잘 알지도 못하면서. 할머니 나 안자빠져요."
종알거리며 결국 단화를 신기로 작정한 유연은 우산을 들고 김 노인을 향해 꾸벅 목 인사를 하고 급히 나섰다. 그런 유연을 걱정스런 눈빛으로 바라보는 두 여인 김 노인과 유연의 엄마는 얼굴에 반은 걱정을 반은 웃음을 담고 유연이 대문을 다 나설 때 까지 눈길을 거두지 않는다.

진주에 위치한 여고 2학년생인 유연은 기와집에서 자란 때문인지, 아니면 전통 음식의 맥을 이어온 할머니 때문인지 한글을 떼고 글을 읽으면서부터 역사와 관련된 책을 주로 읽고, 유난히 역사에 관심이 많은 아이였다. 고등학교에 입학을 하고 당연한 듯 역사동아리에 가입을 했고, 지금은 동아리 장을 맡아 진주 내 다른 고등학교에서 동아리 활동을 배우러 올 정도로 잘 운영하고 있다.

오늘은 진주 내 고등학교 역사 동아리 연합 모임이 있는 날이다. 일년에 네 번 분기별로 모임을 갖기로 했는데 이것 역시 유연이 제안하고 계획해서 진행하고 있다. 벌써 세 번째 모임이다. 오늘은 특별히 진주성 안에서 모임을 갖기로 했다.

진주에 살면서 진주대첩 정도는 알아야 하지 않겠냐는 것이 유연의 생각이었고, 유연만큼 역사에 관심이 많은 남고의 동아리 회장이 적극적으로 찬성하여 진주성에서의 모임이 결정되었다. 그런데 하필 비가 온다. 되도록이면 진주대첩이 발발한 날짜에 맞추고 싶기도 했고, 다음 주 부터는 학교 중간고사가 있어서 다시 날을 잡기는 어려웠다. 그래서 비가 와도 예정대로 모임을 진행하기로 했다.

"똥비! 얼른 와라. 임마, 회장이 이렇게 지각을 하면 되나? 연합회장님 벌써 와서 기다리시는구만."

친구들의 짓궂은 장난말을 무시하고 동아리 회장은 곧바로 유연에게 와서 멋쩍게 인사를 한다.

"미안. 오는 길에 할아버지 심부름을 해야 해서. 비가 와서 성내 구경을 제대로 할 수 있겠나? 어쩌지?"

"어서 와. 비가 조금씩 그치는 것 같은데 일단 들어가서 김 시민장군 동상 쪽으로 가보자."

"그래, 애들아! 다들 모여. 먼저 김 시민장군 동상 쪽으로 갈 거야. 따라와."

"저 봐라. 우리 똥비는 역시 연합회장 말이라면… 크크크."

"시끄러. 얼른 들어가기나 해"

동비는 친구 현승의 어깨를 툭 치며 앞장을 섰다. 진주 내 고등학교의 역사동아리 연합모임은 인원이 100여명정도 되지만, 오늘 참석한 동아리 친구는 20명 정도이다. 꼭 해야 하는 강제성 모임도 아니고, 학교에서 담당 선생님이 주관하는 모임도 아니기 때문에 이런 교외모임은 참석인원이 적다. 게다가 2주 후면 학교 중간고사도 있고, 또 이렇게 비까지 내리니 인원이 더 적을 수밖에 없다.

연합 장을 맡고 있는 유연은 모임인원에 별로 신경을 쓰지 않는다. 자발적인 모임이었고, 어쩌면 오늘 모인 친구들이 진심으로 역사를 알고 싶어 하고, 역사에 대한 관심도 많은 정예멤버라고 할 수 있기 때문이다.

물론 유연의 친구 지영이처럼 다른 이유가 있는 경우도 있지만. 지영은 남고 동아리 회장 동비에게 관심이 있어서 이번 모임에 꼭 끼워달라고 유연을 졸랐다. 유연은 모임을 하기 위해 필요한 역사 과제를 해온다는 조건하에 지영의 부탁을 들어주기는 하였지만, 왠지 마음이 편하지는 않았다. 친구를 챙겨야한다는 것이 신경여서인지 아니면 다른 이유가 있는 건지 본인도 정확한 마음 쓰임의 이유를 알지 못한 채 동아리 모임을 시작했다.

"역사 동아리 '비전'의 세 번째 모임에 참석하신 회원 여러분 반갑습니다. 비가 오는데도 이렇게 약속을 지키고, 모임에 온 여러분들이 있기에 우리나라의 비전이 더욱 밝을 것이라고 생각합니다. 먼저, 우리가 오늘 이야기를 나눌 주제가 진주대첩에 관련한 것인 만큼, 여기 김시민 장군의 동상 앞에서 묵념을 올리는 것이 좋을 것 같습니다."

여고생이라고는 생각되지 않을 만큼 당차게 인사를 시작한 유연은 집을 나설 때의 덜렁거림은 어디론가 사라지고, 진지하게 동상을 향해 돌아섰다. 친구에게 농담을 걸고 장난을 치던 남학생들은 자연스럽게 유연의 말에 이끌려서 동상을 향해 돌아섰고, 유연의 '묵념'소리에 맞춰 경건하게 눈을 감고 머리를 숙였다.

　다른 친구들은 마음속으로 어떤 생각을 하며 묵념을 올리는지 모르겠지만, 유연과 동비의 생각이 하나로 일치되는 순간이었다. 김시민 장군이 치열하게 싸운 진주대첩이라는 전쟁과 그리고 거기에 함께 그려지는 진주성 안팎의 뜨거운 긴장감.

　"앗, 차거. 비가 더 쏟아지는데."

　침묵이 흐르는 중에 성질 급한 한 친구가 눈치를 보면서 작은 목소리로 정적을 깼다. 그 소리에 유연과 동비는 마치 깊은 잠에서 갑자기 깨어난 듯 고개를 들었다. 조금 잠잠해지던 빗줄기가 다시 거세져서 혼자 혹은 둘이서 받쳐 들었던 우산이 제 기능을 하지 못하고 있는 것이다.

　"그만. 비가 더 세지니 진주성 성곽을 도는 것은 나중으로 미루고, 비를 피할 수 있는 북장대로 이동하도록 하겠습니다. 촉석루는 비가 오면 출입이 금지되어 있어서 오늘은 북장대에서 스터디를 하도록 하겠습니다."

　"연합회장님! 이제 식도 마쳤으니 말 편하게 하는 게 어떻겠습니꺼? 다나까는 군대에서만 하는 걸로… 히히히."

　"그래, 그래, 유연아, 이제 우리 편하게 하자"

　지영이도 한마디를 거든다.

　"너무 엄숙했나? 내가 또 책임감이 강해서 그만. 자, 지금부터 말은 편하게, 과제 검사는 냉정하게. 됐지?"
"으… 또 시작이군."

유연은 고등학생들이 만든 동아리 모임이지만 재미삼아 하거나 장난치듯이 해서는 안 된다고 생각했다. 특히나 이렇게 특별한 주제를 가지고 하는 모임에서는 하나라도 알고, 하나라도 더 얻어가는 것이 있어야 한다고 생각했고, 대부분의 친구들도 그런 생각에 따라주었다.
모두들 가지런히 신발을 벗고 북장대에 올라섰다. 준비성 밝은 동비는 집에서 챙겨온 신문지를 누각마루 입구에 펼쳐, 친구들이 신발을 올려놓을 수 있게 했다.
삼삼오오 학교별로 모여 앉아 들고 온 노트를 펼쳤다. 제법 두꺼운 양장본 노트이기도 하고, 책상 위 책꽂이에 처박혀 있던 오래된 공책이기도 하고, 급하게 구입한 새 노트이기도 하다. 유연과 친구들의 노트 표지에는 제각기 다른 크기의 글자이지만 '역사동아리 Vision'이라고 똑같은 제목이 쓰여 있다. 동아리명은 첫 모임이 있던 때 지어진 것이다. 그때 유연은 역사동아리를 만든 이유를 이렇게 말했다.
"역사는 과거의 거울이며 옛것을 드러내고 미래를 여는 것이다. 이 말은 내가 좋아하는 거야. 여러분도 이런 마음으로 이 모임을 가지고 활동을 했으면 좋겠어."
보통의 여고생처럼 친구들이랑 조조영화를 즐기고, 친구가 하는 작은 몸짓에도 까르르 웃어대고, 점심시간이 지난 5교시에는 선생님 눈을 피해 머리를 고이고 졸기도 하는 유연이지만 역사모임에서만큼은 전문 역사학자 못지않게 진지하다. 이 글귀는 노트 맨 앞장에 흔히 말하는 진지한 궁서체로 선명하게 써 놓았다.

유연의 말을 들은 동비는 '비전'이라는 모임 명을 제안했고, 회원들의 만장일치로 이름이 정해졌다. 매달 학교별로 교내 모임 활동이 있고, 3개월에 한번 교외 연합 모임을 갖기로 했다. 이번 진주성에서의 모임은 유연의 의견이었고, 진주대첩과 김시민 장군에 대한 자료를 조사해오고 학교별로 발표와 질문의 시간을 갖기로 했다.

세 번째 모임이기 때문에 회원들은 어색함이 별로 없었다. 학교별로 주제발표까지 있어 어색하기는커녕 긴장감과 약간의 경쟁 심리까지 더해져 비가 오는데도 더운 열기가 느껴질 정도였다. 역사동아리 비전은 교내 학생들 사이에서도 공부 잘하고, 똑똑한 친구들이 모임을 만들었다고 소문이 날 정도로 높은 수준의 주제로 스터디를 했다.

"오늘은 지난 모임에 이어 진주대첩과 김시민 장군에 대해 주제 발표를 하고 자유롭게 질문과 대답을 하는 시간을 갖도록 하겠습니다. 지난 모임에서는 1조에서 임진왜란에 대해 주제 발표를 했고, 2조에서 이순신 장군에 대한 이야기를 했었습니다. 오늘은 3조와 4조에서 발표를 하도록 하겠습니다."

동아리에서 부회장을 맡고 있는 동비의 사회로 스터디가 시작되었다. 이어 회장인 유연이 덧붙였다.

"이번의 주제를 이렇게 정한 것은 이번 달 5일이 1차 진주대첩이 발발한 날이기도 하고, 김시민 장군이 전사한 날이 있기도 한 달이기 때문입니다. 진주에 사는 학생으로서 진주대첩에 대해서 어느 정도는 알고 있어야 한다고 생각합니다. 시험 기간이지만 시험보다 중요한 것이 역사이고 우리의 미래입니다. 그럼 지금부터 시작해 주십시오."

주제 발표 시간만큼은 장난기를 빼고 진지하게 임하는 회원들이다. 6월 두 번째 모임에서 발표를 했던 친구들은 홀가분한 표정으로 다른 조가 발표하는 내용을 들을 준비를 했다. 3조에서 발표를 맡은 회원은 바로 동비였다. 교복차림이다. 처음 모임부터 교복을 입고 왔었는데, 역사동아리 모임이니 경건한 마음으로 양복은 아니더라도 교복이라도 입고 와야 하는 것 아니겠냐고 너스레를 떨어서 친구들이 웃었었다.

"우리 조에서는 진주대첩에 대해 나누어서 발표하기로 했습니다. 저는 1차 진주대첩에 대해 조사를 했습니다. 지난 번 임진왜란에 대한 주제 발표를 들었을 때 1592년 4월 일본군이 침략하고 보름정도밖에 지나지 않았는데 한양까지 함락 당했다는 것을 알았습니다.

그만큼 순식간에 조선이 북쪽 지역까지 함락되었는데요. 계속 일본군에게 지고만 있던 우리 조선군은 바다에서 이순신 장군이 이끄는 수군이 연달아 일본을 물리치면서 힘을 얻기 시작합니다. 이순신 장군에 대해서도 지난 번 모임에서 주제로 다루었기 때문에 그냥 넘어가겠습니다.

일본군은 육지에서 식량과 무기를 공급받지 못하고, 거기다 우리의 의병들이 전쟁에 합세하면서 지기만 하던 우리 군이 반격을 시작합니다. 바로 진주성에서의 전쟁이 큰 역할을 한 것입니다. 왜군은 바다의 아군으로부터의 식량 조달이 힘들자, 조선 안에서 식량을 구하려고 고민합니다.

전라도는 곡창지대로 곡식도 풍족하고, 바다를 끼고 있어 먹거리가 많은 지역입니다. 그래서 일본은 전라도 쪽으로 세력을 넓히려고 계획하게 됩니다. 이때 진주가 전라도로 가는 길목에 있는 경상도의 큰 고을이었고, 경상우도의 주력군이 진주에 있다는 것을 알고 진주성 공격을 계획합니다.

 1차 진주대첩은 10월 5일 시작되었습니다. 9월 말 일본의 적장 나가오카와 하세가와 등은 2만이 넘는 군사를 이끌고 진주를 쳐들어옵니다. 3만 명이라고도 하지만 정확한 왜군의 숫자를 알 수가 없으니 2만에서 3만 정도라고 생각하면 될 것 같습니다.

 이때 진주에는 진주 목사 김시민이 이끄는 군사 3,700여명과 곤양군수 이광악의 군사 100여명 밖에 없었다고 하니깐 어쨌든 엄청난 차이가 나는 전력이었죠. 적이 나타나자 경상우도 순찰사 김성일은 남녀노소 백성을 동원해서 무장시켜 적의 침입에 대비했다고 합니다."

"와, 김성일이 또 나오는 거야? 성일아! 니 자주 나오는데? 하하."

 지난번 임진왜란에 대한 주제 발표를 했던 성일이가 놀라서 동비를 쳐다보며 작은 눈을 크게 치켜떴다. 임진왜란이 일어나기 전 일본이 전쟁을 일으킬 의도가 있는지 알아보기 위해 통신사로 갔던 김성일을 말하는 것이다.

 김성일은 일본을 다녀와서 전쟁이 일어나지 않을 것이라는 보고를 했고 이후 그와는 반대로 전쟁이 일어나게 된다. 발표를 맡았던 성일이도 괜히 친구들에게 한소리를 들었다. 꼭 지금의 성일이가 그 당시의 김성일인 것처럼 임진왜란에 미리 대비하지 못한 것에 대해 덩달아 욕을 먹은 것이다.

"애들아, 성일이 그만 놀리고 들어봐. 안 그래도 동비가 조사를 하다가 이 부분이 궁금하다고 나한테 따로 찾아보라고 부탁을 해서 찾아봤거든."

동비와 같은 학교를 다니는 현승이 말을 이었다.

"김성일이 일본에 갔다 와서 전쟁이 일어날 것 같지 않다고 보고 한 건 당시 정치적 이유도 있었다고 해. 지난번 조사해 온 학교에서도 말한 것처럼 민심이 혼란스러워 질 것을 걱정한 것도 있었지만, 그것 보다는 서인과 동인으로 나누어졌던 정치 싸움이 더 큰 이유였지.

당시 정치적으로 힘이 없었던 서인이 전쟁의 위험성을 과장해서 동 인을 공격하려고 한다는 거였지. 그때 전쟁이 일어날 것이라고 했던 황윤길이 서인이었고, 김성일이 동인이었던 거야. 당시 서인은 선조 에게 광해군을 세자로 추천했는데 그 일로 선조의 미움을 받아 서인 들이 귀향을 갔던 때였거든.

김성일은 임진왜란이 일어나고 파직되었지만 류성룡이 변호를 해줘서 경상우도 초유사로 임명되어 경상도로 오게 된 거야. 의병장 곽재우를 도와서 의병활동도 했고 심지어 김시민을 도와서 진주대첩에서 이길 수 있게 했다고 하니 우리 이제 성일이를 그만 놀려도 될 것 같지?

임진왜란 전에는 명나라에 파견근무도 갔고, 중국 선비들하고 토론 을 벌일 정도였다니 꽤 똑똑했나봐. 홍문관교리와 사헌부장령을 하 면서 왕실 비리도 탄핵해서 '대궐의 호랑이'라는 별명도 있었다고 해. 우리 앞으로는 성일이를 비전의 호랑이라도 불러야 할 것 같지 않나? 하하하."

"아이고, 현승아, 고맙다. 나의 억울함을 풀어줘서."

성일은 다른 학교 학생이지만 현승에게 진심으로 고마워하는 표정 이었고, 다른 친구들도 성일이를 다른 시선으로 보기 시작했다. 이렇 게 역사적인 사실은 어떻게 해석하고 얼마만큼 받아들이느냐에 따라 서 달라지니, 역사 공부의 필요성이 더 커지는 이유이다.

계속해서 동비의 발표가 이어졌다.

"6일 밤 곽재우가 보낸 의병 심대승은 200여명을 이끌고 적의 배후를 위협하기도 했고, 7일과 8일 왜군은 하루 종일 총과 활을 발사했다고 합니다. 이에 김시민 장군은 현자총통을 발사하고, 적이 성의 못을 메우려고 모아놓은 솔가지와 대나무에 짚으로 묶은 화약에 불을 붙여 던져 불을 내어 연못을 메우지 못하게 하였습니다."

"아까 들어오다 보니 작은 대포 같은 게 있던데 그제 현자총통 이었나보네. 그때도 그런 무기가 있었다는 거야?"

궁금한 것은 발표 중간에라도 물어봐야 직성이 풀리는 친구인 지영의 말에 다른 친구들도 궁금하다는 표정을 지었다.

"이미 조선 전기에 총통이 만들어져서 사용되고 있었던 걸로 알고 있어. 총통의 종류에 천자, 지자, 현자, 황자 총통이 있고, 이건 이순신 장군도 사용했다고 했어."

"오호, 역시 많이 안다니깐."

지영은 동비에게 감탄하며, 좋아서 어쩔 줄 모르는 표정을 지었다. 유연은 그런 지영이 창피하기도 하고, 동비에게 솔직하게 표현하는 지영이 부럽기도 했다.

"11일 전쟁이 끝날 때까지 조선군과 왜군은 치열한 전투를 벌였습니다. 진주성 안에서는 군사와 주민들이 왜군과 정면으로 대치했고, 진주성 밖에서는 의병과 지원군들이 왜군을 교란시켰습니다. 김시민, 성수경, 최득량, 이눌 등이 성안에서 군사를 지휘하며 죽을힘을 다해 관군민이 힘을 합쳐 싸웠습니다. 활, 진천뢰, 질려포, 불에 달군 쇠붙이를 던지고 끓는 물을 붓거나 짚에 불을 붙여 던지면서 적의 공격을 막았습니다.

안타깝게도 김시민 장군이 적의 탄환에 맞아 쓰러지고 곤양군수 이광악이 대신 작전을 지휘하게 됩니다. 성 밖에서는 곽재우가 의병 200명을 이끌고 와서 공격하고, 임시 고성현령 조응도, 복병장 정유경등도 군사를 500명을 이끌고 와서 왜군을 뒤에서 위협합니다. 또 합천가장 김준민, 별장 정기룡도 전쟁에 합세하고, 의병장 최경회 등이 2000명의 의병을 데리고 와 진주성 밖 왜군의 배후에서 교란작전으로 왜적을 물리치는데 큰 도움을 주었다고 합니다.

진주성 안과 밖에서 군인과 백성, 의병이 힘을 모아 승리한 전쟁이라고 할 수 있습니다. 마지막으로 이 전투의 의의는 임진왜란 초기에 각종 전투에서 모두 진 조선 관군의 전세를 역전시키는 역할을 한 전투였다는 것입니다. 또한 관료도 군사도 아닌 진주 백성들이 전투에 직접 참여한 것은 지금 우리 진주 시민들에게도 자랑스러운 일이고, 교훈이 되는 일입니다. 이상 발표를 마치겠습니다."

발표를 마친 동비는 친구들을 향해 인사를 하고, 옆으로 비켜서는가 싶더니 다시 앞으로 나왔다. 이어서 다음 발표자를 소개하기 위해서였다. 벌써 한 시간 가까이 스터디를 하다 보니 하나 둘 엉덩이를 들썩 거리는 친구들이 보였다. 이때 한 회원이 손을 번쩍 들고 이렇게 말했다.

"볼일이 좀 급한데… 잠시 쉬었다 하면 안 되겠습니까?"

"그래, 우리 10분만 쉬었다 하자. 아니 화장실까지 다녀오려면 15분."

동비는 다음 발표를 15분 미루고 유연의 옆에 앉았다.

"화장실 안가도 돼? 의논할 게 있어서."

"응. 괜찮아. 무슨 의논?"

"실은 내가 이번 주제를 조사하면서, 알게 된 건데… 우리가 인터넷으로 검색을 해서 자료를 모으는데, 주로 이런 역사적인 사건은 한민족 대백과 사전이나 한국학 중앙연구원에서 자료를 검색하게 되잖아?"

"그렇지. 아니면 그냥 관련 단어 검색 정도로 하고, 역사책에서 보기도 하고. 그런데 왜?"

"그런 곳에 나와 있는 날짜가 거의 음력이더라고. 다 그런지는 나도 잘 모르겠는데 이번에 조사한 진주대첩은 발발일이 10월 5일이라고 되어 있는데 어떤 자료에서 그게 음력이라고 되어 있는 거야. 그래서 좀 더 찾아봤더니 음력이 맞는 것 같더라고."

"진짜로? 아니 왜 인터넷상의 자료들은 그걸 알려 놓지 않았지? 우리 같은 학생들은 그냥 일반적인 날짜라고 생각할 텐데… 잉, 어쩌지? 그럼 이번 달에 모임을 할 게 아니라 음력 날짜를 따져보고 담달 쯤 해야 하는 것이었어?"

유연은 시험 기간에 모임을 가진 것도 미안한데, 이런 실수를 한 게 내심 마음에 걸렸다.

"아냐, 나도 정확하게 알지를 못해서 미리 얘길 안했어. 날짜가 꼭 중요한 것은 아니니깐. 그래도 애들한테 얘기는 해줘야겠지? 내가 얘기할게."

"그래. 고맙다. 나중에 창렬사에도 들러야 하니 조금 진행을 빨리 해야겠다."


동비는 늘 유연에게 든든한 친구이다. 동비가 메모를 하느라 들고 있던 공책 모서리에서 달랑거리는 작은 펜던트를 발견했다. 문구점이나 액세서리 가게에서 흔히 파는 것이 아닌 것 같아 호기심에 슬쩍 건드려 보았다.

"처음 보는 건데, 이게 뭐야?"

동비는 얼굴을 살짝 붉히며, 본인이 직접 만든 것이라고 했다. 동비는 대나무와 한지 등으로 전통공예를 하는 할아버지와 함께 살고 있다고 들은 적이 있다. 자세히 보니 대나무를 작고 얇게 자르고 색깔 한지를 입혀 만든 공예품 같이 보였다.

"예쁘다. 이거 뭘 만든 거야?"

"아… 왜 그 애들이 자다가 오줌 싸면 이거 쓰고 가서 소금 얻어온다는 얘기 있잖아. 이게 키야. 이름이 키."

"알지. 자세히 보니 그거네. 그런데 조금 특이하게 생겼는걸."

동비는 무언가 더 말을 하려다 화장실을 다녀온 친구들이 삼삼오오 몰려드는 바람에 그만두었다. 그리고 다시 주제 발표를 이어갔다.


조사 해온 사건의 날짜들이 음력이라고 정정을 하고, 시험기간에 모임 날짜를 잡게 된 것에 대해 미안하다는 유연의 말도 덧붙였다. 두 번째 주제인 제 2차 진주대첩에 대해서 발표를 할 때도 음력 날짜인 것을 생각하고 들어달라고 말했다. 두 번째 발표는 유연과 같은 조인 성주가 맡았다.

1593년 조선과 명나라의 연합군이 평양성을 되찾고, 왜군이 한양까지 밀려나자, 일본은 강화를 교섭하고 수도권에서 철수하고 남해안까지 물러나게 된다. 도요토미 히데요시는 이때 모든 군사력을 집중하여 진주성을 공격하려는 계획을 세웠다.

당시 왜장 가토 기요마사에게 보낸 회신을 보면 '진주성을 모조리 토멸하고 그 후에 전라도, 경상도를 정복하고 한성에 집결한 병력을 진주성으로 다 보내어 한명도 남기지 않고 도살할 것'이라고 되어 있는 것을 보면 얼마나 치열한 전투였을지 상상이 된다.

유독 이렇게 진주성에 집중 공격을 한 이유는 강화협상을 위한 무력 시위이기도 했지만 제 1차 진주대첩에서 진 것에 대한 보복의 성격이 더 컸다고 볼 수 있다. 그리고 전라도를 점령하여 병참기지를 만들고 이를 발판으로 계속 북상하려는 계획도 숨어 있었다.

왜장 고니시 유키나가는 진주성만은 함락시키지 않을 수 없으니 차라리 자신들이 공격하기 전에 민간인들을 모두 내보내라고 권고할 정도였다고 하니 얼마나 잔인하고 치열했을지 알 수 있다.


진주성 안에는 수천 명의 병사만이 있었고, 일본군은 10만에 육박했다고 하니 전투력에서의 차이를 이길 수가 없었다. 곽재우와 선거이, 홍계남 등 조선 장수들조차 10만 대군을 보고 도저히 무리라고 판단하여 진주를 포기했지만, 방어사 황진 및 의병장들은 끝까지 진주에 남아 싸울 것을 결의했다.

진주성 내에서는 경상우병사 최경회, 충청 병사 황진, 창의사 김천일, 거제 현령 김준민 등이 진주성이 호남을 지키기 위해 절대 포기해서는 안 되는 전략적 요충지라고 판단하여 끝까지 사수할 것을 결심했다. 하지만 병력의 차이를 극복할 수 없었고 진주성 밖의 지원군이 전혀 없는 상태에서 외부와의 연락조차 두절되어 버리고, 6월 29일 마침내 진주성은 함락되었다.

왜적은 진주성을 허물어 평지로 만들고 이때 성내에서 죽은 사람이 6만 명에 이른다고 한다. 황진은 적의 탄환에 맞아 전사하고, 김천일, 고종후, 최경회 등은 촉석루에서 북향재배한 뒤 남강에 몸을 던져 자결했다고 한다. 김해 부사 이종인은 죽을 때 양쪽 겨드랑이에 적을 1명씩 끼고 남강에 뛰어들어 순사했다.

엄청난 전력 차이와 지원군이 없었던 상황 속에서도 9일 동안이나 버티면서 왜적에게 엄청난 타격을 입힐 수 있었다는 것 자체가 패전임에도 불구하고, 제 1차 대첩만큼이나 높게 평가할 수 있는 전쟁이었다.

성주는 발표 후 창렬사에 대한 설명도 덧붙였다.

"창렬사는 제 2차 진주성전투에서 순절한 분들의 신위를 모시기 위해 1607년에 건립된 사당입니다. 1868년 흥선대원군의 서원철폐령으로 김시민 장군을 모신 충민사가 철폐되자 이곳에 함께 모시게 되었다고 합니다.

창렬사에는 충무공 김시민 장군의 신위가 맨 윗자리에 있고, 창의사 김천일, 충청 병사 황진, 경상 우병사 최경회 등 39분의 신위가 모셔져 있습니다. 매년 음력 3월에 39분 후손들이 제를 지내고 있다고 합니다. 이상입니다."

"발표 잘 들었습니다. 혹시 더 알고 싶거나 궁금한 것이 있나요?"

"남강하면 논개가 떠오르는 데요. 그럼 논개는 언제 남강에 뛰어들어 죽은 건가요?"

여전히 궁금한 것이 많은 지영의 질문이었다. 몇몇의 친구들이 논개에 대해 잘 알고 있는 듯 수군거렸지만, 성주는 다시 나와서 답을 했다.

"촉석루 옆으로 해서 남강 쪽으로 내려가면 의암이라는 바위가 있는데요. 그 바위가 논개가 적장을 안고 강으로 뛰어내린 곳이라고 전해지고 있습니다. 논개는 최경회 장군의 후처라는 주장이 있긴 하지만 이것은 논개가 양반가문 출신이었다는 것과 함께 논개의 출신성분을 좋게 만들려고 지어낸 이야기일수도 있다고 합니다. 하지만 제 생각에는 논개가 기생이었다고 해서 의로운 일이 덜 의롭게 되는 것은 아닌 것 같아요. 오히려 기생의 신분으로 나라를 위해 이런 용감한 행동을 했다는 것에 박수를 쳐주고 싶네요. 1625년 진주 백성들의 뜻에 따라 정대륭이 '의암'이라는 글씨를 바위에 새겼습니다. 의로운 바위라는 뜻이라고 합니다. 또 위험한 바위라서 위암이라고 불리기도 한다고 합니다."

성주의 설명에 '의암'이라는 글씨를 찾아봐야겠다는 수군거림이 여기저기서 들려왔다. 내리던 비가 어느덧 그쳤다.

"모두들, 긴 시간 동안 딱딱한 마룻바닥에 앉아서 고생했습니다. 하지만, 동아리 모임의 취지와 같이 여러분들의 미래를 위해 이 정도의 불편함은 참을 수 있다고 생각합니다. 지금부터는 자유롭게 진주성 내에서 구경을 하고, 한 시간 후 아까 모였던 공북문 주차장에서 만나기로 하겠습니다. 되도록 이번 주제 발표에서 나왔던, 창렬사와 촉석루, 그리고 의암을 둘러보면 좋겠죠?"

다들 어느 쪽으로 가볼까를 고민하면서 친한 친구들끼리 모여서 북장대를 내려섰다. 지영이도 유연의 팔짱을 끼면서 붙어 섰다. 아마 유연이 가자는 데로 갈 것이다. 여러 번 진주성을 와봤던 유연과는 달리 지영은 이번이 처음 와본 것이라서 길이 어색하기도 했고 유연의 근처를 서성이며 쭈뼛거리고 있는 동비 때문이기도 했다.

"유연아, 창렬사로 같이 갈래? 말할 것도 있고."

동비가 지영의 눈치를 보며 물었다.

"그래, 지영아 우리 창렬사로 가보자. 작지만 볼만해. 느낌이 좋은 곳이야."

　동비와 유연, 지영은 다른 친구들 몇몇과 함께 창렬사를 향했다. 가는 길에 동비는 계속 뭔가 할 말이 있는 데 언제 말을 꺼내야 할지 망설이는 티가 났다. 지영은 그런 동비 모습에 시큰둥해져서 유연에게 꼈던 팔짱을 풀고, 다른 무리의 친구 쪽으로 옮겨 섰다. 유연은 그런 지영을 불러야 하지 않을까 하면서도 한편으로는 동비와 둘이 가고 싶은 생각이 들어서 모른척했다. 동비에게 아까 하려다가 말았던 말이 무엇인지 물어 보면서 나란히 걸었다.
"아까, 이 펜던트가 뭐냐고 물었지? 키 모양이긴 한데 좀 다르게 생겼잖아? 이건 내가 지난 번 임진왜란과 진주대첩 관련해서 조사하면서 신기한 게 있어서 계속 찾다가 만든 거야."
"니가 직접 만든 거라고? 대단한데… 색깔한지도 예쁘고, 키 내부에 특이한 모양이 있는 것도 그렇고, 뭔지 궁금하다."
"임진왜란에 대해 공부할 때 거북선에 대해서 자세히 찾아보게 됐어. 기술적인 것도 궁금하고 그 당시에 어떻게 그런 것을 만들 수 있었는지 진짜 대단하다는 생각도 들었거든. 그런데 기록된 설계도가 없으니 고문서에 있는 글만 보고 추측해서 만든 게 지금의 거북선 모양이잖아. 인터넷으로 검색도 해보고, 도서관에 가서 자료도 찾아보고 했는데 그러다가 혹시나 어딘가에 설계도가 있을 수도 있지 않을까 하는 상상이 들더라고."
"나도 역사 공부를 하다보면 우리가 몰라서 그렇지 어딘가에 더 많은 기록이 있지 않을까 생각이 들긴 하더라."

"거북선도 그렇지만 이번에 진주대첩이랑 김시민 장군에 대한 것을 찾으면서 한 가지 신기한 걸 봤어. 진주성과 김시민, 진주대첩과 관련된 자료들을 다 읽어봤는데 거기에 비차라는 기록이 있는 거야. 난 그게 무슨 마차 종류인 줄 알았는데, 그게 비행기였더라고. 물론 지금의 비행기 같은 모습은 아니겠지만."

"그 시절에 비행기가 있었다고?"

"몇 군데 문헌이나 고문서에 남아있는 기록이 있어. 진주대첩 당시 김시민을 도와 비차를 띄워서 식량이나 무기를 실어 나르고, 심지어 사람도 탔다는 거야."

동비는 마치 실제 보고 있는 것처럼, 흥분하여 열심히 설명을 이어갔다.

"모양을 설명한 부분을 읽다보니, 이 키 모양이 떠오르더라고. 키에 날개처럼 양쪽으로 조금 더 튀어나와 있고, 안쪽으로는 사람이 탈 수 있는 공간이 만들어져 있는. 이것도 거북선처럼 도면이 남아있지 않으니 답답한 마음이 들긴 했어. 그렇지만 지금 거북선도 상상해서 복원했잖아. 비차도 그럴 수 있지 않을까 하는 생각이 갑자기 드는 거야. 그래서 한번 만들어 본거야. 어때?"

"너 진짜 대단하다. 그 많은 자료를 다 찾아 읽어봤다니. 시험공부는 하나도 못했겠다. 다시 보니 더 근사해보이네."

유연은 펜던트를 조심스럽게 잡아 살펴보며, 동비를 더욱 새롭게 보게 되었다. 유연도 사실 김시민 장군에 관련된 것을 찾아보면서, 1차 진주대첩에서 이길 수 있었던 비결이 무엇이었을지 궁금했었다. 그 당시 일본군에게는 조총이라는 신무기가 있었고 조선이 전쟁에 이기기 위해서는 뭔가 특별한 것이 있었을 것 같았다. 동비의 이야기를 듣는데 유연의 심장이 뛰면서 비차에 대한 다른 자료를 더 찾아보고 싶은 조바심이 일었다.

"동비야, 우리 비차에 대해 좀 더 찾아보고, 공부해보자. 나도 너무 궁금해졌어."

"같이 해볼까? 그럼 우리 시험 끝나고 여기서 다시 만나서 찾아보고, 공부하자. 그리고 이거 너 가져."

동비는 책에 달아놓은 펜던트를 떼서 유연에게 얼른 쥐어줬다. 그리고 본인은 하나 더 만들면 되니깐 신경 쓰지 말라면서, 아무렇지 않은 듯 창렬사로 들어섰다. 유연은 혹시나 망가질까봐 조심스럽게 필통 속에 넣었다. 비차라는 것에 대한 궁금함과 동비에 대한 묘한 감정으로 가슴께가 찌릿해짐을 느끼면서.

*** 

벌써 10년이나 지난 일이다. 그 날도 오늘처럼 비가 왔고, 유연이 앉은 이곳에서 임진왜란과 진주대첩, 그리고 김시민과 함께 대첩에서 전사한 군관과 의병들에 대해서 이야기를 했다.

"임진왜란이랑 진주성 싸움이 같은 해에 일어난 전쟁이야? 몰랐네. 그럼 같은 일본군이 쳐들어 온 것 이라는 거지?"

역사에 '역'자도 모르고 관심도 없었던 친구 지영의 생뚱맞았던 질문이 떠올라 유연은 웃음이 났다. 역사가 아니라 동비에게 관심이 있었던 지영은 그날 두어 시간에 걸친 스터디 때문에 주리를 여러 번 틀어야 했다. 그날부터 유연은 10월 둘째 주 토요일 연등제 축제가 끝날 무렵이면 첫 모임 때 부터 사용했던 양장본 노트를 들고 진주성을 온다.

　오늘처럼 비가 퍼붓는 날이 아니면 공북문으로 들어와 성곽을 따라 왼쪽방향으로 김시민 장군 전공비와 촉석정충단비를 거쳐 촉석루와 논개의 전설이 있는 의암을 들러 서장대까지의 제법 긴 길을 걷는다. 그리고 일반인들은 잘 가지 않는 곳인 창렬사에 들어선다.

　김시민 장군 외 진주대첩 당시 의로운 죽음을 했던 39명의 신위가 모셔진 곳이다. 화려하지도 않고 크게 눈에 띄지도 않지만 가파른 계단을 올라 들어서면 균형 있게 자리 잡은 세 개의 사당이 있고 거기에 39명의 신위가 나뉘어져 있다. 이곳에서 가장 오랜 시간을 보내는데 그러고 나면 마음이 가라앉고, 복잡한 머릿속이 정리가 된다.

　이곳을 나와 지금 유연이 있는 곳 북장대에 앉아 노트를 펴고 그 날의 느낌을 정리한다. 오늘까지 10여 년째 적어놓은 글들을 읽어보면 한 해도 같은 감정이나 같은 느낌이 없다. 물론 고등학교를 졸업하고, 대학생이 되고, 사회인이 되어서 찾으니 같을 수는 없을 것이다. 그때마다 유연이 궁금해 하는 것은 달라져 있고, 또 그 궁금한 것에 대한 답이 적혀 있기도 하다.

　글의 주제가 꼭 역사와 관련하거나 진주성과 관련한 것만은 아니다. 오늘은 비가 세차게 와서 북정문으로 먼저 왔지만, 유연의 마음은 이미 창렬사로 가 있다. 오늘도 마법과 같은 우연으로 그를 만날 수 있을까 하는 막연한 기대감이 들면서.

　비가 조금 잦아드는 기미가 보이고, 늘 창렬사를 갔던 그 즈음의 시간이 된 것 같아서 유연은 북장대를 나서 창렬사 쪽을 향했다. 소담하게 꽃무릇이 핀 둔덕을 지났다. 꽃이 있을 때는 잎이 없고, 잎이 있을 때는 꽃이 없어 꽃과 잎이 얼마나 그리울지 그 의미를 담아 상사화라고도 불리는 이 꽃은 이제 초록 잎으로 바뀌어 가는 중이다. 몇 주가 더 지나면 짙게 물든 단풍과 잘 어우러져 더 선명하게 눈에 띠일 것이다.

　창렬사 입구에 다다른 유연은 심장박동이 조금씩 빨라짐을 스스로도 느낄 수 있었다. 크게 숨을 한번 들이쉬고 별일 아닌 것처럼 표정을 바꾸어 봐도 좀체 두근거림이 가라앉질 않는다. 성곽을 한 바퀴 돌고 여기 계단을 오를라 치면 높지는 않아도 워낙 가팔라서 숨이 찬다. 오늘은 길게 걸었던 것도 아닌데 숨이 차오르는 것은 똑같다. 계단 하나하나를 야무지게 짚어 입구에 다다르니 바로 사당이 눈에 들어온다.

　최대한 천천히 창렬사를 한 바퀴 둘러보고는 아쉬운 마음에 한숨을 쉬었다. 중간에 위치한 사당 앞에 서서 향을 피우고 짧은 목례를 했다. 그 곳엔 당시 진주목사였던 김시민 장군의 신위가 있다. 그리고 오른쪽과 왼쪽의 사당에 똑같이 향을 피우고 목례를 한 후 잠시 생각에 잠겼다.

　'충무공 김시민'이라고 적힌 신위가 놓여있는 중앙의 사당 앞 돌계단 위에서 아까와는 다르게 내리는 보슬비를 뚫어지게 보던 유연은 갑자기 중앙 사당 쪽으로 몸을 돌려 거기 놓여 있는 방명록을 집어 들었다. 오늘 방문한 방문객들의 이름과 주소, 그리고 간단한 방문후기가 적혀 있는 공책이다.

　'2018년 10월 13일. 아가타 유키타. 일본에서. 먼 길 와서 깊게 느끼고 갑니다.'

'있다.'

'여길 먼저 오는 건데… 벌써 진주성을 나갔을까?'

창렬사 계단을 내려가 촉석루 쪽으로 내달려 봐야할지 아니면 여기서 늘 하던 데로 잠시 명상에 잠겨 있어야 할지 고민을 했다. 짧은 시간의 고민이었지만 결정을 쉽게 내리지 못하는 건 그만큼 방명록의 유키타와는 완전한 관계가 없기 때문일 것이다. 북정대 쪽에서 걸어오는 길에 만나지 못했으니, 그 반대방향으로 가고 있을지, 이번엔 다른 시간인 오전에 다녀갔을지 알 수가 없다.

일 년을 무의식중에 기다려 왔던 오늘이다. 만약 만난다면 설렐 것이고, 어쩌면 서로를 더 알 수도 있을 오늘이 될 수도 있을 테지만 못 만나도 어쩔 수 없다고 생각한 사람이다. 어쩔 수 없다고는 했지만 막상 이렇게 되고 보니 실망감에 비에 젖은 돌계단 끝에 아무 생각 없이 걸터앉았다. 힘이 빠졌다.

***

"죄송합니다. 제가 한국말이 조금 서툴러서 그러는데 부탁 한 가지 드려도 될까요?"

어눌한 말투이긴 하지만 목소리에서 묻어나는 정중함이 듣기 좋은 잘생긴 청년이었다. 속으로 아마 일본인이거나 중국인 일거라고 생각하며 유연은 친절하게 무슨 부탁인지를 물었었다.

"여기 공책에 쓰고 싶은 것이 있습니다. 대신 적어 줄 수 있나요? 쓰는 것이 어렵습니다."

"그럼요. 그런데 어디서 오셨어요?"

"아이쿠! 소개도 없이 죄송합니다. 저는 일본에서 온 유키타라고 합니다. 감사합니다."

"하하, 죄송할 필요까진 없어요. 어떤 말을 쓰고 싶으세요?"

일본인이 진주성을 그것도 창렬사를 방문했다는 것도 신기했고, 일본인을 비하하는 것은 아니지만 일본인 같지 않은 매력 있는 외모가 눈길을 끌었다.

토요일이었지만 비가 와서 유연 외에는 도와줄만한 사람도 보이질 않았다. 조금 크다 싶은 키에 안경너머로 보이는 선하게 쳐진 눈매가 특히 유연의 친절함을 더 과하게 만들었다. 일본인인 것이 마음에 부담스럽기는 했지만 사귀겠다는 것도 아니고, '상상연애 정도는 괜찮지 않을까?'하며 속으로 마지막 연애가 언제였던가를 떠올리며 방명록을 집어 들었다. 방명록에는 날짜와 이름까지는 적여 있었다. 볼펜을 집어 들고 쳐다보니 심각한 표정으로 적을 내용을 말해주었다.

"먼 길 와서 깊게 느끼고 갑니다. 이렇게 써주면 좋겠군요."

"요즘 일본은 그리 먼 길도 아닌데… 하하."

"아이쿠! 그렇군요. 길이 멀다는 것도 있지만 시간이 아주 오래 걸렸다는. 그러니까 어떻게 설명을 해야 하나?"

난처해하는 그를 재미있게 바라보며, 유연은 방명록에 후기를 대신 적어주고, 그 아래 칸에 자신의 이름도 적어 넣었다.

'이유연, 가까운 길 와서 답을 얻고 갑니다.'

위 칸에 대신 적어 준 일본사람의 후기에 장난기를 더했다. 어차피 유키타라는 사람은 그 의미도 알지 못할 것 같았다. 진주성에 들어섰을 때보다 빗줄기가 더 세졌다. 유연도 유키타도 사당의 처마 밑에서 아무 말 없이 잘 다듬어진 사당 마당의 잔디에 떨어지는 빗줄기를 보고 있었다. 그렇게 둘은 각자의 서로 다른 생각에 젖어 있었고, 유키타가 먼저 우산을 펴고 계단을 내려섰다.

유연은 행여 인사말이라도 건넬까봐 속으로 일본어 인사말을 중얼거리고 있었는데 그는 눈인사만 하고 먼저 창렬사를 나갔다. 같이 나가자니 어색하고, 먼저 말을 걸기에는 시간이 애매하게 흘러가 버려서 유연도 그냥 고개만 끄덕이며 눈인사만 했다.

그 잘생긴 일본인의 이름을 다시 한 번 유연이 보게 된 것은 그로부터 한 달쯤 후 통영 충렬사에서였다. 10월에는 창렬사를 11월에는 통영 충렬사를 찾는 유연은 충렬사 방명록 '심원록'에서 '아가타 유키타'라는 이름과 자신이 적어줬던 글귀'먼 길 와서 깊게 느끼고 갑니다.'를 본 것이다.

순간 여기가 창렬사인지 충렬사인지 헷갈릴 정도로 정신이 멍해졌다. 분명 11월이고, 충렬사를 오기 전 할머니에게 드리려고 산 통영 꿀 빵을 손에 들고 있고, 그리고 그 글씨는 유연의 글씨체가 아니다. 참 신기한 인연이라고 생각했다. 우연일 수도 있겠지만 한 달 새 두 번, 그것도 평범한 장소가 아닌 이런 곳에서의 스침은 인연이지 않을까 싶었다.

통영 충렬사는 이순신 장군의 위패가 모셔져 있고 일 년에 봄과 가을 두 번 이순신의 제사를 지내는 곳이다. 11월 19일 전사한 날을 기념하고 싶기도 하고 유별나게 우리나라의 역사 그 중에서도 임진왜란에 대한 관심과 애정이 남달라 되도록 이맘때 통영 충렬사를 찾고 있는 유연이다. 그런데 이런 마음과 같은 누군가가 있다는 것이 신기했다. 2년 전의 일이다.

더 신기한 일은 그 다음해 10월에 일어났다. 전날부터 내리던 비가 점심시간에 접어들면서 그치기 시작했다. 토요일 점심은 촉석루에 예약 손님이 많아 두시쯤 마지막 서빙을 끝내고 유연은 진주성으로 향했다. 비가 그쳤기 때문에 평소처럼 공북문에서 왼쪽 촉석루 쪽으로 한 바퀴 돌아야겠지만 급한 마음에 창렬사로 발걸음을 재촉했다. 설마 하는 생각과 혹시나 하는 마음이 유연의 머릿속에서 시소를 타고 있었다.

　어제까지 내린 비로 산책로 주변의 꽃과 나무에 빗방울이 맺혀 그 색이 더 예뻤지만, 그런 것에 눈길을 줄만한 여유가 없었다. 시간을 정해놓은 약속이 있는 것도 아닌데, 무언가에 쫓기듯 조급하게 창렬사 계단을 성큼성큼 올랐다.

　'있다.'

　어렴풋이 뒷모습이 보이는데 일 년이 지났지만 변함없는 큰 키와 실루엣이 확신을 주었다. 그다. 가파른 계단을 급하게 오르느라 턱까지 차오른 숨을 고르며 천천히 사당 쪽으로 올랐다. 인기척에 뒤를 돌아본 그는 유키타가 맞다.

　"아이쿠, 안녕하세요. 우리 본 적이 있죠? 작년 여기서. 그때 제가 여기 적는 것을 부탁드렸는데… 기억하세요?"

　여전한 첫 마디 아이쿠도 조금 어눌한 발음의 한국말도 그대로다. 반가운 마음을 들키기 싫어 일부러 무표정하게 유연은 인사를 건넸다.

　"아, 네. 일 년 만이네요."

　"가까운 곳에 살고 있나요? 자주 여길 오시나 봅니다. 이렇게 또 만나다니…"

　"네. 집이 이 근처이긴 해요. 저, 혹시 작년에 통영에 가신 적 있으세요? 충렬사."

선한 쳐진 눈이 놀라서 눈매가 올라갔다. 예상한 데로 충렬사 방명
록에 적혀 있던 유키타가 여기 이 유키타가 맞다.

"어떻게 그걸 아시나요? 혹시 거길 갔었나요?"

놀라기도 하고, 궁금하기도 한 표정의 일본 남자 유키타는 어느새
유연의 곁에 서서 답을 기다리고 있다. 유연은 작년 충렬사에서 봤던
방명록 이야기를 해주고, 여기와 거기를 찾는 이유를 물었다. 유키타
는 겸연쩍은 웃음과 함께 어깨를 한번 들었다 놨다.

"어머니가 한국 사람입니다. 진주 강 씨에요. 본관이라고 하는 건가.
늘 그렇게 말을 하셔서. 하하."

"그래서 한국말을 잘 하시는군요. 그런데 여긴 왜 해마다? 아니 작
년과 올해 왜 오시는 건지 여쭤 봐도 될까요?"

"음… 어머니 때문에 관심도 있지만, 일본에서 역사와 관련 있는 일
을 하고 있습니다. 한국은 일본과 뗄 수 없는 관계죠."

아마 역사학자이거나 그 비슷한 일을 하고 있을 것이라고 생각하니 유
연은 더욱 그에 대해 호감이 갔다. 유연도 국사편찬위원회에서 일을 하
고 있는 역사가이기 때문이다. 앉을 만한 마땅한 자리가 있다면, 조금
더 이야기를 나누고 싶은 유연이었지만, 일본 남자는 그럴 마음이 없는
지 중앙의 사당 앞을 비켜주며 제향을 하라고 손짓을 했다. 그리고는
작년 그 날처럼 간단한 눈인사를 하고 계단을 내려섰다.

잘 알고 지내던 사람도 아닌데 왜 서운한 마음이 드는지 알 수 없었
지만, 그렇다고 가는 사람을 붙잡기에도 애매하여 같이 고개만 끄덕
이며 인사를 하고 그냥 보냈다. 그냥 보냈다기보다는 그냥 갔다고 해
야 할 것이다. 향을 피우고 묵념을 하고, 방명록을 보니 여전한 그의

글귀가 있다.

'먼 길 와서 깊게 느끼고 갑니다.'

그래서 유연은 바로 밑에 보란 듯이 이렇게 적었다.

'가까운 길 와서 얕게 느끼고 갑니다.'

그가 볼 턱도 없고, 봐도 무슨 의미인지 알지도 못하겠지만 이렇게라도 해야 유연의 서운한 마음이 조금은 풀릴 것 같았다.

＊＊＊

엉덩이 아래 부분이 물기 때문에 서늘해지는 게 느껴져, 유연은 화들짝 자리에서 일어섰다. 비가 와서 계단이 젖어 있다는 것도 잊은 채 작년 이맘때를 떠올리고 있었다. 계단에 걸쳐져 있던 바지의 엉덩이 부분이 물기에 젖어 보기에 흉했지만, 어차피 비가 계속 오고 있기도 했고 그런 것은 별로 신경 쓸 만한 것도 아니었다. 그런데 일어서는 순간 주머니에서 무언가 툭하고 떨어졌다. 아까 식당에서 주워 가지고 있던 펜던트이다.

날개가 있는 것으로 봐서 새 모양 같기도 하고, 연을 축소해서 만들어 놓은 것 같기도 한 것으로 고리가 달려 있는 것으로 봐서는 어디에 매달아 사용한 것 같았다. 특이한 것은 대나무와 한지로 만들었다는 것이다. 보통의 펜던트라면 금속이나 플라스틱으로 만들었을 텐데 대나무를 정교하게 다듬어서 색 한지를 입혀 만든 것이라서 가볍다.

고등학교시절 선물 받았던 그 펜던트를 버리거나 잃어버리지 않았다면 집에 있을 것이다. 얼른 가서 찾아보고 싶어서 빠른 걸음으로 다시 북장대쪽으로 방향을 틀어 집으로 걸음을 재촉했다.

점심 장사가 끝나고 휴식시간이면 김 노인은 식당 입구의 대문을 활짝 열어놓고 길 가는 행인을 무심히 쳐다본다. 오랜 기간 이곳에서 살다보니, 아는 동네 지인도 지나가면서 눈인사를 하고 진주를 찾은 관광객들은 식당입구의 예스러움과 김 노인의 단아한 옷차림에 눈길을 한 번씩 던지고 지나간다. 저만치에서 달려오는 유연을 발견한 김 노인은 반가움에 의자에서 얼른 일어서며 뛰지 말라는 손짓을 연신 한다.

"아이고, 넘어질라. 천천히 온나. 오늘은 좀 일찍 들어오네."

"할머니, 나 뭐 좀 찾아볼게 있어서 얼른 들어갔다가 나올게요. 저녁 예약 많아요?"

"신경 쓸 거 없다. 들어가서 볼일 봐라. 니까지 거들게 뭐 있다고. 쉬라."

유연이 들고 있는 우산을 받아 들며 김 노인은 등을 떠밀어 안쪽으로 들여보낸다. 식당 안쪽으로 살림집이 따로 있다. 태어날 때부터 살던 곳이라서 오래되고 낡은 곳이지만, 그 만큼 익숙하고 편안한 곳이다. 형제 없이 자랐지만, 식당과 안채를 오가며 마당을 쉴 새 없이 뛰어다니고 구석구석에 놀 거리가 많았던 곳이어서 외로움을 느낄 겨를이 없었다. 특히, 유연의 방에 있는 다락방은 유연이 안보일 때면 어김없이 들어 박혀 책을 보거나, 새로운 것에 집중을 하는 곳이었다.

올라가 보면 20대 중반인 유연의 모든 과거사들이 고스란히 정리가 되어 선반 위 상자들에 들어 있다. 연도와 제목이 라벨에 표시되어 있는 상자들은 흡사 도서관의 자료실과도 같은 분위기를 연상하게 했다. 그중에서 '고딩의 나'라고 적힌 상자를 꺼내 들었다. 당시 열심히 동아리 활동을 하면서 활개를 치고 다녔던 모습이 떠올라 잠시 웃음이 났다. 찾는 물건이 있으면 좋겠다는 생각을 하면서 뚜껑을 열어 속을 뒤적였다.

"있다. 있네."

자기도 모르게 입 밖으로 소리를 낼 만큼 반가웠다. 키 모양의 펜던트. 그때는 직접 만든 것이라서 세상에 하나밖에 없는 것이었고, 또 동비가 준 것이었기 때문에 더 의미가 있어서 참 예쁘고 멋져 보였다. 지금 보니 조금 어설퍼 보이긴 했지만 신기하고 특이한 것은 여전했다.

유연은 주머니 속 펜던트를 꺼내어 두 개를 동시에 손바닥 위에 올려놓았다. 모양이 다를 뿐 비슷한 재질의 대나무와 한지로 만든 것이 분명 한 사람이 만든 것이라는 확신이 섰다. 상자 속에는 펜던트뿐만 아니라, 동아리 활동 당시에 조사했던 자료들도 함께 들어있다. 3학년이 되면서 대학 진학을 위한 공부를 핑계로 하나 둘 동아리를 빠졌고, 3학년의 두 번째 모임이 마지막 모임이 되었다. 동비와도 그렇게 흐지부지 연락을 하지 않게 되었다.

비차에 관련해서 둘이 따로 두어 번 만나 찾아본 자료가 맨 위에 들어있다. 고등학생이 찾아 볼 수 있는 것은 한계가 있었을 것이다. 지금 유연이 하는 일에 부싯돌 같은 역할을 한 것이라서 10여년이 지난 지금도 그 자료들은 소중한 유산이다. 상자를 안고 다락방을 내려서는데 마당 쪽에서 유연을 부르는 소리가 들렸다. 하동댁이 누가 유연을 찾아왔다고 얼른 식당으로 가보라고 한다.

하동댁 표정에서 궁금해서 어쩔 줄 몰라 하는 게 보였다. 상자를 방에 내려놓고 식당으로 향했다. 누가 찾는지 궁금하기는 유연도 마찬가지이다. 식당의 뒷문을 열자 멀리 익숙한 모습이 비쳤다. 걸음이 어긋나게 꼬여 몸이 휘청하고 흔들리는 것을 겨우 바로 잡고 홀로 들어섰다. 그가 있는 것이다. 잘생긴 일본 남자.

"아이쿠, 다행히 여기가 맞군요. 저 아시겠죠?"

알기만 할 뿐인가? 오늘도 그와의 우연한 만남을 기대하며 진주성 내를 바쁘게 오가지 않았는가?

"그럼요. 그런데 여긴 어떻게 알고? 저를 만나러 오신 건가요?"

놀란 속내를 감추며 물었다. 아직 저녁 장사전이라 식당 안에는 김 노인과 하동댁만 있었고, 둘은 유연을 찾아 온 남자의 대답에 귀를 기울이며 겉으로 딴청을 피우고 있다.

"이거 주려고 왔어요."

순간 유연은 유키타를 본 것보다 더 놀란 표정으로 그의 손에 쥐어 있는 양장본 노트를 봤다. 유연의 것이다. 분명히 들고 들어왔다고 생각했는데, 진주성 어딘가에 두고 온 모양이었다.

유키타는 진주성 북장대에서 그걸 주웠다고 했다. 어디서 본 것 같다는 생각과 주인을 찾아 주고 싶은 마음에 노트를 살펴보다가, 유연이 적어둔 '촉석루의 손녀'라는 걸 봤단다. 처음엔 진주 성안의 촉석루를 생각하고 거길 갔다고 한다. 아무래도 일본인 이다보니 그 글귀만으로는 거기를 생각할 수밖에 없었을 것이다.

거기에서 잠시 고민하다가 문득 점심을 먹었던 이곳이 떠올랐단다. 촉석루. 여기서 밥을 먹었다는 얘기에 또 한 번 유연은 놀랐다. 왜 못 봤나 싶어서. 아마 잠시 유연이 외출 준비를 하느라 들어가 있었던 때 왔거나 유연이 보지 못한 테이블이나 방에서 밥을 먹었던 모양이었다.

뜻밖의 방문이 약속된 만남보다 더 반가운 건 확실하다. 옆에서 듣고 있던 김 노인은 손님을 세워둔다고 유연을 꾸중하며 하동댁에게 차를 내어오라고 시키고 내실로 들어가라고 손짓을 했다. 여전히 노트는 유키타의 손에 있다. 내실로 들어가 자리에 앉자, 유연은 마음에 있는 섭섭한 소리를 먼저 한다.

"창렬사를 갔었는데, 벌써 다녀가셨더라고요. 전 북장대를 먼저 가느라 조금 늦게 갔었어요."

"네, 점심을 여기서 먹고 배가 불러 조금 걷고 싶어서 창렬사로 먼저 갔습니다. 오늘은 남강 쪽의 성곽을 돌아보고 싶어서, 반대로 돌아 북장대로 간 것입니다. 거기서 이 노트를 봤습니다. 아… 여기 노트 있습니다."

"죄송하네요. 일부러 여기까지 오게 해서. 그런데 우리 세 번째 보는 거네요. 그것도 일 년에 한 번씩. 혹시 정해 놓고 오시는 이유가 있나요? 비슷한 때 오시는 것 같아서. 엄마가 한국인이라는 것만 말씀해 주셨잖아요."

하동댁이 차를 내와서 잠시 말을 멈췄다. 유키타는 안경 너머의 선한 눈으로 우려진 차를 응시했다.

"특별한 이유가 있는 것은 아닙니다. 한국이 좋아서 오는 거지요. 가을이 좋아서요. 일본인의 피가 반이 흐르고 한국인의 피가 반이 흐르니 이렇게라도 한국에 오는 것이 마음이 편합니다. 그리고 공부하고 있는 것이 있는데, 여길 다녀가면 좋은 기운을 받아가서 일이 잘됩니다."

"혹시 일본에서 무슨 일을 하시는지 물어봐도 될까요? 진주성도 그렇고 지난번 통영 충렬사를 간 것도 그렇고. 충렬사도 일 년에 한 번씩 가시죠?"

유키타는 선한 눈에 웃음만 머금고, 대답을 미뤘다. 일부러 공책의 주인을 찾아주려고 촉석루를 찾아 온 것만은 아닌 것 같았다. 주인을 찾아 줄 수 있는 다른 방법도 있었을 텐데 직접 이곳을 찾은 것은 유연을 만나고 싶었던 것이 아니었을까?

공책 쪽으로 시선을 두면서 유키타가 말을 하려는 순간, 밖에서 하동댁이 부르는 소리가 들렸다.
"연아, 잠시 나와 봐."
할머니가 찾으시는 줄 알고, 유키타에게 차를 마시길 권하며 밖을 나서는데 식당 대문 쪽에 누군가가 서 있는 것이 보였다. 순간, 혹시나 하는 생각에 잠시 멈칫했다.
"연아, 아까 니 홀에서 주운 거 있제? 그 대나무로 만든 거. 니가 챙겨뒀나? 이 손님이 찾으러 오셨네."
혹시 했던 마음이 역시로 바뀌면서 반가운 마음이 더해졌다. 동비는 세월이 지났어도 변한 게 없어 보였다. 깍듯한 이미지를 여전히 풍기고 있고, 날카로운 눈매도 여전했다.
"어! 혹시 유연?"
알아보지 못할까봐 내심 신경이 쓰였는데, 바로 알아채는 동비에게 감사한 마음까지 들었다. 둘은 서로 터져 나오는 웃음을 참으며 다가섰다.
"그래, 나 유연이야. 역시 그거 니꺼였구나. 어디서 본 것처럼 익숙하더라고. 여기서 점심을 먹었던 거야?"
"예전에 할머니가 전통 음식점 한다는 얘길 듣긴 했어도 여기일 줄은 몰랐지. 얼마 만에 보는 거야? 대학 때 한번 보고는 처음이지?"

"그렇지 아마. 그대로구나. 진주에 사는 거야?"

"가까운데 살고 있어. 오늘은 여기서 점심약속이 있어서 오게 된 거고. 잘 지내지?"

서로 반가우면서도 함께 하지 않은 시간의 공백을 메우지 못해 일상적인 인사만 주고받았다. 옆에서 지켜보던 김 노인은 무슨 일인가 싶은 표정으로 유연을 부르며, 손님을 왜 세워 두냐며 한 소리를 하신다.

"하하, 아닙니다. 괜찮습니다. 고등학교 때 친구였어요. 인사가 늦었습니다. 윤동비라고 합니다."

꾸벅 인사를 하고, 하동댁에게도 고개를 숙이고 인사를 한다. 유연은 방에 두고 온 펜던트를 가지러 가려고 돌아서다가 멀뚱히 서 있는 동비를 유키타가 있는 방으로 우선 안내했다. 갑작스럽게 반가운 두 손님이 찾아와서 좋기도 했지만 난처하기도 한 것이다.

"다른 손님이 계시긴 한데, 잠시 들어가서 기다릴래? 그거 가지고 올게."

서둘러 펜던트를 가지러 살림집으로 들어가고, 동비도 그냥 서있기 어색해서 안내 된 방으로 들어섰다. 방에 있던 유키타도 들어서는 동비도 이 상황이 당황스럽기는 했지만, 이러지도 저러지도 못한 체 말 없이 차만 마셨다.

# CHAPTER
## 02

# Ⅱ. 상승 - 유연이야기

정평구와의 인연

- 연처럼 하늘을 날 수 있는 것을 만든다면
거북선을 하늘에 띄우는 것처럼 큰 병력을 가질 수가 있다.

# CHAPTER
## 02

## Ⅱ.상승 - 유연이야기

"이연! 공고난 거 봤어?"

 이유연 연구원을 줄여 평소 '이연'이라고 부르는 동료 연구원인 박수찬은 출근하는 유연을 보자마자 좋은 정보라도 알려 주는 양 호들갑을 떤다.

 "뭐 좋은 거라도 올라 온 거야?"

 "자기 관심 있어 할 거 같은데… 국역 사업이 떴네. 이규경이 쓴 오주연문장전산고 국역 사업. 참여할 연구원을 뽑는데 이번엔 진주 지역 연구회에서 총괄하는 것 같네. 자기 집이 진주잖아."

 진주라는 얘기에 유연은 얼른 자리에 앉아 컴퓨터를 켰다. 올해 국역 사업이 있을 것 이라고는 했지만 진주에서 총괄한다고는 생각하지도 못했고, 특히 이규경의 책을 풀이하는 사업이라니 조바심이 일기 시작했다.

 한 달에 한 번은 진주에 내려가서 가족들을 보려고 노력 하지만 못가게 될 때도 있다. 하지만 이렇게 국책사업을 맡게 되면 장기간 집에 가 있을 수 있으니, 더 구미가 당기는 일이다. 게다가 이규경의 책을 국역하는 것이라 더 반갑다.

대학졸업논문의 주제가 이규경의 「오주연문장전산고」에 관련한 것이었는데, 그때는 학사 논문 수준이라 깊이 있게 파고들지를 못해서 늘 아쉬움이 남았다. 조선시대 쓰여 진 것이라고는 믿기 어려울 정도로 다방면의 주제가 다뤄진 백과사전 형식의 책이다. 총 60권 60책이니 큰 사업이다. 평소 유연이 존경하는 위인 중에 한사람으로, 고등학교 동아리 시절부터 애지중지했던 노트의 앞장에 써 놓은 글귀가 바로 이규경의 이 책 중에서 〈동국전사중간변증설〉부분에 나온 것이다.

'역사란 나라의 거울이며 옛 것을 드러내고 미래를 여는 것이다. 옛 것을 법으로 삼아 오늘에 비추어 보는 것이다.'

이 글귀에 매료되어서 역사공부를 했고, 지금 이 일을 하게 되었는지도 모르겠다. 옛 것을 찾고, 풀이하는 일이 현재를 알고 미래를 여는 중요한 일이라는 생각이 대학에서 역사학을 전공하고, 국사편찬위원회라는 곳을 직장으로 선택하는데 큰 원동력이 되었다.

"이연! 신청할거지? 아무래도 그쪽 전공이고, 본가도 거기니 이연이 갈 확률이 크겠지? 나도 신청해서 이연이나 따라 가볼까?"

박연구원의 장난스런 이야기에 유연은 싱거운 소리 말라며 웃었지만 속으로는 당연히 본인이 가야한다고 생각하고 있다. 이번 공고가 아니더라도, 유연의 마음속에는 이 책의 해석이 숙제처럼 남아있는 것이어서 언젠가는 개인적으로라도 국역을 해볼 참이었다.

여러 주제 중에서도 특히 자연과학과 병법에 관련한 부분은 고등학교 동아리 시절 우연히 알게 된 '비차'에 관련한 기록이 남아 있어, 더욱 애착이 가는 주제였다.

성리학과 불교, 도교에 관한 내용은 일부분 국역이 진행되고 있고, 이번에는 추가로 역사와 중국사, 외국 역사, 그리고 자연과학과 병법에 관련된 내용을 해석하는 국책사업을 진행할 계획이라고 한다. 병법에 관한 것에는 〈비차변증설〉부분이 있으니 당연히 유연이 관심을 가질 수밖에 없다.

일 년에 한번 진주성을 가서, 창렬사를 찾고, 답을 얻고자 했던 것이 바로 비차에 관련한 것이기 때문이다. 국책사업으로 국역을 한다면, 개인적으로 찾기 힘든 사료나 고문서도 열람하거나 찾아볼 수 있으니 유연에게는 좋은 기회이다.

공고는 공모형식이긴 하지만, 사료 조사실과 연구편찬 정보화 실이 주요 대상이고, 조사실과 정보화실 실장님의 추천이 필요한 조건이니 유연에게는 유리할 수밖에 없다. 사료 조사실에서 2년간 근무 했고, 연구편찬 정보화 실에서 3년째 근무 중이니 어떤 연구원 보다 자신 있는 공모다. 진주지역위원회에서 진행될 프로젝트이니 서울 본회의 직원이 신청하는 것은 쉽지 않기도 할 것이다. 곧바로 위원회에 공모 신청을 했다.

"이연, 바로 신청했네. 나도 진짜 한번 해볼까? 이번 기회에 이연 집에 인사도 하고 말이야."

계속 싱거운 소리를 하는 박연구원의 말에 대꾸도 하지 않고 일어나 정보화실의 실장님 방으로 향했다. 어지간히 급한 일이 아니면 가지 않는 어려운 방이지만, 그 어려움을 꾹꾹 눌러 가며 조심스럽게 노크를 했다. 들어오라는 소리에 살며시 문을 열고 들어서는데 실장님의 얼굴에서 살짝 웃음기가 보였다. 아마 예상했던 방문이었나 보다.

"어서 오시게. 출근하자마자 여길 다 오시고 어쩐 일인가?"

무슨 일로 문을 두드렸는지 뻔히 알면서도 놀리듯 유연에게 눈길을 주며 묻는다.

삼 년 근무하는 동안 유연과 실장이 두 번 크게 부딪혔던 유명한 사건이 있었다. 정보화실 1차 대첩과 2차 대첩이라고 불리는 논쟁으로, 유연과 실장간의 역사적 해석이 다른 데서 기인한 다툼이었다. 말이 논쟁이지 한참 신참내기 연구원과 실장간의 싸움은 처음부터 가당치도 않은 것이었지만, 당돌하게 자기주장을 폈던 유연은 전체 부서 내에서도 유명세를 타기에 충분한 사건이었다.

1차 대첩은 사료실에서 정보화 실로 옮겨왔을 때, 두 부서 간의 의견차이로 인해 생긴 것이었다. 사료실은 아날로그 방식이라면 정보화실은 디지털 방식이다. 사료실에서 찾거나 정리한 사료를 단순화시키고 통계적으로 정리하는 시스템이 유연은 마음에 들지 않았다.

스토리 형식의 정리가 되어야 하는데, 그런 방식이면 많은 정보 저장 공간과 연구원의 노력이 따라야 하고, 스토리 형식의 사료 정리는 검색을 통해 정보를 찾는 일반인의 요구를 반영하지 못한다는 것이 정보화실의 주장이었다.

조선왕조실록을 국역하는 사업이 진행 중이었는데, 유연은 사건위주의 이야기 식 정리의 필요성을 주장했고, 실장은 연도별, 월별 있는 그대로의 풀이 식 정리를 하는 방식을 원했다. 실록을 찾는 국민들이 이야기 거리를 원하지는 않는다는 것이 실장의 주장이었고, 평소 쉬운 국사이해의 필요성을 느꼈던 유연은 쉽고 재미있게 접근하기를 원했던 것이다.

 지금까지 아무도 그런 의견을 낸 연구원이나 직원이 없었기 때문에 이 실랑이는 편사부 전체에서 유명한 사건이었다. 물론 원래의 방식대로 진행되긴 했지만, 정보화 실에 유연의 존재감을 확실하게 심어주었고, 실장도 남다른 유연의 국사 사랑을 높이 샀다.

 정보화실 2차 대첩은 재작년 연말에 있었던, 작년에 실시된 국역 사업에 관한 콘퍼런스를 진행할 때 생긴 일이었다. 일 년 간 진행될 정보실의 사업으로 어떤 사료나 문서를 국역할 것인가를 놓고 회의를 하는 자리였다. 유연이 정보실로 부서 이동을 하기 전부터 자체적으로 정해놓았던 것이 있었다. 우리나라의 전쟁사에 관한 기록들을 모아서 시대별로 국역하는 3년간에 걸친 대형 프로젝트였다.

 우리나라에서 일어난 전쟁에 관련해서 남아있는 기록들을 모으고, 시대별로 정리한다는 큰 틀을 가지고 정보실과 사료실, 그리고 기획협력실 등 편사부 전체가 함께 참여하는 큰 프로젝트였다. 이 과정에서 유연과 실장의 2차 대첩이 발발했다.

 전쟁에 관련한 고문서와 사료들 중에서 특히 유연은 문헌위주의 풀이를 하자고 제안했고, 아직 국역되지 않은 책들을 찾는 것이 먼저해야 될 일이라고 회의시간에 얼굴을 붉혀가며 주창했다. 하지만 시대별 정리가 주목적이었던 프로젝트인 만큼 다시 새로운 문헌을 찾아서 전쟁관련 부분을 찾아낸다는 것이 사업목적과 맞지 않았고, 아직 편찬위원회의 4년차 연구원이 낸 요구사항이 받아들여질 리가 없기도 했다.

 평소에는 실장의 얼굴도 제대로 쳐다보지 못하면서, 관철시키고 싶은 것이 있으면 핏대까지 세워가며 주장을 펼치니 실장은 그런 유연의 당찬 성격에 학을 떼기도 했지만 좋게 평가하는 부분도 있었다.

 그런 두 번의 전쟁 아닌 전쟁으로 두 사람은 일적인 부분에서 좀 더 가까워졌고, 실장은 유연의 일에 대한 열정이 너무 과하다면서 넘치지 않게 끓기를 바랐다.
"공고 때문에 왔지? 이규경 책 하고 싶은 거였잖아."
"네. 아시잖아요."
 본인의 의사를 주장할 때와는 달리 기가 조금 죽은 목소리로 실장의 답을 기다렸다. 이 책에 대한 해석은 전쟁사를 정리하는 프로젝트를 회의할 때 유연이 따로 국역하자고 우겼던 것이다. 그것을 국책사업으로 국역하겠다고 공고를 했으니 당연히 유연의 의견을 반영한 것이다.
 실장의 이어질 말에 조바심이 났다. 공모라는 형식은 한 사람을 위한 것이 아니니, 다른 연구원이 신청을 한다면 경쟁을 할 수 밖에 없지 않은가? 물론 서울이 아닌 지방에서 장기간 진행되는 단점이 있긴 하지만 국책 사업에 참가하여 완성을 하게 되면 성취감도 있고, 위원회에서의 입지도 굳히게 되는 좋은 기회이기 때문에 여러 연구원들이 관심 있어 하는 것도 사실이다. 그래서 더욱 유연은 애가 탔다. 실장의 추천도 중요하겠지만 조건에 맞는 다른 연구원이 신청을 한다면 경쟁을 할 수 밖에 없는 것이기 때문이다.
"우리 정보실에서 한명, 사료실에서 한명, 그리고 편찬부에서 한명. 이렇게 팀을 구성하기로 했어. 아마 우리 부서에는 자네 말고는 신청자가 없지 않을까 싶은데… 자네 생각은 어떤가?"
"혹시 모르죠. 관심 있어 할 연구원이 있을지도. 공모형식 말고 그냥 지정해 주셔도 됐을 텐데. 이렇게 공모를 하시는 이유라도 있나요?"

"국책사업이라는 게 그렇지 않겠나? 나랏돈으로 하는 일인데 아무나 지정해서 팀을 만들기가 그렇기도 하고, 자네 말마따나 관심 있는 다른 연구원이 혹시라도 있다면 기회를 주긴 해야 할 것이고. 그렇더라도 지난 번 그 사건도 있고 하니 다들 자네가 갈 거라고 생각들은 하고 있을 걸세. 하하."

지난번 사건이란 2차 대첩 때를 말한다. 그 때 일을 떠올리고는 괜히 민망한 마음이 들어 더 이상 궁금한 것을 묻지도 못하고, 실장실을 나올 수밖에 없었다. 나오는 유연의 뒤통수에 실장의 말이 꽂혔다.

"우리 연구회 사람들이 그리 야박하진 않아. 3차 대첩을 원하는 사람도 없을 걸?"

마지막 말에 얼굴이 붉어졌지만 돌아서 나오는 중이라서 다행히 실장에게 그런 모습을 들키지는 않았다. 며칠 후 예상대로 정보실에서는 유연이 프로젝트에 참가하는 것으로 결정이 났다. 유연도 기뻤지만, 누구보다도 진주 본가의 할머니가 가장 좋아하셨다.

학교를 졸업하기 전까지는 계속 같이 생활하다가 서울에 취직을 하면서 따로 떨어져 살게 되어 여간 서운해 하시는 게 아니었기 때문이다. 한 달에 한번은 진주로 가려고 노력했고 거의 지켰지만, 서울로 돌아 올 때마다 보내는 아쉬운 마음을 눈물로 표를 내니 유연도 마음이 편치 않았다. 짧게는 8개월 길게는 일 년을 예상하는 사업이라 할머니의 반가운 마음은 이루 말할 수 없었다.

진주 위원회로 출근하게 된 유연의 방은 다시 생기를 찾고, 방 책상 위뿐만 아니라 유연의 손이 닿는 곳마다 이번 국역 사업과 관련한 문헌과 자료들, 고서들이 어지럽게 쌓여 있다. 하동댁이 청소라도 해주려고 건들라치면, 나지막한 저음의 목소리가 어느새 고음이 되어 급하게 막아선다.

대충 쌓아 놓은 것처럼 보여도 나름 필요한 순서대로 정리 된 것이니 손끝하나 건드리지를 못하게 했다. 할머니는 혹시나 책 먼지에 손녀 건강이라도 상할까 걱정이지만 그 먼지마저도 고마운 유연이었다.

이규경의 〈오주연문장전산고〉 중에서도 "비차변증설"에 관한 해석을 시작할 때는 그 설렘에 며칠은 마음만 들떠, 한 글자도 진도를 나갈 수가 없을 정도였다. 이 부분에 대한 국역을 진주위원회에서 하게 된 이유는 비차에 관련한 자료들이 대부분 전라남도와 경상남도 지역에 있기 때문이다. 특히 임진왜란 때 이순신이 전쟁을 치렀던 지역과 진주성대첩이 일어난 진주에 고문헌과 개인 소장 자료들이 소규모 박물관과 개인 박물관에 많이 있다는 정보가 있었기 때문에 진주에서 추진하게 되었다.

개인적으로는 그런 자료들을 수집하거나 열람하기 어렵지만, 국책사업으로 진행을 하게 되면 쉽게 자료를 참고할 수 있으니 십여 년 동안 유연이 궁금해 하고, 찾아보고 싶었던 것을 드디어 실현하게 된 것이다.

\*\*\*

"타닥, 타닥."
"엄마야, 아이고 이게 무슨 소리여? 내가 멀 밟은겨?"
마을 어귀 우물가에서 저녁 찬거리로 쓸 푸성귀를 씻어 가던 연실이는 발밑에서 나는 요상한 소리에 하마터면 들고 있던 소쿠리를 쏟을 뻔 했다. 양쪽 발을 번갈아 오가며 폴짝거려도 손아귀에 든 소쿠리는 절대 놓질 않는다. 엎었다간 다시 우물가로 가서 씻어 와야 하기도 하고 뭉개진 푸성귀를 어머니인 금산댁이 보기라도 한다면 오늘 저녁을 못 먹는 것은 물론이고, 두어 차례 등짝을 맞을 것이 뻔하기 때문이다. 그래서 더 놀란 가슴을 쓸어내리며 발밑을 살핀다.

콩 볶을 때 나는 콩알 터지는 듯한 소리가 났는데, 아무리 훑어봐도 콩처럼 생긴 것은 보이질 않는다. 그때 풀섶 쪽에서 킥킥거리며 낮게 소리 죽여 웃는 소리가 들렸다. 그제야 연실이는 그 소리를 나게 만든 장본인이 누구인지 알아차렸다.

"평구 오라버니, 또…"

연실이만 보면 눈이 튀어나와 있네, 코가 작네, 입술이 닭 모래집같이 생겼네 하며 놀려대기 일쑤고, 이렇게 생각지도 못한 곳에서 튀어나와 연실을 놀라게 만든다.

"오라버니! 이건 또 뭐예요? 자꾸 나 놀리면 우리 어머니한테 다 이를 거예요."

사실 일러봐야 금산댁이 연실이 편을 들어줄 리도 없지만, 이렇게 으름장이라도 놓아야 속이 풀린다. 금산댁은 지난 달 평구가 뒷마당에 설거지대를 만들어 준 뒤로는 평구가 사위라도 된 냥 더 감싸고 들었다. 기특한 짓만 한다고 보기만 해도 흐뭇해 하니 기특하다고 보기만 해도 마냥 예뻐하니 평구의 장난 짓을 일러줘도 들은 척도 하지 않을 것이다. 오히려 연실에게 역정을 낼 수도 있다.

"소쿠리라도 쏟아졌음 나 오늘 어머니한테 또 몇 대 맞았을 거란 말이야… 오라버니 자꾸 이러면 이제 다시는 본 척도 안할 거예요!"

말은 앙칼스럽게 하지만 작은 입술에 옅은 미소가 번지는 것이 싫어하는 눈치는 아니다.
 "연실아, 미안, 미안. 다시는 장난질 안하마. 하하."
 연실은 이렇게 장난질 후 기분 좋게 웃으며 잘못했다고 비는 평구가 싫지만은 않았다. 하지만 평범한 마을 청년들처럼 집안일을 거들어 농사를 짓거나, 하다못해 관청 잡일이라도 해서 밥벌이를 해야 할 것인데 허구한 날 창고에서 무언가를 만들고 있으니 건실해 보이지는 않는 것이다.

 금산댁은 남편이 일찍 죽고, 혼자 몸으로 연실이를 키우며 마을 초입에서 작은 주막을 하고 있다. 김제는 비옥한 평야가 펼쳐져 있고, 벽골제가 있어 물도 풍부한 곳이라 벼농사가 다른 인근 지역보다 잘되는 곳이다. 사시사철 농사거리가 많아 일이 없어 굶는 경우는 없고, 특히 평구가 사는 곳은 인심이 후한 이 대감 댁이 큰 지주라 배를 곯는 사람 없이 조용하고 평화로운 마을이다. 이런 곳이니 당연히 오고가는 상인이나 객이 많아 금산댁의 국밥집은 제법 장사가 잘되어, 연실의 어수룩한 손도 필요할 때가 많다.
 손님이 평상에 꽉 들어차면, 새 뚝배기가 모자라서 연실이 빠르게 설거지를 해줘야 하는데 우물가까지 그릇들을 이고 가서 하고 오려면 여간 힘든 게 아니다. 평구는 그런 연실이 안 된 마음이 들어 주막 뒷마당에서 설거지를 할 수 있도록 설거지대를 하나 만들어 주었다. 한가할 때 미리 물을 받아두었다가, 필요할 때 설거지함에 물이 흐르게 장치를 만든 것이다.
 손재주가 좋은 평구는 생긴 것하고는 다르게 눈치가 빠르고 영민하여 뚝딱하고 필요한 것을 잘 만들어 낸다. 쇠를 녹여 물통의 아래쪽에 작은 문을 만들어 설거지함으로 물이 떨어지게도 하고 멈추게도 하니 그것을 본 마을사람들은 삯을 치를 테니 하나씩 만들어 달라고 야단이었다.

가을에 밤이 뒷산에 지천으로 깔려 있어도 벼 수확에 일손도 바쁘고, 번거로운 밤 껍질 까는 것이 귀찮아 그대로 버려두는 경우가 많았다. 평구는 그 밤이 아깝기도 했고, 연실이 밤을 좋아한다는 것을 알고는 쉽게 밤송이를 털고, 밤알을 꺼낼 수 있는 요긴한 물건도 만들어 냈다.

따가운 밤송이를 손으로 만질 필요 없이 그 물건으로 밤송이를 누르기만 하면 토실한 밤이 튀어나온다. 새로운 물건을 하나씩 만들어 낼 때마다 금산댁의 평구에 대한 점수가 올라가는 것이다.


미안하다며 후다닥 연실의 앞을 지나쳐 도망가는 평구를 흘겨보기는 하지만, 연실의 눈빛에 밉지 않은 웃음이 서려 있다. 준수한 외모는 아니지만 마을에서 인정하는 손재주를 가지고 있고, 어릴 때는 신동 소리를 들을 정도로 서당공부에서 빛을 발했다.

무엇보다 금산댁에게 살갑게 하고, 연실이에게 장난질을 해대서 난처하게 만들기도 하지만 웃는 상이 밉지는 않다. 단지 하는 일이 딱히 정해진 게 없고 창고에 틀어 박혀 괴상한 물건들만 만들고 있으니 혼기가 찬 연실이로서는 답답할 뿐이다. 이렇게 장난질만 할 것이 아니라 관청 허드렛일이라도 할 수 있게 무관시험이라도 치르면 좋으련만…

평구의 집에서도 답답하기는 마찬가지였다. 느지막이 얻은 막내아들이 형들과 달리 똑똑하여 없는 형편에 서당공부까지 시켰는데, 허구한 날 창고에 틀어 박혀 어른들 눈에는 이상하기만 한 물건들을 만들고 있으니 저녁마다 평구에게 한소리씩 퍼붓기가 일상이다. 며칠 전부터는 창고 쪽에서 '탁탁' 무엇인가 터지는 소리가 들리더니, 어제는 '푸앙'하고 큰 소리가 들리며 불빛까지 창고 문 틈새로 퍼져 나왔다.

"저 놈이, 급기야 집까지 홀랑 태워 먹을 놈 일세. 너 당장 안 나올테야? 이번 시험에 또 응시 안 하기만 혀 봐. 국물도 없을 줄 알어. 막둥이라고 오냐오냐 했더니… 장가 안갈 거여? 연실이가 언제까지 저러고 있을 거 같아? 윗동네 삼칠이가 중매쟁이를 보낼 모양이던디, 정신 차려!"

하지만 금관댁이 자길 아끼는 줄 알고 있으니 평구는 전혀 마음이 쓰이질 않는다. 아버지 지청구에도 아랑곳하지 않고 요 근래 만들기에 집중하고 있는 화약에 온 신경을 쏟고 있다. 아까 **연실**의 발바닥 밑에서 터진 것이 작은 종이화약이다. 소리만 요란 할 뿐 상처를 입힐 정도의 힘은 없다. 평구가 만들고 싶은 것은 터지면서 근처에 있는 물건이 망가지거나 쓰러지는 위력을 가진 화약을 만드는 것이다. 불꽃이 일면서 타닥거리며 소리를 내는 정도이지 평구가 원하는 정도의 화력이 아직 없다.

만드는 동안 평구의 손등과 종아리에 작은 화상들을 입긴 했지만, 그런 건 아무래도 상관없었다. 평구의 부모님이나 마음에 두고 있는 연실이의 바람처럼 무과가 아니면 잡과에라도 응시하여 직업을 가져야 하겠지만 전혀 그럴 마음이 없는 것 같았다. 한 가지 일에 몰두하면 다른 것은 눈에 들어오지 않는 성격 탓에 평구 집 뒷마당 창고에서는 무언가 터지는 소리가 끊이질 않았다.

10월 추수철이 되면서 김제의 평구가 사는 마을에도 벼 타작이 한창이고, 쌓이는 벼 가마니만큼 마을 사람들의 손길도 바빠지기 시작한다. 어느 정도 바쁜 농사일이 마무리가 되면 이 대감댁에서는 일 년 농사를 짓느라 고생한 소작농 뿐 아니라 마을 사람들을 위해 며칠간의 잔치를 여는데 그 규모가 여간 큰 게 아니다. 넉넉한 인심만큼이나 준비하는 음식이나 잔치놀이가 인근 다른 마을에서 구경을 올 정도로 성대하다.

　올해도 어김없이 잔치 준비로 마을 전체가 바쁘다. 음식 솜씨 좋은 금산댁은 일찌감치 주막 일을 정리하고, 이 대감 집의 행랑채로 급히 발걸음을 한다. 허드렛일이라도 돕기 위해 연실이도 함께이다. 행랑채에는 먼저 와 기다리고 있는 마을 아낙들이 모여 지짐에 쓸 파를 다듬고 있다.

　"연실이 왔어? 안채에 평구 왔는데, 들어가 아는 체라도 허지 그래? 호호호."

　벌겋게 달아오르는 얼굴을 두 손에 감추고 금산댁 뒤로 슬그머니 몸을 숨기는 연실 대신 금산댁이 답을 한다.

　"평구가? 무슨 일로 왔는데? 음식 할 걸 도울 거도 아니고. 심부름 시킬게 있으셨나?"

　"대감님이 부르신 모양이야. 이번 잔치 때 쓸 특별한 거라도 만들 모양인거 같던데. 평구가 뭐든 잘 만드니께."

　아침상을 막 물렸을 때 이 대감 댁 머슴이 평구를 데리러 정서방네로 왔었다. 이 대감이 특별히 부탁할 것이 있다고 채비 마치는 데로 들려주길 바랐다. 채비할 것도 없이 평구는 그길로 머슴을 따라 나섰고, 그때부터 여태 안채에서 대감과 대감 댁 친척이라고 불리는 높은 지체의 양반과 머리를 맞대고 점심도 대충 때우고, 이야기를 이어가고 있다.

평구는 한지에 붓으로 무언가를 열심히 그리고 있고, 두 대감은 연신 고개를 끄덕이며 감탄하는 모습이다. 연실이에게 장난질을 하던 평구의 여느 때 모습과는 완전히 다른 진지한 표정에 제법 어른 티가 났다.

"이게 진짜 된다는 게지?"

평구를 데리러 왔던 머슴이 이 대감의 친척이라고 귀띔해 준, 그리고 지체 높은 양반이라고 겁을 줬던 그 분이 묻는다. 생각했던 것과는 다르게 자그마한 체구였는데 얼굴에서 강인함이 느껴지는 그 양반은 이 대감보다 더 관심 있게 평구의 그림을 뚫어져라 보고 있다.

"그럼요. 소인이 벌써 몇 번이나 해본걸요. 집 창고 안이긴 하지만, 분명히 됩니다요."

"어허. 이번 잔치는 더 신명이 나겠구만. 바로 준비할 수 있겠는가?"

"될 수 있도록 하겠습니다. 그럼 소인은 그만 물러가서 준비를 하겠습니다."

평구는 한시라도 빨리 만들고 싶은 마음에 서둘러 자릴 일어섰다.


다음날 이 대감 집 앞 마당과 사람들이 앉을 만한 웬만한 자리에는 마을 사람들이 모여서 점심나절부터 소란스러웠다. 부엌의 아궁이와 마당에 만들어진 큰 아궁이위에는 뒤집혀진 솥뚜껑이 각종 전들을 굽느라 지글거리고 있고, 넓은 솥단지 속에서는 수육이 고소하게 삶

아지고 있다.

 선선한 가을바람이 불지만 종일을 뛰어노느라 땀 마를 새가 없는 마을 아이들 손에는 원래는 하얀 색이었던 떡이 검게 변해서 들려져 있다. 평구가 만들어 준 노리개를 가지고 노느라 엄마가 쥐어준 떡을 먹는 거조차 잊어, 손에서 묻은 검은 때 국물에 떡 색이 변한 것이다. 볏짚을 엮어 만든 새 모양의 노리개는 바람방향을 잘 태워 날리면 어른 키를 훌쩍 넘기는 높이까지 떠올라 전을 부치는 아낙들에게로 날아가 지청구를 듣기도 했다. 해가 지기 전에 잔치 음식은 마당마다 넓게 차려지고, 삼삼오오 마을 사람들이 모여 자리를 잡는다.

 일 년 중 명절이 아닐 때 이렇게 기름지고 귀한 음식을 먹을 수 있는 날이 바로 오늘이다. 서해안 바닷가에서 공수해 온 해산물들이 들어간 찜과 찹쌀로 버무려 찐 부각, 특이하게 밤맛이 나는 김제 감자로 만든 떡, 특별히 이 대감이 준비한 흑염소 수육, 쌀로 만들어 빚은 술까지 더해져서 명절보다 더 거한 잔칫상이다.

 술이 상마다 몇 주전자씩 비워지고 나면, 마을 남정네들의 얼굴이 붉어지면서 여기저기에서 노랫가락이 흘러나온다. 아이들은 그런 아버지의 모습이 사뭇 창피하여 어머니 뒤에 숨어 인상을 찌푸릴 때쯤, 이 대감 댁 안채에서 머슴 부르는 소리가 들려왔다.

 "돌쇠야! 평구 좀 불러오너라."

 돌쇠가 미처 평구를 찾기 전에 마당귀퉁이에서 잔치 상의 음식은 먹는 둥 마는 둥 하고 기다리던 평구가 이 대감 앞으로 나섰다. 함지박 가득 무언가를 들고는 대감을 향해 꾸벅 인사를 하고, 따로 약속한 것이 있었던 듯 대문 밖 넓은 장소로 함지박을 들고 나선다.

 "자, 모두들 어지간히 배가 부른 것 같으니, 바깥으로 나가서 재미있는 구경 한번 해봄이 어떻겠소?"

 가끔은 장구와 꽹과리를 치며 신명난 춤판을 벌리기도 하였는데, 오늘은 다른 준비를 한 모양이라고 여기며 마을 사람들은 엉덩이를 털며 자리에서 일어나 밖으로 나갔다. 아이들도 엄마 손을 잡고 제법 어둑해진 사위에 조심스럽게 밖으로 나서는데 갑자기 넓은 공터 한가운데에서 '푸지직' 하는 소리가 났다.

 순식간에 그 소리는 하늘로 쏟아 오르며 '펑'하는 소리와 함께 불꽃이 일어났다. 아낙들은 귀를 막으며 그 자리에 털썩 주저앉고, 아이들은 무서우면서도 신기해서 밤하늘을 향해 젖힌 고개를 바로 세우질 않는다.

 두 번 세 번 터지는 동안 무서움은 놀라움과 신기함으로 바뀌고 연달아 터지며 밤하늘을 수놓는 불꽃에 넋이 나가 벌어진 입을 다물지를 못한다. 놀라기는 이대감과 친척 대감도 마찬가지다. 특히 친척이라고 하는 그 대감의 눈빛에는 그저 놀라기만 하는 마을 사람들과는 다른 생각의 눈빛이 일었다.

 대여섯 번 불꽃이 터지고 나서야 아이들은 함성을 지르고, 새카만 하늘과 어우러져 빛나면서 퍼지는 불꽃에 농사일에 집안일에 힘들었던 몸과 마음이 다 풀리는 것 같았다. 옆 동네에서는 괴상한 소리와 함께 갑자기 별들이 요동치는 것 같은 밤하늘 모습에 사립문을 다시 단속하고 방으로 들어가 무서운 마음을 진정시킨다.

 "이게 도대체 무슨 조화란 말인고?"
 "흐미, 귀신 곡할 노릇이제? 하늘에 날리는 게 대체 뭐지?"
 너도 나도 궁금하기는 하지만 그 아름다운 모습에 그냥 넋을 놓고 보고 있다. 이 대감이 특별히 준비한 것이니 해로운 것은 아닐 것이라는 생각도 들었다. 평구는 준비한 것을 모두 날릴 때까지 한 발 한 발 온 정성을 다해 불을 붙였다. 바로 옆에서는 연실이 평소와는 다른 표정의 평구를 보고 있다.

발밑에서 콩 볶는 소리를 내며 터지던 것이 이것을 위한 연습이었나 보다 하는 생각이 스쳤다. 조그만 코끝이 찬 바람에 발갛게 변한 것을 본 평구는 자기가 하고 있던 낡은 목수건을 연실에게 얼른 건네고 다음 발에 불을 붙였다.

"고뿔 들것어. 얼른 목에 둘러."

"오라버니가 더 추울 건데…"

멀리서 그 모습을 보는 금산댁도 마치 자신이 목에 수건을 두르는 것처럼 따뜻해졌다.


연실과 금산댁, 그리고 평구의 부모는 어제까지의 평구와 지금의 평구가 완전히 다른 사람인 것처럼 보였다. 그렇게 마을 잔치는 무르익고, 불꽃놀이도 어느덧 끝이 나고 나니 평구는 편안한 마음이 되어 배고픔을 느꼈다.

연실이 눈치 빠르게 다시 상을 봐서 차리고, 금산댁은 괜히 어깨가 으슥하여 목소리를 한껏 높여가며 잔치 마무리를 한다. 이 대감의 안채에서는 두런두런 말소리가 끊이질 않고, 중간 중간 평구의 이름이 오르내린다.

이날의 불꽃놀이가 평구의 인생에서 중요한 사건이 될 줄은 그때는 미처 깨닫지 못했다. 평구와 이 대감의 친척이라는 사람의 인연이 평구 본인 뿐 아니라, 조선의 역사에도 큰 영향을 주게 될 것이라는 것을 아는 사람은 그 당시에는 아무도 없었다.

다음날 평구는 이 대감 집으로 불려 갔고, 어떤 이야기가 오갔는지 모르지만 갑자기 그날부터 평소에는 시큰둥하게 생각했던 무관 시험을 준비하기 시작했다. 창고에 틀어박혀서 무언가를 만들기만 했던 평구는 무관시험을 위해 열심히 준비를 했고, 말단직이긴 했지만 무관이 되었다. 얼마 후에는 당연한 수순으로 연실이와의 혼사가 치러졌고, 따로 집을 마련하지 않고 금산댁의 아랫방에 신접살림을 차렸다. 동네 사람들은 따로 집을 마련하지 않고 처가살이를 하는 평구에게 곱지 않은 시선을 보내기도 했지만 평구의 부모와 금산댁은 무슨 연유가 있는 듯 그저 싱글벙글 웃고 다녔다.

이 대감의 친척이라는 사람이 다시 나타난 것은 그로부터 몇 달이 지나서였다. 작은 체구에서 품기는 강인함은 여전하여 그가 들어서는 마을 어귀에서 뛰어놀던 아이들이 길을 비키며 눈치를 본다. 아이들 손에는 평구가 만들어 준 노리개가 들려 있고, 노리개가 그 어른의 옷깃에 닿을까봐 날리기를 그만두고 눈치를 본다.
이번에는 이대감 집이 아닌 마을 어귀 금산댁 주막으로 향해 가는데, 여기저기에서 무슨 일인지 궁금해 하며 수군거리는 소리가 들린다. 갈 때는 수발을 드는 머슴과 둘이였는데 금산댁을 나서는 이 대감의 뒤에는 이제 부부가 된 평구와 연실이 함께이다. 빈 몸이 아니고 등짐을 잔뜩 지고 있는 것이 영락없이 먼 길 떠나는 모습이다.
따라나서는 금산댁의 눈가가 젖어 있는 걸로 봐서는 분명 어딘가로 가는 모양이었다. 눈물자국은 연실의 얼굴에도 묻어 있지만 표정이 나쁘지 않고, 오히려 평구의 얼굴에는 감출 수 없는 기쁜 표정이 서려 있다. 전날 밤에는 평구의 본가에서 하룻밤을 자고 먼 길 떠나기

전 인사를 하고 온 참이었다.

　그들은 김제를 떠나 전라도 여수를 향해 발걸음을 재촉했다. 평구 부부를 앞서 먼저 말을 타고 출발한 이 대감의 친척이라는 사람은 놀랍게도 전라우수사로 부임한 이억기라는 명장이었다. 이억기는 평구의 손재주와 비상함을 보고, 조선 병영에 필요한 인재라고 생각하여 무관시험을 치르고, 본인을 기다리라고 명했다. 이억기의 추천으로 평구는 전라좌도수군으로 발령받게 되었고, 그 곳에서 평소 만들고 싶었던 화약과 무기 등을 제대로 된 여건 속에서 만들 수 있을 것이라는 설렘에 여수로 가는 길이 힘들게 느껴지지 않았다.

＊＊＊

　"어머니, 진정하세요. 아가씨! 일단 방으로 들어가요. 어머니!"

　결국, 김미령 여사는 핏기 없는 얼굴로 정신을 잃고 쓰러졌다. 첫 아들 정진을 낳은 후 오랜 기다림 끝에 얻은 딸이었다. 12년이나 기다리고 본 딸이라서 더 애지중지하며 키웠다. 김 노인보다 더 딸을 예뻐하며 정성을 쏟았던 남편은 안타깝게 그 딸이 초등학교를 들어가던 해 사고로 세상을 떴다.

　시어머니와 함께 교방식당을 하고 있었던 미령은 남편을 잃은 슬픔을 견디기 위해 더욱 식당일에 몰두했다. 정진은 아버지의 사고 후 군 입대를 했고, 막 초등학생이 된 유진은 아빠의 빈자리를 누구보다도 크게 느끼며 말수도 부쩍 줄고, 혼자만 있고 싶어 하는 시간이 점점 늘었다.

　딸의 방을 다락방이 있는 방으로 정해 주었던 것은 미령의 남편이었다. 다락방에 분홍색 꽃무늬 벽지로 직접 도배를 하고, 행여 오르내리는 계단이 위험할까봐 한 단 한 단 사포질로 다듬고 정성을 들였다. 일요일이면 딸아이와 둘이서 무얼 하는지 다락방에서 속닥거리고 보내는 시간이 많았다. 낄낄거리는 웃음소리가 나고, 퉁퉁 다락방에 딸아이의 잰걸음 소리가 나고, 작은 창문으로 들어오는 햇살이 아래로 저물 때가 되어야 아빠와 딸은 그들만의 아지트에서 내려왔다.

식당일이 바쁠 땐 홀 서빙이라도 도와주면 좋으련만 둘이 그곳을 올라가면 서너 시간을 내려올 생각을 하지 않았다. 고등학생인 수험생 정진이 오히려 바쁜 주말 일손을 거들었다. 정진은 나이 차이 많이 나는 여동생이 그저 귀여워서 그 여동생과 놀아주는 아버지를 원망하거나 부러워하기 않았다. 유진이 먹을 간식으로 단팥빵과 바나나를 챙기는 것도 정진이었고, 특히 여름엔 유진이 좋아하는 초콜릿 맛 아이스크림을 다락방에 올려주는 것도 정진이었다.

유진은 사이가 각별했던 아빠의 빈자리가 너무 커서였는지 또래보다 더 빨리 사춘기가 왔고, 초등학교 4학년 때부터는 학교 공부에는 도통 관심이 없었다. 도서관 구석에 박혀 문 닫는 시간까지 책을 봤다.

정진이 군 제대 후 집으로 돌아와 집안의 가장 노릇을 하느라 마음이 무거운 중에도 더 힘들었던 것은 무기력한 유진의 마음을 여는 것이었다. 그나마 책에 관한 이야기를 나눌 때면 겨우 정진과 눈을 맞추고 함께 시간을 보내주었다. 특히 자동차와 비행기 등 기계와 관련한 책을 좋아했다. 아마 아빠와 함께 했던 기억 때문일 것이었다.

미령의 남편, 유진의 아빠는 공학도였다. 졸업 후 자동차 관련 회사에서 일을 하긴 했지만, 항공기에 관해서도 해박한 지식을 가지고 있었다. 다락방에서 유진은 아빠와 주로 비행기에 관한 책을 읽고, 이야기를 했었다. 그래서인지 초등학생이 읽기에는 어려운 책을 시립 도서관에서 빌려 읽었다. 학교 공부는 더욱 뒷전이었다.

중학교에 진학하고 얼마 후 유진의 담임선생님이 학교에 한 번 와달라고 연락을 해왔다. 대학을 졸업 후 공무원 시험을 치르고, 시청에서 근무하고 있던 정진과 함께 담임을 만났다.

"선생님, 죄송합니다. 아이 맡겨두고 이제야 인사를 합니다."

허리부터 조아리는 미령에게 의자를 당겨 앉길 권하는 선생님은 별 말씀을 다하신다며 친절한 미소를 지었다. 갓 부임한 것 같은 젊은 여선생이었다. 학교생활에 대해 집에서는 거의 이야기하지 않았던 유진이 중학교를 가고, 첫 날 담임 선생님을 만나고 와서는 딱 한마디를 했었다.

"봐줄만해."

그래서 안심했었다. 그건 마음에 든다는 말이었기 때문이다. 성적이 좋을 리 없었다. 진주에 있는 인문계 고등학교에 갈만한 성적이 안 될 거라는 것도 알고 있었다. 별 탈 없이 학교를 졸업하고 진주에 있는 고등학교에 진학만 할 수 있기를 바랐다.

"오빠도 함께 오셨네요. 유진이가 오빠 이야길 몇 번 했어요. 앉으세요."

집에서는 거의 말이 없는 아이가 선생님에게 오빠 이야기를 했다는 게 의외였다. 정진은 그 말을 듣고 어떻게 이야길 했는지는 모르겠지만 안심이 되었다. 학교에서 말도 한 마디 하지 않고 지내는 줄 알았기 때문이다. 정진까지 함께 간 것은 혹시 유진에게 무슨 문제가 있나 해서였다. 성적이 나쁘기는 했지만, 학교규칙을 어기거나 급우들과 사이가 좋지 않아서 문제를 일으킬 아이는 아니라고 생각했다. 하지만 내 자식이니 믿고 싶은 마음이 더 컸지 실제 밖에서의 생활을 확신할 수는 없었기 때문에 담임의 호출 긴장을 할 수 밖에 없었다. 그런데 의외의 이야기를 들었다. 전체적인 성적이 하위권이긴 했지만, 수학과 과학 중에서도 관심 있는 부분에서는 중학생 수준보다 훨씬 높아서 담당과목 선생님들이 놀란다고 했다. 그리고 여느 여학생들과는 다르게 비행기와 자동차에 관심이 많고, 대학생 수준의 책도 읽을 정도이니 항공고등학교에 진학하는 것을 고민해보라는 거였다.

한 번도 생각해보지 못했었다. 진주에 그런 고등학교가 있다는 것도 담임의 이야기를 듣고 처음 알았다. 물론 들어가기가 쉬운 곳은 아니지만 유진과 상담을 해보니 관심을 보였고, 지금부터 준비한다면 충분히 가능성이 있다고 자신있어했다. 선생님은 2학년과 3학년이 되어 담임을 맡지 못하더라도 계속 챙겨봐주겠다고 했다. 김 여사와 정진은 유진만 좋다면 상관이 없었다. 무엇이라도 하고 싶은 게 있다고 하니 그것만으로도 좋았다.

유진은 달라졌다. 항공고등학교는 입학하기가 쉬운 곳이 아니었다. 내신관리도 해야 하고, 체력테스트도 있어서 평소 운동도 해야 했다. 도서관과 자기 방의 다락방에만 틀어 박혀 있던 유진은 오빠의 등을 떠밀어 운동장을 돌기도 하고, 혼자하기 어려운 과목은 학원을 다니며 공부를 했다.

오랜만에 촉석루 식당 바깥채와 안채에 웃음소리가 새어나오고, 정진이 다락방으로 늦게까지 공부하는 유진의 간식을 나르는 모습도 심심찮게 보였다.

항공고등학교에 입학하는 날 미령은 남편이 먼저 세상을 뜬 후 처음으로 밤사이 한 번도 깨지 않고 깊은 잠을 잤다. 그렇게 이년 동안 순조롭게 촉석루의 세월이 흘러가는 듯했다. 전원 기숙사 생활을 하는 학교 규정상 일주일에 한 번 집에 왔고, 학교제복을 입고 촉석루 식당 큰 대문을 열고 들어오는 모습을 볼 때마다 미령은 회사 작업복을 입고 퇴근을 하던 남편의 모습이 겹치면서 마음이 벅찼다.

2학년이 되면서 교내 동아리 활동을 한다고 토요일이 아닌 일요일에 집으로 오는 경우가 가끔 있었다. 모형항공기반에 가입을 했는데, 모형항공기도 제작하고 기초 비행이론을 배울 수 있는 동아리반이라면서 좋아했다.

유진은 집에 오는 날이면 오빠에게 밤새 모형항공기에 관한 이야기를 늘어놓기도 했다. 초등학교 때부터 읽어왔던 책에서 본 비행기를 직접 보기도 하고, 모형이었지만 만들어 보기도 했으며 가상이었지만 비행기 조종을 배우기도 했으니 정규수업과정보다 더 열심히 활동을 하였다. 3학년에 올라가서도 동아리 내에서 간부를 맡아 활동을 할 만큼 적극적이었다.


그 즈음 미령에게는 좋은 일이 생겼다. 서른을 코앞에 둔 정진의 결혼이 늦어지는 게 걱정이었는데 결혼할 여자 친구를 데려온다는 것이었다. 온 정신을 유진에게만 쏟고 살아 왔다. 정진을 돌아볼 겨를이 없었고, 나이 차이가 많이 나는 정진은 알아서 앞가림을 잘해주었다.

더 기뻤던 것은 그 여자 친구가 다름 아닌 유진의 중학교 1학년 때의 담임이라는 것이었다. 아마도 그때 상담이후 유진의 진학 문제로 자주 전화를 하면서 마음이 통했던 모양이었다.

결혼 준비는 일사천리로 진행되었고 가을에 촉석루 식당 뒷마당에서 정진과 유진의 담임이었던 한수현 선생님이 결혼을 했다. 가까운 친척과 친한 지인들만 불러서 조용히 식을 올리고, 촉석루 교방음식 으로 잔치 상을 차렸다. 결혼 후 수현은 제자였던 유진을 깍듯하게 아가씨라고 부르고, 촉석루 뒤 안채에서 함께 살면서 부대끼며 정을 쌓았다. 이렇게 행복한 나날이 이어지고 있었다.

 학교에서 걸려온 전화를 받은 것은 한참 식당의 저녁장사 준비로 바쁜 시간이었다. 유진의 담임은 머뭇거리며 정확한 이유를 제대로 말해주지 않고 그냥 학교를 방문해달라고만 하고 전화를 끊었다. 아직 퇴근 전인 정진을 대신해 며느리인 수현과 미령은 급히 학교를 향해 차를 몰았다.

 담임은 교무실이 아닌 보건실로 미령을 데리고 갔고, 거기서 한 쪽 침대에 누워있는 유진을 발견했다. 지난주에 동아리 모임이 있다고 집엘 오지 않았었다. 가끔 그런 일이 있기도 했기 때문에 대수롭지 않게 여겼었다. 유진은 미령을 보고는 얼굴을 돌렸다. 수현은 얼른 유진에게로 다가가 얼굴을 갖다 대고 무슨 일인지 작게 물었다. 하지만 어떤 대답도 듣지 못했다.

 담임은 그런 수현과 유진을 두고, 미령을 밖으로 불러내었다. 복도로 나간 얼마 후 미령의 신음 소리가 들렸고, 보건실 문을 열고 들어서는 미령의 얼굴이 하얗게 질린 것을 봤을 때 수현의 머릿속엔 온갖 생각들이 스쳐 지나갔다.

"너, 유진이 너, 아니지? 아니라고 해!"

터져나오는 울음을 삼키며, 차마 귀한 딸아이에게 손찌검도 하지 못해 자신의 가슴팍을 치며 현실을 부정하는 말만 계속 했다. 기숙사에서 짐을 챙겨 집으로 가는 차안에서도 유진은 한마디도 하지 않았고, 미령도 얼마나 속으로 악을 썼던지 기운이 빠져 눈을 감은 채 반은 실신상태로 의자에 파묻혀 있었다.

촉석루 주차장에 차를 대자마자 정진과 하동댁이 뛰어나왔고, 그 자리에서 비로소 미령은 유진에게 제대로 된 소리를 지르기 시작했다.

"누구야? 누구냐고? 너 죽고 나 죽자. 어쩌려고 그러는 거야? 대체 왜?"

유진은 임신 5개월째였다. 체력단련 시간에 평소와는 다르게 맥을 못 추고, 수업 중에 졸다 걸려서 받는 벌점이 눈에 띄게 많아지자 아무래도 이상하게 생각한 담임이 유진을 불러 상담을 하다가 알게 되었다고 했다.

유진은 절대 상대방 남학생을 말하지 않았고, 자퇴를 하겠다고 했다. 학교생활에 성실했고 성적도 뛰어난 학생이었다. 담임 입장에서 너무나 아까운 학생이었다. 하지만 어쩔 수 없었다. 억지로 해결할 수 없는 일이었다.

유진은 집으로 와서도 입을 닫았다. 수현이 어르고 달래도 말을 하지 않았다. 그 사이사이 미령은 화를 내고, 소리를 지르고, 울고를 반복했다. 일주일이 지나고, 다락방에서 어릴 적 가지고 놀았던 무릎담요를 덮고 멍하니 앉아있는 유진 옆에 정진이 앉았다. 얼마나 예뻐했던 어린 동생이었는가. 단팥빵이 쟁반에 담겨 정진의 손에 들려있다. 유진은 피식 웃으며 '옛날 생각?'하고 물었다. '응.' 하고 대답하며 빵 하나를 뜯어 내밀었다.

유진은 학교 동아리 활동에서 만난 친구이야기를 풀어놓았다. 그 친구의 이름은 정연우이고 같은 학년이었다. 반은 달랐지만 한 학년생이 150여명이고, 그 중 여학생은 10명 안팎이라 서로 이름 정도는 알고 있었다. 그러다 동아리 모형 항공기반에서 같이 활동을 하면서 친해졌고, 3학년 때는 둘 다 간부 활동을 하면서 함께 보내는 시간이 많아졌다. 유진은 연우에게서 아빠를 느꼈다고 했다. 그래서 좋았다고 했다. 비행기 이야기를 했고, 같은 꿈을 꾸며 함께 보내는 시간이 행복했다고 했다.

정진이 결혼을 하고 그 즈음 유진이 주말에 집에서 자고 가는 일이 조금씩 뜸했었다. 3학년이라 바쁠 거라고 다들 생각했다. 고등학생이 되었으니 이제 아빠의 빈자리를 크게 느끼지 않을 거라고 생각했다. 학교생활을 잘하고 있을 거라고 생각했다. 여전히 아빠를 그리워하고, 그 자리를 대신해 주는 남자친구가 있을 것이라고는 생각도 하지 못했던 자신이 원망스러운 정진이었다.

아이는 꼭 낳고 싶다고 하는 유진을 말릴 수가 없었고, 그 모든 과정에 남자아이를 부르지 않길 바랐다. 정진도 모친에게 입을 다물었다. 유진의 바람대로 해주고 싶었고, 정연우라는 친구를 불러 이 상황을 함께 겪게 한다면 두 사람의 미래가 그렇게 같이 하는 것으로 되어버릴 것 같아서 두려웠다.

결국 졸업식에는 참석하지 못했고, 학과 과정을 모두 이수했기 때문에 졸업장은 받을 수 있었다. 물론 우편으로. 그리고 불러 오는 배를 감싸며, 유진은 방에서 안채 뜰에서 다락방에서 대부분의 시간을 보냈고, 주말 오빠 부부와 진주성 나들이를 하는 것으로 바깥공기를 마시는 것은 대신했다.

수현은 항공고등학교에 보내길 권했던 자기 탓은 아닐까하는 마음으로 애가 탔고, 정진 역시 어린 여동생을 제대로 돌보지 못한 게 안타까워 애가 탔다. 그렇게 봄이 가고, 여름이 왔다. 여름 소나기가 며칠 째 내리던 날 진통이 왔고, 유진은 가고 아이가 왔다.

미령은 남편처럼 갑작스럽게 딸을 보내고, 느닷없이 손녀를 안았다. 믿기지 않았지만, 그렇게 가고 말았다. 수현과 정진은 그 아이를 당연히 본인들의 아이로 여기고 호적에 올렸다.

유진을 보내는 날 어린 남학생이 찾아왔다. 본인이 정연우라고 했다. 정진과 수현은 그 아이를 원망하지 않았다. 모친이 보면 마음이 더 괴로울까봐, 혹시 그 아이에게 또 다른 상처를 입히게 될까봐 그냥 조용히 보냈다. 아이에 대해서는 서로 언급을 하지 않았다.

그는 너무 여리게 보였고, 아직 책임을 지기엔 어렸다. 그는 부모가 없이 할머니 손에서 자라 어린 시절이 불우한 아이였다. 학교를 졸업하고 이제 성인이 되었지만, 정진의 눈에는 유진처럼 마냥 아이로만 보였다. 공군 부사관으로 임관을 한다고 했다.

수현은 꺽꺽 울음을 삼키고 있는 연우를 꼭 안아주면서 잘 지내라고 했다. 그리고 아이 이름은 이유연이라고 한마디만 건넸다. 정진의 아이이니 이씨였고, 유진의 '유'자와 연우의 '연'을 넣어 만든 이름이었다. 이름은 정진의 생각이었다. 또 다른 부모의 흔적을 남겨주고 싶었다.

처음 몇 달 동안 미령은 아기를 보려 하지 않았다. 딸이 그 아기 대신 죽었다고 생각하기도 했고, 딸의 모습이 자꾸 떠올라 아기를 볼 수가 없었다. 대신 수현은 그 아기를 마치 자신이 낳은 자식인 것처럼 살뜰히 보살폈다.

모르는 사람들은 수현이 막 결혼한 새댁이었으니 당연히 수현과 정진의 아이일거라고 생각했다. 수현은 유진과의 만남이 운명이었듯이 유연과의 만남도 엄마와 자식관계 만큼이나 운명적인 것이라고 생각했다.

"정진씨, 유연은 내가 낳은 아이에요. 그냥 그렇게 믿고 살아요. 그리고 우리 앞으로 아이는 유연이 하나로 끝냈음 해요. 하나만 잘 키우는 걸로요. 괜찮죠?"

정진도 어쩌면 그렇게 바라고 있었을 지도 모른다. 미령은 정진이 문제가 있어 아이가 생기지 않는 것이라고 알았다. 정진이 그렇게 말했고, 그래서 며느리에게 더 미안해했고, 그 미안함에 유연을 볼 수 있게 되었다. 그렇게 유연은 촉석루 교방집의 손녀가 되었다. 모든 가족의 애틋함을 안고서.

유연의 친부가 독일의 항공관련 회사에 취직을 하여 떠났다는 이야기를 유연이 초등학교에 입학할 때 쯤 전해 들었다. 찾아오겠다는 말도 찾아 온 적도 없었지만, 정진은 그런 정연우를 이해했고, 차라리 잊어주길 바랐다.

***

전라우수사인 이억기는 평구의 화약 만드는 솜씨를 예사롭지 않게 생각했다. 김제의 사촌형인 이윤기의 집에서 평구가 만든 물건들을 봤을 때, 얼마 전 진주 교방청에서 만나 이야기를 나누었던 전라좌도 수군절도사인 이순신이 떠올렸다. 이순신이 필요로 하는 인재가 바로 평구가 아닐까 한 것이다.

잔치에 먹을 많은 양의 음식을 하기 위해서는 아궁이 불을 평소보다 세게 지펴야 했는데, 이때 사용한 풀무를 이억기는 처음 보는 것이었다. 불을 지피기 위해 사용하는 일반적인 풀무의 모양과 비슷했지만, 앞쪽 주둥이 부분에 불꽃이 튀면서 불쏘시개에 불이 붙을 수 있게 하는 장치가 되어있었다.

평구가 만들어준 것이라고 했고 그것 외에도 농사를 짓는데 필요한 농기구와 아이들이 가지고 노는 노리개 등도 있었다. 거기다가 잔칫날 밤하늘을 수놓았던 불꽃은 평구의 능력에 관한 확신이 더욱 들게 하는 것이었다.

이순신은 왜침이 있을 것에 대비하여 기존의 전선을 정비하고, 새로운 전선을 만들고자 했다. 왜에게는 조총이라는 신무기가 있으니 그들과의 전쟁에서 이기기 위해서는 기능이 더 추가된 새로운 함대가 만들어져야 한다고 주장했다. 하지만 조정에서는 그의 의견을 묵살했고, 개인적으로라도 새로운 배를 만들어야겠다는 생각을 한 이순신은 이억기와 만난 자리에서 고충을 털어놓았었다. 무엇보다 지금의 판옥선에 새로운 기능을 추가할 필요가 있다고 했었다.

이억기는 김제 친척집에 다녀온 후 이순신에게 서찰을 보냈다. 도움을 줄 만한 사람을 찾았으니, 새로운 전선을 만들 채비를 하라는 기별이었다. 진주 병영의 별군관으로 발령이 났으나 석 달쯤 이순신을 도울 수 있도록 손을 쓴 것이었다.

여수에 도착하자마자, 평구는 짐이랄 것도 없는 살림살이를 대충 정리해 놓고 바로 이순신이 있는 수군 회의실로 향했다. 이억기가 작지만 다부진 느낌이었다면 이순신은 큰 키에 수려한 외모를 가진 장군이었다. 절도사라는 직급에 어울리지 않게 수수한 옷차림을 하고 있었지만, 깊은 눈매와 그 눈매만큼이나 일자로 앙다문 입술에서 범상치 않은 기운을 느낄 수 있었다.

회의실 탁자 위에는 전선과 관련된 그림들이 흩어져 있고, 배 모양으로 깎은 나무 조각들이 마룻바닥에 널브러져 있다. 이순신 수군장의 모습과 배와 관련한 도면들 그리고 배 모양의 조각들이 어우러진 그 장면은 평구가 앞으로 무엇을 해야 할지를 알려주는 암시처럼 다가왔다. 이 수군장은 들어서는 평구를 보고 같은 느낌을 받았다. 얼의에 가득차서 도면을 훑어보는 눈빛을 보고 새로운 함대를 함께 만들어 갈 수 있겠다는 확신이 들었다.

진주로 가기 전 석 달 동안 평구는 이순신을 도와 새로운 판옥선을 만들기 시작했다. 연실은 별도로 마련된 임시 거처에서 혼자 지내는 시간이 많았지만, 병사들의 식사를 담당하는 곳에서 잡일을 거들거나, 병사들의 의복을 수선하는 일을 도왔다.

낯선 곳으로 와서 지내는 것만 해도 힘들 것이고, 숙소로 와서 자는 날보다 회의실에서 밤을 샐 때가 더 많은 평구를 원망할 법도 한데 연실은 묵묵히 평구의 하는 일을 지켜봐 주었다.

김제 고향에서 추수가 끝나고 잔치가 있던 날 밤하늘을 화려하게 수놓았던 불꽃을 쏘아 올리는 평구를 본 이후로 남편이 하는 일을 말없이 응원하게 된 것이다. 오늘도 잠시 옷을 갈아입으러 들어온 평구는 혼자 있을 연실에게 미안하여 어쩔 줄을 몰라 했다.

"조금만 기다려줘. 말동무도 없는 이런 곳에 종일을 혼자 있게 해서 미안해."

"주막일 거들어주면서 이야기도 하고, 군복 수선하는 일도 거드느라 시간 가는 줄 몰라요. 내 걱정은 하나도 할 것 없어요."

"장군님과 최선을 다해서 만들고 있으니 곧 좋은 소식이 있을 거야. 이건 나라를 위해서라도 꼭 해야 할 일이니 힘이 들어도 조금 참아 줘. 그리고 일은 조금씩만 해. 무리하지 말고."

 연실이 행여 허드렛일을 돕느라 몸이라도 상할까봐 평구는 걱정이었고, 편히 잠도 자지 못하고 몇 날 며칠을 판옥선 만드는 일에 매달린 평구가 연실은 걱정이었다.

 기존의 판옥선은 2층 구조로 이루어져 1층에서는 노를 젓고, 2층에서는 전투를 하게 만든 것이다. 갑판 아래에서 노를 젓는 노군들이 적의 화살이나 화포로부터 공격을 당하지 않게 되어 있는 구조였다. 조총이라는 새로운 무기를 갖춘 왜를 상대하려면 그것을 막을 수 있거나 아니면 더 강력한 무기가 필요하다.

 우리 군이 보유하고 있는 함대의 수도 왜보다 훨씬 적으니, 수적인 열세를 보완할 무엇인가가 더해진 질적으로 뛰어난 배가 필요했다. 그러기 위해서는 기존의 판옥선에 다른 장치가 더해져야 했다. 우리에게는 성능 좋은 화통이 이미 만들어져 있었다. 그것을 판옥선에 어떻게 적용하여 적과의 싸움에서 효율적으로 사용할 것인지가 문제였다. 그리고 배 자체의 속도와 힘이 수적인 열세를 극복할 수 있는 또 다른 해답이었다.

 평구는 그동안 만들었던 것들을 하나씩 떠올려 보고, 이순신 장군은 전투에서의 경험을 곱씹으며 거북선을 새롭게 만들어 나갔다. 거북선은 적군들이 배위로 올라오지 못하도록 판옥선 위에 덮개를 다시 씌운 것이다. 덮개를 씌우자고 결정되고 적의 총탄을 막기 위해 쇠를 주재료로 해서 만들기로 했지만 어떤 형태로 만들 것인지 고민에 부딪혔다.

그러던 어느 날 평구와 이순신 장군이 장터 대장간으로 필요한 도구를 구하러 나갔다가 우연히 키를 쓰고 소금을 얻으러 다니는 사내아이를 보게 되었다. 아마도 간밤에 이불에 오줌을 싼 모양으로 장터 가게 주인들이 꿀밤을 한 대씩 먹이기도 하고 소금을 한 줌 주기도 했다. 부끄러워하는 아이 모습이 귀여워 웃고 있는데 갑자기 장군이 얼른 돌아가자고 걸음을 재촉했다.

 그렇게 해서 만들어진 모양이 거북선의 등 모양이다. 바로 키를 거꾸로 엎어 놓은 것 같은 거북선의 등은 적군이 오르기도 어렵고 속도를 내는 것에도 용이한 형태였던 것이다.

 평구는 이순신 장군의 눈썰미에 감탄을 했고 같이 있었는데 그런 생각을 하지 못했던 자신이 한심스러워 보였다. 하지만 평구는 그 덮개 사이로 십자로를 만들어 군사들이 통행할 수 있게 하고 나머지 부분에는 칼과 송곳을 꽂아서 적군이 쉽게 오르지 못하게 하자고 의견을 내어 장군에게 칭찬을 받았다. 그리고 전쟁 시에는 거적이나 풀로 덮어 배 위에 오르려는 적군이 상처를 입도록 눈속임을 하도록 했다.

 특히 평구가 건의해서 만든 것은 배의 앞부분이다. 이순신은 배의 앞쪽에 용의 머리를 만들어 우리 조선군의 위상을 나타내고 싶어 했다. 평구는 머리 앞쪽에 입 모양의 구멍을 만들고 그 속에서 유황염초를 태워 벌어진 입으로 연기를 토하게 해서 적군을 혼미하게 만들자고 했다. 배의 뒤에는 꼬리를 만들고 그 밑에 총구멍을 설치하고 배 위 좌우에도 총구멍을 여섯 개씩 설치하였다. 즉 사면으로 포를 쏠 수 있게 한 것이다.

 김제 마을 잔칫날 밤하늘을 수놓았던 불꽃놀이에서 거북선의 입에서 불꽃과 연기를 토해내는 것을 착안했다. 그리고 적군이 배위로 올라올 때는 작은 환같이 생긴 폭탄을 밟아 놀라게 만들고, 교란시킬 수 있도록 작전을 짰다. 석 달여에 걸친 긴 작업이었다. 이순신이 배의 도면을 고민하고 그리는 동안 평구는 무기로서의 기술적인 부분을 고민하고 만들었다.

김제에서 여수로 올 당시에 연실은 홀몸이 아니었다. 배가 거의 완성되는 날 저녁부터 진통이 왔고, 그날 밤새 입에 문 마른 수건이 다 젖을 만큼 긴 진통을 겪었다. 다음 날 새벽 동이 틀 무렵 여수 수군 병사들의 숙소 한쪽에서 마을 산파의 도움으로 딸아이를 낳았다. 평구는 배가 완성되는 기쁨과 함께 아이를 안아 아비 되는 기쁨을 함께 맛봤다.

새로운 해가 떠오르고 동이 트는 하늘에 해가 아닌 다른 무언가가 바람에 날리는 것이 보였다. 딸아이가 연실의 품에서 잠든 것을 보고, 평구는 마당으로 나와서 하늘에서 이리저리 날고 있는 그것을 봤다.

아직 날이 환하게 밝지 않았지만, 바람에 몸을 지탱하고 날고 있는 그것의 줄을 따라 땅으로 내려오니 그곳에 이순신이 있었다. 아마도 석 달을 고생한 평구에 대한 감사의 표시이자, 딸의 출생을 축하하는 마음이었을 것이다.

김제에서도 명절이나 특별한 날 연을 날리기는 했지만, 그렇게 크고 높이 나는 연을 본적이 없었다. 새벽녘이라 바람이 센데도 이순신 장군은 원하는 방향으로 자유자재로 연을 날렸다.

"장군, 바람이 차온데 이렇게 일찍 어떻게 나와 계십니까? 그리고 이 연은 어떻게 이렇게 조종이 잘되는 건지요?"

"하하, 여식이 생긴 것을 축하하네. 아마 아비를 닮았으면 비상한 머리를 타고 났을 것이라 생각하네. 이건 새로운 판옥선의 완성을 축하하고, 자네의 딸아이 태어남을 축하하기 위해 띄우는 방패연일세."

방구멍이 가운데 뚫려 있어 바람을 잘 피해 날 수 있는 전술비연이었다. 전시 상황에서 암호 수단으로 사용하는 것인데 작전을 지시하거나, 공격 형태를 지시할 때 사용하는 것으로 여러 가지 그림이 그려진 문양연이다. 주로 검은색, 흰색, 붉은색, 파란색, 노란색의 다섯 가지 색과 네모, 세모, 동그라미 문양을 섞어 만든 것이다.

이날 새벽 이순신이 띄운 것은 평범한 전술비연의 모양이 아닌 새의 날개 그림이 그려진 특별한 모양의 진남 방패연이었다. 마치 큰 독수리가 날고 있는 것 같은 착각을 일으키게 하는 형상이었다.

붉게 떠오르는 해와 어우러져 날고 있는 연을 보면서, 평구는 벅차오르는 감정 때문에 눈물이 뺨을 타고 내리는 것을 들킬세라 얼른 훔쳤다. 이미 그의 마음에는 거북선이라는 이름의 전선이 아닌 또 다른 무엇이 다시 자리를 잡고, 새로운 도전에 대한 긴장감으로 심장이 두근거리기 시작했다.

"장군, 송구하지만 부탁이 있습니다. 비록 석 달간의 만남이었지만 제 인생에 있어서 최고의 인연을 만난 시간이었습니다. 다름 아니오라 장군께서 제 여식의 이름을 지어주셨으면 합니다."

이순신은 평구가 없었다면 이렇게 짧은 시간에 새로운 전선을 완성할 수 없었을 것이라 생각하였다. 무엇으로든 보상을 하고 싶었다. 딸의 이름을 지어주는 것으로 그 보답을 다 할 수 있는 것은 아니었지만, 평구가 좋아한다면 성심껏 지어주고 싶었다.

하늘을 나는 진남 방패연을 보며 이순신은 생각이 난 듯 이름을 불렀다.

"비연, 정비연, 하늘을 나는 저 연처럼 여자지만 결코 그런 것에 얽매이지 않고, 마음껏 하고 싶은 것을 하며 살길 바라는 마음이네."

평구는 장군의 진심이 느껴져서 이름이 더욱 마음에 들었다. 하늘을 나는 연은 평구에게 새로운 희망과 도전을 하게 하는 원동력이 되었고, 딸이 연과 같은 삶을 살길 바랐다.

석 달간 정이 많이 든 곳이었다. 이순신은 평구를 보내기 아쉬웠지만 진주 병영의 별군관으로 발령이 나 있었고, 그 곳에서 또 다른 임무를 맡아야 했기 때문에 잡을 수는 없었다. 여수를 올 때처럼 간소한 짐으로 이제 두 식구가 아닌 세 식구가 되어 진주로 향했다. 그가 짊어진 짐 사이로 새 날개 그림이 그려진 방패연이 걸을 때마다 살랑거렸다. 비연이 걸음마를 할 때쯤 꼭 날려주라며 이순신 장군이 주는 선물이었다.

이억기의 요청으로 진주 병영 별군관에서 화약을 다루는 임무를 맡았다. 이억기는 김제에서 평구의 솜씨를 보고, 화약과 관련한 연구를 하면 지금의 총통보다 더 발달된 무기가 나올 것이라고 기대했다. 화약 뿐 아니라 그의 손재주를 발휘한다면 필요한 다른 무기들도 만들 수 있을 것 같았다.

평구는 김제 이 대감 집에서 이억기에게 이런 제안을 받았을 때부터 따로 머릿속으로 설계를 하며 만들기를 꿈꾸던 것이 있었다. 여수에서 거북선을 만들면서도 이런 생각은 머리에서 지워지지 않았고, 어떤 원리를 이용해서 만들면 될지 늘 고민을 했었다. 그러다가 답을 얻은 것이 이순신이 날리던 연을 보고였다. 머리를 한 대 맞은 것처럼 순간 그림이 그려졌고, 얼른 진주 병영으로 와서 직접 설계를 하고 만들고 싶어졌다.

 그건 바로 하늘을 나는 무기였다. 무기가 될 수 없다면 하늘을 날면
서 필요한 것을 실어 나르는 것을 만들고 싶었다. 연처럼 하늘을 날
수 있는 것을 만들기만 한다면 거북선을 하늘에 띄우는 것처럼 큰 병
력을 가질 수가 있게 될 것이었다.

 배가 물건을 실어 나르는 것처럼, 필요한 것을 산을 넘고 강을 건너
원하는 곳으로 실어 나를 수 있는 것이다. 거북선이 바다에서 하듯
하늘에서 적을 향해 화약을 쏘고, 화살을 쏘고, 적의 후면에서 공격
을 할 수 있는 새로운 기체를 만들고 싶었다.

 머리로는 만들 수 있을 것 같아서 김제 본가의 창고에서 여러 가지
모양으로 작게 만들어 보았지만 쉽지가 않았다. 하늘을 나는데 필요
한 동력을 어떻게 만들어야 할지 고민이었다. 그리고 집에서는 가지
고 있는 장비가 별로 없었고, 크기도 작게 만들 수밖에 없으니 도구
와 재료가 갖춰진 곳에서 제대로 만들고 싶었던 것이다.

 이 대감 집에서 이억기와 이야기를 나눌 때 여기에 대해서 모든 것
을 다 말한 것은 아니지만 하늘은 나는 무언가를 만들고 싶다는 것을
슬쩍 내비쳤다. 허무맹랑하게만 듣는 이대감과는 달리, 이억기는
그의 말을 흘려듣지 않고 관심을 표했다. 그리고 진주 별군관으로 오
게 되면 기회를 주겠노라고 했다.

 평구의 식구는 진주 교방청의 별채에 딸린 살림집 한 칸을 쓰게 되
었다. 방하나와 세 집이 공동으로 사용하는 부엌이 딸린 곳으로 평구
네 외에 별군관 중에서 결혼을 한 군관 두 가족이 같이 생활을 했다.
여기에서도 연실은 가만히 있질 못하고, 어린 비연을 등에 업고 교방
청의 음식 만드는 일을 거들었다.

김제에서 주막집을 하던 어미의 손맛을 은연중에 물려받았는지 제법 음식을 해내는 솜씨가 있어 교방청 정주 큰 어멈이 남다르게 챙겼다. 특히 어미의 등에 업혀 순하게 있다가도 누군가 지나가는 인기척만 나도 생글거리며 웃고 알은 체를 하는 비연은 교방청 정주에서 일하는 사람들이나 그 곳을 드나드는 사람들의 예쁨을 받았다.

비연은 어미의 등에서 노는 시간보다 정주 일하는 사람들의 손에서 노는 시간이 더 많았다. 특히 큰 어멈의 품에서 잠들 때가 많았다. 이렇게 연실과 비연이 새로운 곳에서 새로운 사람들과 잘 적응하며 사는 동안, 평구는 계획했던 일을 일사천리로 진행했다.

진주 병영의 직속상관인 김시민 판관은 앞서 만났던 이억기와 이순신과는 또 다른 옹골참을 가진 장군이었다. 약간 길게 뻗은 콧날에서 고집스러운 기운이 느껴져 쉽게 말을 시킬 수 없는 인상이었지만, 먼 길 온 평구를 대하는 모습에서 그런 인상에 감춰진 인자함을 느낄 수 있었다. 이순신은 평구 편으로 김시민에게 서찰을 보냈다.

'왜관에 머무르던 왜인이 본국으로 소환되어 왜관이 텅 비는 것으로 봐서 아무래도 곧 왜의 침입이 예상되오니, 무기를 정비하고 성지를 구축함이 좋겠습니다. 특히 왜는 신식 무기인 소총을 가지고 있으니, 거기에 대비하는 것이 좋겠습니다. 서찰을 전하는 정평구는 화약과 쇠를 다루는 것에 탁월한 재주가 있는 군관이오니, 잘 조력하여 왜의 침입을 대비하길 바랍니다. 바닷길은 새로 만든 판옥선인 거북선으로 최선을 다해 막겠습니다. 진주성이 중요한 요지이니 부디 잘 막아 주시기 바랍니다.'

김시민은 원래 충청도 천안 출생으로 집안의 반대를 무릅쓰고 무과에

급제하여 훈련원 주무가 되었다. 거기서 무기가 녹슬고 군인의 기강이 해이해 있음을 알고 무척 안타까워했다. 후에 훈련원의 행정실무를 지위하는 판관이 되었을 때 병조판서에게 시정할 것을 두 번이나 건의했으나 받아들여지지 않자 과감하게 벼슬을 버리고 낙향했다.

그 후 선조 16년에 나탕개의 난을 진압하는데 이억기, 이순기 등과 함께 공을 세우게 되고, 다시 벼슬길에 나가게 된다. 올해 초(1951년) 진주 판관으로 부임하여 진주 목사를 보조하는 행정실무를 담당하게 되었다.

진주로 오고 얼마간은 별군관의 기본 임무를 익히고, 장비를 파악하는데 주력했다. 김시민 장군은 평구에게 별군관의 기본 업무 외에는 자유롭게 시간을 쓸 수 있도록 허락했고, 평구가 만들고 싶어 하는 하늘을 나는 기체를 설계하고 만들 수 있도록 군관 몇 명을 보조군으로 붙여 주기도 했다.

김시민도 언젠가 있을 왜의 침략에 대비한 새로운 무기의 개발이 필요하다고 생각했고, 이억기와 이순신 장군의 추천이 있어 더욱 믿음이 갔다. 평구는 언제 왜가 쳐들어올지 모를 불안감에 새로운 장비인 하늘을 나는 기구를 빨리 완성하고 싶은 마음이 컸다.

평구의 머릿속에는 여러 개의 조각들이 완성을 기다리며 퍼져 있었고, 그 조각들만 잘 맞춘다면 평구가 평생 꿈꿔온 것을 만들 수 있을 것 같았다. 고향 김제의 아이들이 마을 어귀에서 날리며 놀던 노리개. 연실을 놀리느라 만들었던 소리 나는 종이 화약. 주막집 아궁이에 불이 잘 붙게 하기 위해 만들었던 바람을 일으키는 풀무가 장착된 불쏘시개. 여수에서 이순신과 새로운 판옥선을 만들며 보았던 많은 총통과 화약들. 그리고 비연이 태어난 날 새벽 이순신이 날리던 방패연. 형형색색의 조각들을 바느질해서 만든 조각보처럼 평구의 머리에는 이미 하늘을 나는 기구에 대한 기본적인 도면은 그려져 있었다. 남은 과제는 어떤 재료로 만들 것인가 하는 것과 어떻게 그 기구를 하늘로 띄울 것인가 하는 거였다.

하루도 지체할 수 없는 긴박한 마음에 밤을 새는 것은 예사이고, 끼니도 거를 때가 많았다. 연실은 그런 평구가 안쓰러워 교방청에 연회가 있을 때면 정주 큰 마님에게 허락을 구하고, 남은 음식을 싸서 평구에게 가져다주었다. 평소 맛보기 힘든 기름진 고기음식과 색색의 나물들이 이고 온 소쿠리에서 고소한 냄새를 풍겼지만 평구는 연실 등에 업혀 평구를 향해 몸짓으로 인사를 하는 비연을 먼저 안아 내렸다.

제법 젖살이 올라 볼이 통통해진 비연은 아비를 알아보듯 옹알이를 하며 눈을 맞추었다. 아이를 보자 한시도 더 지체할 수 없다는 생각이 들어서 서둘러 밥 한술을 뜨고 다시 하던 작업을 계속했다. 그런 평구를 보며 연실은 비록 높은 직책을 가진 장군은 아니지만 나라를 위해 중요한 일을 하는 것 같은 그 늠름함과 믿음직스러움에 지아비를 존경하는 마음이 절로 생겼다.

남쪽지방이긴 하지만 정월대보름을 맞은 진주 남강은 매서운 바람이 불어 강 위에 파도 같은 물결이 일었다. 남강 변 둔치에는 달집을 태우기 위해 마을 장정들이 대나무로 틀을 세우고 있었다. 올해는 특히 어수선한 나라의 분위기 때문에 달집을 만드는 마음이 더 간절하고, 정성이 들어갔다.

진주강변에서 흔히 볼 수 있는 대나무로 단단히 틀을 잡고, 잔잔한 솔가지들로 틈을 메웠다. 소원을 적은 한지를 매달아 두기 위해 짚을 엮어 대나무틀 주위를 몇 바퀴 돌아치면 달집나무는 완성된다.

해지기 전 신시가 되면 마을 아낙들이 손에는 삶은 고기와 쌀로 빚은 술을 들고, 별 탈 없이 올 한해가 넘어가길 바라는 마음을 담아 남강 둔치를 향한다. 해가 지고 달이 어스름히 모습을 나타내면 그 마을에서 가장 연세가 많은 어르신이 달집에 불을 붙이고, 징소리가 울리면 대보름 달집태우기가 시작되는 것이다.

검은 연기를 내며 활활 타오르는 달집 주위를 돌며 마을 사람들은 제 마다의 소원을 빌었다. 가장 많이 비는 소원이 가족들의 건강이겠지만 올해는 특히 왜가 쳐들어오지 않을까 하는 염려 때문에 한가지씩 비는 소원이 더 늘었다. 타오르는 불길만큼이나 백성들의 속도 타오르고 있는 것이다.

멀리 진주성 누각에서 이 광경을 바라보던 평구는 갑자기 어떤 생각이 뇌리를 스쳤다. 달집 태우는 것을 보는 순간 정답을 얻은 것 같았다.

"대나무, 비스듬하게 하늘을 향해 세워진 대나무!"

도면은 완성되었는데 무엇으로 만들면 더 효과가 있을지 고민이었다. 가벼워야하고 탄력도 있어야하고 무엇보다 튼튼해야 하는 중심 날개. 가늘게 쪼갠 대나무로 광주리를 만드는 것처럼 곱걸어서 날개를 만들면 되겠다는 생각이 떠올랐던 것이다. 대나무는 가볍고 부러질 염려도 없고 신축성도 있다. 왜 진작 생각하지 못했을까? 그리고 두 번 얽은 날개에 한지를 여러 겹 덧붙이면 연과 같이 바람을 누르며 떠오를 수 있을 것이다.

달집은 아직 타오르고 있었지만 평구는 안으로 들어가 날개의 형태를 만들기 시작했다. 군관들에게 대나무를 가져 오도록 하고, 되도록 가늘게 쪼개게 하였다. 더 많은 관군의 도움이 필요하여 손재주가 좋은 군사 몇 명을 더 차출하였다. 사람이 앉을 수 있는 공간을 가운데 넣고 양쪽으로 풀무의 기능과 추진체의 역할을 할 화통을 달아 둔 수레는 진작 만들어 두었었다.

수레도 무게가 가벼울수록 뜨는데 도움이 될 것 같았다. 평구는 대나무를 날개에 사용할 것 보다는 조금 굵게 잘라 엮어서 수레모양의 소쿠리를 만들기 시작했다. 나무로 만든 수레보다 훨씬 가벼웠다. 하지만 안전감이 떨어져서 사람이 앉거나 움직이기에 불편하였다. 잘못하다가 아래로 떨어질 수도 있는 일이었다. 그때 작업장으로 군관 몇 명이 대나무를 지게에 지고 들여왔다. 그 모습을 지켜보던 평구는 갑자기 자리에서 벌떡 일어나 지게를 만지작거리기 시작했다.

'그래, 이거야. 대나무로 된 수레 밑판에 짚으로 만든 줄로 고리를 만들어서 지게를 메듯이 팔을 끼우고 있으면 떨어질 위험이 덜하겠지? 엎드려서 조정해야 하는 군관은 양쪽에서 다른 쪽 반대 방향으로 고리를 끼우는 게 낫겠어.'

수레와 날개모양이 어느 정도 완성되는 되도 열흘이나 걸렸다.

이제 연결할 일만 남았는데 쉽지 않았다. 수레를 날개에 매달고, 사람이 새처럼 날개 짓을 해야 하는데 생각처럼 잘 되지를 않았다. 큰 날개를 양쪽에 연결하는 것도 어려웠지만 하늘에 띄우고 일정 거리를 날게 하는 것이 더 어려웠다. 이렇게 또 포기를 해야 할 것인지 평구는 조급하고 불안한 마음에 잠을 이룰 수가 없었다.

같은 병과에 있는 관군들이 김시민의 명령으로 평구를 도왔다. 두 명이 수레 양쪽으로 엎드려 날개 짓을 해봤지만 두 명의 힘으로 날개를 조정하고 바람을 일으키는 일은 쉽지 않았다.

화통의 화약을 계속 쏘고 풀무질을 하여도 10척정도 떠서 나가다가 더 이상 날지를 못하고 고꾸라지길 수차례 반복했다. 화통의 화약이 발사되는 힘만으로는 큰 날개가 달린 기구를 하늘로 날리기가 쉽지 않았다.

날개가 양 옆으로 펼쳐져 있어 두 명의 힘으로 조종하는 것도 힘들었다. 날개의 모양을 바꾸어야 할 것 같았고, 화통 외에 추진체 역할을 할 것이 더 필요했다. 비차를 조종하는 역할을 할 조종사도 있어야 했지만 그전에 비차가 뜨게 할 힘을 실어줄 역할이 있어야 할 것 같았다. 뜨고 나서는 화통의 힘을 빌려 나갈 수 있었지만 어느 정도의 높이 까지 띄우는 게 관건이었다.

직접 평구가 타기도 했고, 다른 관군들이 돌아가며 타기도 했지만 처음에는 기꺼이 비차를 조종해보겠다고 나섰던 관군들이 비차에서 떨어져 부딪히고 다치면서 타길 꺼려했다.

평구가 집으로 들어오는 날은 옷이 찢어져 더 이상 버티지를 못하고 갈아입어야 할 때이거나, 관군들이나 김시민 장군이 억지로 떠밀어 들여보낼 때 뿐이다. 대부분은 비차를 만드느라 비워둔 창고 옆 간이 숙소에서 밤을 지새우거나 진주성안 높은 둔덕에서 비차와 씨름을 하며 지냈다.

연실은 그런 평구가 혹여 몸이 상할까봐 걱정이 되어 집에 들르는 날이면 어떻게든 몸보신이 되는 음식을 장만해서 먹이려고 애썼고, 교방청 정주 큰어멈은 연실의 그런 마음이 기특하여 전복이며 닭을 따로 챙겨주기도 했다.

입춘이 지나고, 바람이 약해지면서 날개에 주는 힘이 약해져 더 뜨지를 못했다. 평구는 큰 산에 가로막혀 더 나가질 못해 괴로웠다. 그렇게 달포쯤을 고민하던 평구에게 누군가 찾아왔다고 군관이 알려왔다.

진주성에 핀 봄꽃이 남강으로 떨어져 곱게 물들 때 평구에게도 봄처럼 새로운 희망을 주러 온 사내였다. 그는 충청도 노성지역에서 온 윤 달규라는 사람이었다. 비차의 앞날에 과연 어떤 변화가 생길지 평구는 봄바람과 같은 설렘을 그에게서 느꼈다.

# CHAPTER
## 03

# Ⅲ.순항 – 동비 이야기

윤달규와의 인연

 – 네마리 소와 연결된 밧줄이 탱탱하게 당겨지고,
키 모양의 몸체가 비스듬히 하늘을 향해
날아오르기 시작했다.

# CHAPTER
## 03

## Ⅲ.순항 – 동비 이야기

  윤 노인은 오늘도 아침을 대나무 밭에서 연다. 밤이슬을 머금은 댓잎에 오늘 첫 해의 기운이 내려앉아 초록빛이 반짝거리고, 쌀쌀하게 부는 바람결에 사르락 소리를 내는 대밭이 윤 노인의 하루를 시작하는 곳이다. 이제는 그 크기가 예전의 십분의 일도 되지 않지만, 한 때 남강변의 장관을 이뤘던 대나무 숲은 호남의 대나무와 함께 전국적으로 명성이 자자했던 곳이다.

  진주 사람들은 예로부터 봉황새가 사는 곳에 인재가 나고 후손이 번영한다고 믿었는데, 전설에 의하면 봉황새는 오동나무에 깃들고, 성질이 고결하여 굶주려도 좁쌀은 먹지 않고 대나무 열매를 먹고 산다고 하였다. 그래서 진주 사람들은 산에는 오동나무를 심고 강가에는 대나무를 심었다고 한다. 남강 변을 따라 많은 대나무가 자란 이유도 그 때문이다.

비봉산도 산이 봉황새처럼 생겼고 봉황새가 산다고 생각하여 이런 이름이 붙여졌고, 아래에 있는 죽동, 죽전 마을도 봉황새가 먹는 대나무열매에서 착안하여 지어진 이름이다. 지금은 예전의 명성만큼 대나무가 많지 않지만, 그 명맥을 이어오는 곳 중 하나가 윤 노인의 공방 '봉죽원'이다.

충청남도 논산의 노성면에서 대대로 농사를 짓고 살던 윤 노인의 집안은 6.25 전쟁 중에 피난을 내려와 지금 '봉죽원'이 있는 진주에 자리를 잡게 되었다. 당시 윤 노인의 고모가 진주에 시집을 와서 살고 있었는데 그것이 인연이 되어 진주 쪽으로 피난을 온 것이다.

전쟁이 끝난 후 손재주가 있던 윤 노인의 아버지는 고모의 시댁 도움으로 남강 변에 조그마한 잡화점을 차렸다. 지옥과 같던 전쟁이 끝나고 아이러니 하게도 그 전쟁이 남긴 흔적들을 주워 생활에 쓸모 있는 물건으로 다시 만들어 팔았다. 미군이 입다 버리고 간 군복은 추운 겨울 요긴하게 쓰일 작업복으로 바뀌었고, 드럼통과 철판을 싼 값에 사들여서 집을 짓는데 필요한 부재료로 탈바꿈시켜 팔았다.

촉석루가 폭격으로 내려앉자 동네 사람들은 십시일반 힘을 합쳐 촉석루를 새로 지었고, 타지에서 온 윤 노인의 아버지도 솜씨를 발휘하여 동네사람들의 인심을 샀다. 대부분의 사람들은 남강주변의 모래땅 논밭에서 농사를 짓기는 했지만, 비가 좀 오기라도 하면 물에 다 잠겨버리기 일쑤였다.

아이들은 해가 뜨면 뒷산에 땔감으로 쓸 나무를 하려 다녔고, 집을 짓기 위해 필요한 대나무를 구하기 위해 남강 변으로 모여 들었다. 윤 노인의 아버지와 어머니의 손을 거쳐 가게에서 팔 새로운 물건이 만들어지느라 바쁜 동안 윤 노인과 형제들은 남강 변에서 종일을 보냈다. 아침 일찍 뒷산에서 그 날 해야 할 나무를 다 해놓고 나면, 아이들은 강변 모래사장에 모여 불을 피웠다.

"형아! 그만하고 와서 이거 먹어."

동생이 다른 친구들이 다 먹어버릴까 봐 조바심이 나서 한쪽으로 구워진 조개들을 모아두며 형을 불러 젖힌다. 강에서는 제법 큰 조개들이 잡혀 나무를 하고 온 아이들의 요긴한 간식거리가 한참 대나무 손질에 빠져 있던 일규는 동생이 부르는 소리를 듣고 못이기는 척 자리를 털고 일어섰다. 아침으로 먹은 밥은 일치감치 소화가 다 되었고, 마침 출출하기도 했다.


원래부터 진주에 살고 있던 아이들이 텃새를 부릴 만도 한데 일규 형제에게만은 더없이 친절하다. 조개를 편리하게 잡을 수 있게 만들어준 대광주리 때문이다. 일규는 대나무를 깎아서 광주리를 만들어 주었고, 쉽게 조개를 잡고 넣어두기가 편리해서 남강 주변에 사는 아이들에게 인기가 많았다.

동생 이규, 삼순이도 덩달아 대접을 받았다. 일규가 만든 대나무 광주리나 키는 아버지의 가게에서도 제법 잘 팔렸고, 촘촘하게 엮은 솜씨는 어지간한 어른들 보다 더 나아 주변 동네까지 소문이 나서 주문이 들어오기도 했다. 그렇게 충청도 논산의 노성면에서 온 윤 노인의 일가는 진주에 자리를 잡고 정착했다.

대나무는 그때부터 윤 노인과 함께 한 혈육과도 같은 존재였다. 진주로 피난 온 열 살 때부터 그렇게 평생을 대나무를 손에서 놓지를 않았다. 돈벌이가 좋은 일은 아니었지만, 부모님의 가게는 먹고 살만큼 장사가 잘되었고 일규의 죽공 솜씨가 예사롭지 않음을 일찌감치 알았던 부모님은 적극적으로 일규가 하는 일을 밀어주었다.

대를 훑고 다듬어서 광주리나 대그릇을 만들고, 다양한 크기의 함을 만들어서 혼사 때 쓸 음식을 넣는 상자나 예물 상자로 팔기도 했다. 상자의 속지로 쓸 한지를 녹이고 풀을 먹여 바르는 작업도 본인이 다 했지만, 결혼 후에는 아내가 그 일을 도맡았다. 일규의 아내는 진주 토박이로 한지 공예를 배우고 있던 중 일규를 만났고, 둘은 일규의 본가에서 부모님을 모시고 신접살림을 시작했다.

장남이었던 일규는 당연히 부모님을 모시고 살아야 한다고 생각했고, 부인 막순도 불평 없이 시집살이를 했다. 가게일로 일손이 바쁠 때면 막순은 집안 살림을 도맡아 하면서도, 틈틈이 남편이 만드는 대나무 함지박에 들어 갈 한지 만드는 것도 거들었다. 색이 고운 한지를 함지박 안쪽에 붙이는 작업도 막순이 했다. 첫아이를 가지고 배가 남산만큼 불어오고 있을 때 일규는 아내에게 미안한 부탁을 했다.

"아무래도 담양에 가서 전통 채상 기법을 좀 배우고 와야겠소. 대나무에 색을 입혀 만들어 보기는 해도 지난 번 보고 왔던 담양의 염색 기술에 미치질 못하니…"

머뭇거리긴 하지만 이미 속으로는 떠날 채비를 마친 남편의 속내를 막순이 모를 리가 없었다.

"무늬 넣는 게 한계가 있것지요. 걱정 말고 잘 배우고 오셔요. 그런데 가서 배울만한 곳은 정하셨나요?"

"지난번 갔던 곳에 기별을 넣어 봤더니 와도 좋다는 구먼. 배도 불러

오는데 미안하네. 아이 낳을 때는 꼭 다니러 옴세."

이미 갈 곳도 정해놓은 사람을 붙잡을 수도 없었고 같이 작업을 하다 보니 전문적인 채상 기술을 배우고 싶은 남편의 마음을 십분 이해했다. 채상은 얇게 가른 대오리를 황색, 청색, 홍색 등으로 물들인 다음 아름다운 무늬가 배치되도록 씨와 날의 색깔을 배합하고 걸어내어 만든 상자이다.

옛 기록을 보면, 이규경의 '임원십육지'에 호남사람들은 대를 종이같이 다듬어서 여러 가지 물을 들여 옷상자 등으로 썼다고 되어 있고, 옷상자는 호남의 담양이 가장 뛰어났다는 기록도 있다. 담양의 채상장에게 전통기법을 전수받아 오려는 일규의 욕심을 막순은 같은 공예가로서 응원했다. 그렇게 3년을 담양에서 기술을 배우고 오는 동안 장남이 태어났고, 밑으로 둘째딸이 태어났다.

부모님 두 분이 다 돌아가시고 나서도 가게 터를 없애지 않고 그곳에 대나무와 한지 공방을 차렸다. 진주의 대밭이 규모도 작아지고, 그 명성이 예전 같지 않았지만, 윤 노인은 담양에서 채상기법을 전수받아 기능 보유자까지 올랐다. 그의 버팀으로 공방은 경남에서 손꼽히는 공예원이 되었다.

그의 부인도 한지공예의 명맥을 이어가는 일에 게을리 하지 않았다. 윤노인의 며느리도 한지 공예원에서 공부를 하던 아가씨였는데 막순이 특별히 마음에 들어서 아들에게 소개를 시켜 주었고 다행히 둘은 결혼까지 하게 되었다.

윤 노인에게는 아들 하나와 딸이 둘 있었는데, 안타깝게도 아들은 죽공예 가업을 물려받을 생각이 없었다. 윤 노인의 반대에도 아랑곳하지 않고 공고에 진학하더니 지금은 자동차회사에서 근무하고 있다. 오히려 며느리인 하미정이 가업을 전승했다고 해야 할 것이다. 닥종이 한지공예가 전문이지만 오랜 세월을 봉죽원에서 공방생활을 하다 보니, 시부모님이 하는 죽공예를 눈대중으로 익혀 어지간한 공예품은 공방식구들 만큼 만들어낸다.

진주에서는 제법 규모가 크다고 알려진 공방이다. 죽공예와 한지공예 그리고 비단을 활용한 공예작품까지 노부부와 며느리가 함께 이대 째 운영하는 공방으로 유명하다. 대나무와 한지 그리고 비단까지 활용하니 작품이 다양하기까지 해서 봉죽원이라고 하면 경남을 대표하는 공방으로 알려져 있다.

윤노인이 채상장 기능보유자가 되고부터는 거꾸로 담양에서 배우러 오는 제자가 생길 정도이다. 하지만 세대가 바뀌고 시대가 변하니 봉죽원의 예전 명성은 빛이 바래가고 있다. 요즘 사람들은 전통공예품을 일부러 찾아와서 사지는 않는 것이다.

옛날에는 집안에 대소사가 있을 때에는 죽공예품이 쓰일 곳이 많았고, 여학교 가사 실습 시간에 한지와 비단으로 만든 장신구나 장식품 만드는 것을 배울 기회도 종종 있었다. 하지만 요즘은 다른 지역에서 관광을 온 관광객들이 진주성이나 진양호에 들렀다가 기념으로 공예품을 사거나 외국에 사는 지인에게 선물로 보내기 위해 사는 경우가 대부분이다.

일 년에 한번 남강 유등 축제기간이 되면 유관기간에서 기념품으로 사용하기 위해 많은 양을 구입하기도 하지만, 그럴 경우에는 디자인이나 재료가 단순화 되어야 해서 윤 노인은 탐탁지 않아 했다. 공방을 운영하고, 공방을 선전하기 위해 할 수 없이 간단하게 만든 죽공예품을 납품하였다.

며느리 입장에서야 운영까지 도맡아 하다 보니 공예품 판매가 신경 쓰이는 부분이지만, 노부부는 전통성만 고집하고 상품성 있는 물건으로 공예품을 만들고 싶어 하질 않았다. 남편인 노부부의 장남은 애시당초 공방에는 관심을 두지 않았고 젊은 시절부터 다닌 자동차 회사 일에만 열심이니 며느리인 미정은 속을 많이 앓았다.

오래 된 것에 대한 향수를 필요로 하던 소비계층이 이제는 색다른 전통상품에 대해 관심을 가지고 기존의 것이 아닌 예쁘고 세련된 공예품을 요구하는 소비계층으로 바뀌는 추세이다. 외국인 관광객이나 외국인에게 선물을 주고 싶어 하는 소비자들도 예전의 공예품은 식상해했다. 우리나라의 어디를 가든 비슷한 죽공예품이나 닥종이 한지 공예품을 볼 수 있고, 전통의 공예품은 작품으로서의 가치가 높다 보니 가격대가 높아서 일반인이 흔하게 구입할 수 있는 상품은 아닌 것이다.

그런 한계에 부딪히고 있는 미정은 요즘 딸 동희가 공방 일을 도와주면서 숨통이 트이는 중이다. 미정의 큰아들 동비는 집안 내력인지 손재주가 남달라서 초등학교 때부터 곧잘 대나무를 가지고 이것저것 만들기를 잘 했었다. 방학 과제물로 곤충이나 보석함을 만들어 가기라도 하면 만들기 부문의 상은 다 동비가 받아 왔었다.

동생 동희의 만들기 숙제는 다 동비의 작품이었다. 동희가 가지고 노는 인형의 집, 침대, 식탁 등도 만들어 줘서 친구들의 부러움을 샀다. 동희는 오빠가 만들어주는 장난감과 필통, 목걸이, 팔찌 등을 자랑스럽게 생각했다.

동비는 중학생과 고등학생이 되어서도 대나무와 한지를 이용해서 만들기를 계속했다. 그런 동비가 미정은 마냥 반갑지만은 않았다. 요즘 시대에 전통공예를 하는 것이 먹고 살만한 직업이 되기 어렵거니와 동비는 다른 일을 하고 살길 바랐다. 가업을 이어서 전통을 이어가야 한다는 마음과 아들은 다른 직업을 가지고 평범하게 살길 바라는 마음이 미정의 머릿속과 마음속에서 내내 갈등을 일으켰다.

그러던 동비가 고등학교 3학년 때 대학 진학을 항공대로 하겠다고 선포를 했고, 할아버지인 윤 노인은 아들이 가업을 잇지 않은 것에 서운했던 마음을 또 한 번 겪게 되었다. 속으로 미정은 안심을 하면서도 이제 공방은 자신의 대에서 정리를 해야 하는 것인지 아니면 공방직원 중에서 수제자를 골라 계승을 시킬 것인지 고민하였다. 그런데 당시 중학생이었던 동희가 대학에 들어가면서 공방 일을 적극 돕고 있는 것이다.

동비가 공방구석에서 대나무를 얇게 쪼개 훑어 색을 입히고 예쁜 열쇠고리용 펜던트를 만들면 동희는 폰으로 사진을 찍어 페이스북에 올렸다. 그러면 동희의 친구들이 '좋아요'를 눌러대며 구입을 원했고, 집안 어른들 몰래 팔아서 용돈으로 물론 동비 몫으로 나누어 주려고 했지만 동비는 관심도 없어 했고, 집에서 주는 용돈도 충분하다며 동희에게 다 가지라고 했다. 그래서 중학생이 모은 용돈이라고 하기 에는 좀 많은 금액이 동희의 통장에 모였다.

동비가 손재주가 좋은 아이였다면 동희는 셈이 빠른 아이였다. 그런 동희가 대학에서 마케팅을 전공하고 공방 운영을 돕고 있는 것이다. 윤 노인의 고집에 못 이겨서 전통 방식의 판매만 해오고 있었다. 찾아오는 손님에게만 공예품을 파는 것이다. 물론 행사나 축제 때 기념품으로 유관기관에서 주문받는 몇몇 상품은 다른 방식으로 판매하기도 했지만 거기서 생기는 수익은 크질 않았다.

그것조차 별로 내켜하지 않는 윤 노인이었으니, 동희가 인터넷을 활용해서 선주문을 받겠다고 했을 때 윤 노인은 탐탁치 않아했다. 하지만 공방이 공예품 교육관으로 생기는 수입으로 근근이 운영되고 있는 것을 모르는 바가 아니어서 손녀가 하는 일을 모른 체 할 수밖에 없었다. 그리고 이제 자신은 뒤로 물러나야 할 때인 것 같다며, 전통 죽공예 작품이나 하나씩 만들면서 남은 생을 살아가야겠다고 부인과 이야기를 나누기도 했다.

"할아버지, 요즘엔 이런 디자인 안 먹혀요. 봐요. 이렇게 예쁘게 만들어야 사람들이 관심 있게 본다니까요. 그래야 물건도 팔리는 거구요."

"애, 할아버지께 버릇없이…"

휴대폰으로 젊은 공예가들이 만든 색다른 공예품 사진을 할아버지에게 보여주고 있는 딸아이에게 꾸중을 하기는 했지만 틀린 말이 아니긴 하다.

"물론 할아버지, 할머니 그리고 엄마가 만든 게 틀렸다는 게 아니에요. 얼마나 훌륭한 작품인지는 저도 다 알아요. 그런데 사람들이 사고 싶어 하는 건 아니라는 거죠. 많이 팔아서 우리 공방이 잘되어야 교육생도 많이 뽑아서 가르치고 그래야 또 공방이 이어지고…"

공방의 교육생이 해마다 줄어들고 있는 것은 사실이다. 배워봐야 돈되는 일이 아니니 취미생활로 하거나 나이가 들어서 조그마한 공방이라도 하나 해볼까하는 기대감을 가지고 오는 사람들이 대부분이다. 동희의 말처럼 젊은 사람들이 관심 있어 하고, 만들고 싶어 하고,

사고 싶어 해야 오래갈 수 있는 것이다.

새로운 작품 디자이너를 뽑을 수는 없는 노릇이었다. 디자인만 잘한다고 공예품을 잘 만들 수는 없다. 대나무와 한지, 비단의 성질을 잘 알고 있어야 하고 어느 정도 만드는 공정도 알아야 한다. 또한 만들어 졌을 때의 형태도 감안할 줄 알아야 한다. 공예가와 디자이너의 능력을 다 갖추면 금상첨화겠지만 갑자기 그런 사람을 찾을 수는 없다.

"오빠 있잖아. 오빠가 만든 거 사람들이 다 좋아했어. 안 해서 그렇지 만들기만 한다면 아마 잘할 걸."

동비는 고등학생이 되면서 역사동아리 활동을 했고, 그때부터 왜 그런지 하늘을 나는 것들을 그렇게 만들어 댔다. 연, 새, 비행기 등등. 그때는 대부분 고리에 걸 수 있는 형태로 만들었고, 잘 만든 것은 동희가 페이스 북에 올려 팔기도 하고 본인이 사용하기도 했다.


항공대를 나와서 지금은 한국항공우주산업회사에서 일하느라 전처럼 자주 대나무를 잡지는 않지만, 가끔 생각을 정리할 조용한 시간이 필요하거나 어떠한 생각도 하고 싶지 않을 때는 대나무를 쪼개어 만들기를 했다. 염색이 된 대쪽을 이용하면 두어 시간이면 그럴싸한 작품 하나가 완성되었다. 염색되지 않은 일반 대쪽으로 만들 때면 한지나 비단을 덧붙여 반나절이면 작은 작품하나는 만들어냈다.

예전 솜씨가 녹슬지 않았다고 동희는 감탄의 엄지 척을 날렸다. 일주일에 하나씩이라도 디자인해주고 만들어 준다면 동희의 계획대로 공방마케팅은 순조롭게 이루어 질것이다. 요즘 오빠 동비가 신경 쓰이는 일이 있는지 대나무를 잡는 횟수가 줄어든 것 같긴 했지만 공방 '봉죽원'의 장남으로서 그 정도는 해줘야 한다고 동희는 생각했다.

＊＊＊

"호서 지방 노성에서 온 윤달규라고 합니다. 여수에서 오는 길입니다. 듣던 대로군요."

"네, 저는 정평구라고 합니다. 어떻게 저를 찾아오셨는지…"

성문을 지키는 포졸이 누군가가 정 군관을 찾아왔다고 하면서 한 사내를 뒤에 대동하고 왔다. 언뜻 보기에 평범한 평민처럼 보이지는 않았다. 장시간 여정으로 여독이 쌓여서인지 얼굴에 피로가 찌들려 있지만, 눈매가 야무진 것이 영리해 보였다. 호서지역에는 아는 사람이 없는데 그 곳에서 평구를 찾아 왔다는 데 무슨 연유인지 궁금했다.

"호남 지역에 개인적인 용무가 있어 갔다가 여수에서 이순신 절도사를 만나게 되었습니다. 제 친척 되시는 분이 이순신 장군과 각별한 사이라 안부를 묻고자 들렀다가 거북선을 봤습니다. 많은 도움을 받았다 들었습니다."

"아닙니다. 장군께서 다 하신 일을 저는 그저 거들기만 했습니다. 겨우 나무 깎고 쇠를 다듬는 정도를 했을 뿐입니다."

여수에서 진주 오는 길은 평구도 왔던 길이라 그 여정이 얼마나 고단한지 잘 알았기 때문에 일단 숙소로 들어가 쉬기를 권했지만, 윤달규라는 그 사내는 한시가 급한 모양이었다. 평구가 있는 곳은 창고로 쓰이던 곳이었는데 지금은 비차를 만들기 위한 각종 기구들과 수레, 대나무 등이 쌓여 있고 여기 저기 복잡한 그림이 그려진 도면이 널브러져 있다. 흡사 정평구가 이순신을 처음 찾아 갔을 때 봤던 장면 같았다.

노성에 사는 달규의 집안은 조선의 유명한 학자인 명재 윤증의 가문이었다. 가세가 기울어져서 살기가 퍽퍽하지만 재주가 있고 민첩하여 노성 동리에서 평판이 나쁘지 않았다. 특히 효자로 소문이 자자하고 마을 어르신들에게도 각별히 잘하여 제 가족처럼 돌봤다.

달규는 평구와 비슷하게 손재간이 있고, 머리도 영리하여 생활에 유용한 것을 잘 만들었다. 나무를 활용하여 만들기를 잘 하는데 호남지역 사는 친척이 한양으로 가는 길에 들러 가져다 준 대나무에 반하여, 작정하고 이번기회에 대나무를 구하려 내려온 참이었다.

왜와의 전쟁이 있을 것이라는 흉흉한 소문에 마음 급하게 서둘러 내려왔다. 이순신에게서 평구의 비차 이야기를 듣고, 고향으로 돌아 가야하는 급한 일정을 조금 미루고 평구를 찾아 온 것이다.

"하늘을 나는 수레를 만든다고 들었소. 실은 나도 여러 해 전부터 머릿속으로 그려오던 거라…"

"예? 여러 해 전부터요?"

평구는 크지 않은 두 눈을 부릅뜨고 뜻밖의 이야기에 놀랐다. 자신과 같은 생각을 가진 사람을 만날 수 있을 것이라고는 생각하지 못했다. 하지만 어쩌면 그것 자체가 잘못된 생각이었을 수도 있다. 사람은 누구나 한번쯤은 하늘을 날고 싶은 생각이 들 수도 있을 텐데, 자기만 그런 고민을 하고 있다고 착각하고 있었을 수도 있었다.

달규가 사는 곳인 노성지방은 충청도 지역에서도 제법 규모가 큰 곳이다. 동쪽으로는 노성산이 자리 잡고 있고, 남쪽으로는 논산평야가 펼쳐져 있으며 계룡산에서 시작한 금강 지류들이 노성천을 거쳐 논산천까지 이어져 있어 비옥한 곡창지대의 젖줄 역할을 하고 있는 곳이다. 달규의 마을은 노성천을 끼고 있는 넓은 논과 밭이 있어, 수확

철이 되면 부지런한 달규는 여기 저기로 바쁘게 불려 다녔다.

달규의 집 논은 몇 마지기 되지 않아서 크게 바쁘지 않았기 때문에 손 빠르고 싹싹한 달규는 마을에서 인기가 많은 일손이었다. 형편이 나쁘긴 했어도 명색이 양반 집안인데 그런 것에 연연해하지 않고 마을의 농사일을 거들었다. 머리가 영리하여 학문을 깨치는데도 속도가 빨랐지만 그 만큼 농사일이나 잡다한 일들도 빨리 깨치는 것이었다.

마을 사람들은 그런 달규를 양반집안의 자손이었지만 어려워하지 않았고, 달규를 도울 일이 있으면 나서서 도와주기도 했다. 얼마 전 달규의 부친이 갑자기 쓰러졌을 때도 제 일처럼 걱정하며 동리 밖 유명한 의원을 수소문하여 청해 오기도 하고, 몸에 좋다는 약초를 구해서 가져다주기도 했다.

마을 끝자락에 있는 노성산에는 봉수대가 있는데 그 봉수대에 다다르기 전에 넓은 들판이 있다. 바쁜 일이 없을 때 달규가 쉬러 가는 곳이기도 했고, 들판 안쪽에 나무들이 밀집해 있어서 사람들이 잘 모르는 곳은 달규만의 비밀 장소였다. 나무를 깎아 만든 조각품들과 나무판에 새긴 여러 가지 그림들이 숨겨져 있고, 얼마 전 친척이 구해준 대나무가 한쪽에 쌓여 있다.

솜씨가 얼마나 좋은지 대나무를 잘게 잘라 엮어서 만든 잠자리와 두루미는 실제 모습과 흡사했다. 나무를 깎고 대나무를 엮는 솜씨가 좋아서 어지간한 것은 한 번 보고도 뚝딱 똑같이 만들어냈다. 염료가 없어서 색깔을 입히지 못해 아쉬웠지만 하나씩 작품을 완성해 갈 때마다 희열을 느꼈다.

몇 해 전부터 달규는 새를 만들기 시작하면서 점점 더 큰 날개가 있는 새를 만들고 싶었다. 그러다가 사람이 타고 하늘을 날 수 있는 큰 새를 만들고 싶다는 생각이 들었지만 구체적인 재료들을 아직 구하지 못했고 혼자서 만들려고 하니 여간 힘들고 복잡한 것이 아니었다. 날개는 일단 가벼워야 하는데, 단단한 나무로 틀을 만들다 보니 무게가 많이 나갔다.

 바람을 일으켜 날개가 힘을 받아야 위로 떠오를 것인데 어느 정도 하늘로 솟구치다가도 얼마 못가 밑으로 추락하니 그것 또한 해결하지 못한 큰 문제 중의 하나였다. 그러던 중 대나무를 얻게 되었고, 가벼우면서도 단단한 대나무에 매료되어 더 많은 대나무를 구하기 위해 전라도 지방으로 내려 온 것이었다. 거기에서 평구에 대해 들었다. 달규 입장에서 평구는 구세주와도 같은 사람이었다.

 "혼자 몇 년을 만들어 보려고 용을 써봤는데 참 쉽지가 않더군요. 언덕배기에서 날리면 어느 정도 떠서 날기는 하지만 그것도 바람이 잦아들면 바로 밑으로 떨어지고…"

 "그렇지요. 저와 같은 고민을 하고 계신 듯한데, 우선 요기라도 하고 오늘은 먼 길 오시느라 힘들었을 테니 하루 쉬고 내일부터 우리 머리를 한번 맞대 봅시다."

 평구 마음이야 당장 밤이라도 새서 서로의 정보를 교환하고 싶지만, 피로에 쩌든 달규의 얼굴을 보니 차마 그러지를 못해 억지로 숙소로 들여보냈다.

 다음 날 새벽 동이 트자마자 달규는 눈곱만 겨우 떼고 작업실로 나왔다. 평구는 밤을 샜는지 벌건 눈을 하고 반가이 맞아 주었다. 그날부터 이레 동안 둘은 뒷간을 가는 시간외에는 작업장 밖으로 나오질 않았다. 끼니는 병사나 연실이 간단히 준비해 온 것을 먹었고, 작업장 구석에서 새우잠을 자는 것이 쉬는 것의 전부였다.

간단한 보조 작업을 하기 위해 들락거리는 병사들 때문에 문을 열고
닫을 일이 없었다면, 작업장의 더운 열기와 땀내로 숨도 쉬기 어려웠
을 것이다. 거기에서 들리는 소리라고는 둘이 주고받는 이야기와 보
조 병사들에게 무언가를 가져다 달라고 시키는 이야기, 그리고 무언
가를 만드느라 뚝딱거리는 게 다였다.


이레 동안 똑같은 흐름이었다. 둘이 의논하고, 그려보고, 재료를 모
으고, 만들고. 그 동안 작업장으로 더 많은 대나무가 들여보내지고
여러 장의 한지와 비단이 공수되었다. 물론 김시민 장군의 허락 하에
대폭적인 지원이 이루어졌다. 보조 병사들은 밤낮으로 대나무를 길
게 쪼개서 가늘게 다듬어 주고, 한지에 풀을 입혀서 단단하게 만들
고, 화통에 넣을 화약을 만드는 것을 거들었다.

달규는 비차를 하늘로 띄우기 위해 화통을 사용하는 것에 적잖이 놀
라는 눈치였다. 바람의 힘만으로는 큰 수레를 계속 날게 할 수는 없
어서 고민했었는데 화통을 추진체로 사용하니 어느 정도는 높게 나
는 것을 유지할 수 있어 보였다. 대나무를 자르고 엮는 일은 달규가
도맡았다. 대나무를 다루는 달규의 솜씨가 예사롭지 않아서 관군 서
너명의 몫을 해냈다.

처음 평구가 그렸던 비차의 도면은 달규와 함께 의논하면서 조금씩
달라져 갔다. 평구는 달규가 해보지 못한 실험비행을 여러 차례 해봤
기 때문에 날개 짓의 어려움과 더 강력한 추진체가 필요하다는 것을
알고 있었다. 그래서 그런 부분을 달규와 의논을 해가면서 수정작업
을 했다. 작업장 안에서만 계속 있어서인지 머리가 멍해져서 생각이

더 이상 떠오르질 않았다.

평구와 달규는 작업장 밖 평상에 앉아 마침 교방청 연회가 있어 아내 연실이 따로 챙겨 가지고 온 돼지고기 수육에 막걸리를 한잔 기울이며 이야기를 이어갔다.

"아무래도 날개가 크니깐 두 명이 조종하는 것이 쉽지가 않아요. 물론 높이 뜨는 것도 힘들고…"

"그렇다고 날개가 없거나 작으면 오랜 시간 비행하는 게 힘들 텐데… 어떻게 하면 좋을까요?"

최대한 날개를 작게 만들어 보려고 했지만 새가 하늘을 나는 모습을 상상해보면 크기를 줄이기만 해서는 안될 것 같았다. 다른 대책이 필요했다.

그때 그들 앞으로 마을 꼬마 아이 하나가 키를 쓰고 울먹이면서 지나가는 게 보였다. 아마 이른 초저녁잠이라도 자다가 이불에 실수를 한 모양이었다. 연실은 웃음을 참으며 아이를 달래 집 쪽으로 데리고 들어갔다. 평구와 달규는 몇 날을 제대로 쉬지도 못하고 비차 만드는 일에만 매달려 있었던 지라 막걸리 한잔에 얼굴이 벌겋게 달아올랐다.

키를 쓰고 지나가는 아이를 보면서 오랜만에 소리 내어 웃었다. 그러다가 평구는 갑자기 여수에서의 장면이 떠올랐다. 이순신 장군이 새벽에 연을 날리던 모습이었다. 날개가 없어도 연은 하늘을 얼마든지 높게 날았다. 조종도 가능했다. 그러면 비차도 꼭 날개가 있어야 하는 것은 아닐 수도 있다는 생각이 들었다.

"윤형, 연을 날리는 원리를 한번 생각해 봅시다. 높이 뜨기도 하고, 방향 조종도 되는데 날개는 없지요. 우리 비차도 그런 원리를 이용하면 어떨까 싶은데."

"바람을 타게 한다는 말이지요? 연은 바람을 역으로 이용해서 하늘 높이 띄우고 연결된 실을 이용해서 방향과 높이를 조종하지요."

"바로 그거에요. 비차에 굵은 밧줄을 연결해서 추진체 역할을 도와 줄 힘을 실어 주는 거지요."

"그럼 날개 대신에 수레위에 올려 질 무언가가 필요할 텐데요? 연의 역할을 할 것이요."

바로 그것이 고민이었다. 바람을 이겨내고 날아오르기에 좋은 모양 은 어떤 것이 있을지 둘은 계속 고민에 빠졌다. 바람을 잘 받기 위해 서는 평평한 모양보다는 약간 오목한 것이 좋을 것 같다고 달규가 말 을 꺼냈다. 그 말을 듣자마자 평구는 마시던 막걸리 잔을 탁하고 상 위에 내려놓았다. 남아있던 막걸리가 출렁이며 잔 밖으로 쏟아져 나 왔다.

"바로 그거에요. 키."

"네? 키요? 방금 꼬마 애가 쓰고 지나갔던 키 말이죠?"

"네. 왜 진작 그 생각을 못했을까요? 여수에서도 이순신 장군과 거북 선의 덮개 모양을 고민하고 있을 때 키를 쓰고 지나가던 꼬마를 보고 착안해서 만들었지요. 거북선을 덮었듯 우리 비차에도 그걸 몸체로 쓰면 어떨까요?"

"키를 엎어놓은 모양이라면… 오목하여 바람을 모으기도 쉽고, 방향 을 조절할 작은 날개를 달아주기만 한다면… 바로 만들어 봅시다."

앞부분이 뾰족한 키 모양에 방향을 조절할 작은 날개를 붙인 덮개가 도면에 그려졌다. 비차를 만들기 위해 투입된 관군들은 그날부터 대 나무를 자르고 댓살을 만들기 시작했다. 빗기 20척, 조치 30척정도 의 덮개를 만들기 위해 수많은 댓살이 만들어졌고, 달규는 그것들을 엮어 몸체를 만들고 안쪽에 한지를 덧대어 붙였다.

대나무로 만든 키가 연처럼 잘 날기 위해서는 성긴 대나무 사이를 한지로 여러 겹 붙여 주어야 했다. 그 크기가 얼마나 위협적이었던지 달규와 평구는 그 키를 하늘로 띄울 수 있을지 걱정이 되기 시작했다. 대나무 수레 양옆으로 설치한 화통의 화력만으로 과연 그 키가 하늘도 날 수 있을까?

한 가지를 해결하고 나니 또 다른 문제에 직면했다. 장정 몇 명이 끌어도 하늘로 연처럼 띄운다는 것이 과연 가능한 것인지도 고민이었다.

"이것을 연처럼 날리려면 당기는 힘이 세야 하는데⋯ 사람의 힘만으로 되겠습니까?"

달규가 조심스럽게 물었다.

"힘들겠죠? 사람도 타야하는데 힘센 장정 여러 명이 당긴다 해도 무리가 있겠지요?"

"정 형. 진주가 소싸움이 유명한 곳이지 않나요? 소의 힘을 빌리면 어떨까요?"

혼자였다면 결코 생각해 내지 못했을 것이다. 둘이서 대화를 주고받다 보면 어느새 답을 찾게 되었다. 물론 절실함이 크다보니 더욱 그랬을 것이다.

"좋은 생각이오. 소가 수레를 쉽게 끌 수 있도록 둥글게 나무를 깎아 아래에 깔고, 소 여러 마리가 동시에 비차를 당겨 준다면 바람의 힘을 더 세게 받을 수 있을 것이오."

"그리고 소가 수레를 끌 때 좀 더 쉽게 진행될 수 있도록 작은 보조 바퀴를 달아 주는 것이 어떨지 싶은데⋯"

둘의 얼굴에는 점점 확신이 생겼다. 하늘을 나는 수레, 비차가 모양을 갖춰가고 있는 것이었다.

달규는 화통의 크기를 보고 잠시 생각에 잠겼다.

"정형, 아무래도 저 정도 크기의 비차가 하늘에서 계속 날려면 화통의 화력이 더 세야 하지 않을까요?"

"나도 그게 마음에 걸리는 부분이오. 중간에 풀무질을 하긴 해도 처음에 출발할 때 큰 힘이 주어진다면 더 오래 날 수 있을 것인데…"

"화통의 길이가 길어도 상관없지 않을까요? 여기 진주에는 대나무가 많이 있는 걸로 압니다. 큰 대나무를 사용하면 어떨까요?"

"대나무… 아!"

평구는 정월 대보름에 달집을 태우기 위해 만들어 놓은 엮은 대나무를 떠올렸다.

"비스듬히 세운 대나무. 충분히 해 볼만 하겠습니다. 정월 대보름에 쓰는 달집처럼 굵은 대나무를 세 개 정도 연결해서 화통처럼 사용하고, 소가 끄는 힘을 먼저 이용하여 하늘로 오르는 거지요. 수레 옆의 작은 화통은 그대로 사용하면서 비차의 높이를 조정하는데 쓰는 겁니다."

둘은 손을 맞잡고 마치 비차가 완성된 것 같은 감격을 서로 주고받았다. 군관들은 또다시 큰 대나무를 실어 나르기 시작했다. 이번에는 댓살을 만들지 않고 굵은 대나무를 그대로 사용할 것이라서 40척 정도의 길이로 자르기만 하고 속을 비웠다.

대나무 중에서도 굵기가 가장 큰 것을 골라서 마디의 막힌 곳을 제거하고, 중간쯤에는 장쇠를 설치하여 열고 닫을 수 있게 만들었다. 왕대에는 신기전이 삽입되어 더 큰 동력을 비차에 실어 줄 것이다. 그렇게 새로운 모양의 비차는 완성되고 있었다. 이제 그 조각들을 붙여서 날려보는 작업만 남았다.

 진주성 안 넓은 공터로 날개역할을 할 키 모양의 덮개, 수레, 화통,
대나무 화통 등이 옮겨지고 막 도면대로 그것들을 연결하려고 할 때,
군관이 급히 김시민 장군이 평구를 찾는다고 데리고 갔다. 달규는 혼
자서라도 진행을 해야 할 것 같은 조급함을 느끼고 하나씩 늘어놓기
시작했다. 설계도는 그려져 있지만 그것은 어디까지나 그림일 뿐이
라 비차가 날수 있을 지는 확신이 서지 않았다.
 네 사람이 눕거나 엎드릴 수 있는 대나무 수레와 팔을 끼울 수 있게
만든 고리. 수레 양쪽에서 비차를 공중으로 날려 올릴 추진체 역할을
할 여러 대의 총통을 실은 화차. 날개에 뜨거운 바람을 일으켜 줄 풀
무. 잘게 쪼갠 대나무를 촘촘하게 엮어 만들어 안쪽으로 한지를 덧
대고 아교 칠을 하여 단단하게 만든 키 모양의 몸체. 몸체 양쪽에 연
결하여 비차의 진행 방향을 조정할 목적으로 만든 쇠로 만든 막대 두
쌍. 세 개의 굵은 대나무를 삼각대 모양으로 연결하여 만든 또 다른
추진체 역할을 할 대나무 화통.
 이제 설계 도면대로 각 부분들을 단단하게 연결하기만 하면 상상속
의 비차가 완성되는 것이다. 평구가 급히 불려가는 것으로 봐서 큰
변이 생긴 것이 틀림없어 보였다. 노성 본가에 계신 연로한 부모님
생각에 비차를 조립하는 달규의 손놀림이 빨라졌다.
 먼저 덮개의 네 귀퉁이에 단단한 줄을 연결하여 소가 끌 수 있도록
엮어 두었고 몸체의 앞뒤부분에 방향조종을 위한 쇠막대를 연결하여
달았다. 군관 서너 명이 양쪽에서 잡아 주고, 줄과 아주 잘게 다듬은
대나무를 이용하여 연결하였다. 수레 양쪽으로 화차를 연결하고 있

을 때 평구가 창백한 안색으로 뛰어왔다.

"큰일 났소. 걱정했던 대로 왜구가 쳐들어 온 모양이오. 부산포에 병선이 700여척이 들어왔다 합니다. 동래부도 침공을 당하고 양산과 대구, 상주를 향해 쳐들어 올라가고 있다는 전갈이 왔답니다. 여기 진주에도 곧 들이 닥칠 것 같으니 비차를 서둘러 완성해 달라는 김 목사의 당부가 있었습니다. 일각이 급하게 되었습니다. 서둘러야겠어요."

달규는 어느 정도 짐작을 하고 있었던 소식이었지만 이렇게 빠르게 전쟁이 진행되리라고는 생각하지 못했다. 조총이라는 신무기를 가진 왜와 싸우기 위해서는 우리에게도 더 강한 새로운 무기가 필요해서 비차의 완성이 더욱 필요하기도 하였지만, 달규는 그보다 본가 부모님의 안위가 더 걱정이었다. 비차를 만드는 임무가 끝나면 그 길로 노성을 향해 달려가리라 마음먹었다.

아직 비차의 완전체도 만들지 못했거니와 만들어지더라도 원하는 만큼 날 수 있을지도 미지수였다. 할 수 있는 모든 힘을 다 쏟아 부어 비차를 만드는 일에 매달렸다. 몸체와 수레, 화차와 풀무장치를 연결하고, 대나무 총통을 장착했다. 그리고 그 동안 뽑아 두었던 병사 네 명에게 날개를 조종하고 풀무질을 하는 방법을 훈련시켰다.

여러 병사들 중에서 몸이 날렵하고, 아둔하지 않고 영민해 보이는 병사를 네 명 뽑았다. 평구와 달규 그리고 두 명이 더 필요하였는데, 혹시나 하는 마음으로 두 명을 여유롭게 더 훈련을 시켰다. 날개를 조종하는 두 명과, 비차를 공중으로 올릴 때 필요한 추진 장치에 불을 붙이고, 뜨거운 바람을 일으킬 풀무질 할 사람 한명과 전체적으로 균형을 잡고 도와줄 조력자가 한명 필요했다. 비차를 끄는 소에게 힘을 실어주기 위해 양 옆에서 밀어줄 힘센 장정도 준비됐다. 그리고 비차를 끌어줄 힘 좋은 소가 준비되었다.

 드디어 비차가 완성되었다. 이틀을 꼬박 걸려 조각들을 연결하여 하나의 큰 작품이 완성된 것이다. 과연 뜰 수 있을지, 뜬다면 얼마나 날 수 있을지에 대한 걱정과 설렘으로 이틀 동안 제대로 자지도 먹지도 못한 고생쯤은 다 사라졌다.
 비차를 날리기 위한 최적의 조건을 갖춘 장소로 이동을 시켰고 첫 비행을 지켜보기 위해 사람들이 모였다. 진주 목사로 임명을 받은 김시민 장군, 정평구와 윤달규, 그들과 함께 비행을 위해 훈련을 받은 네 명의 병사와 긴 시간 옆에서 물심양면으로 도움을 주었던 마을 주민들과 그리고 연실과 딸 비연.
 적당히 강바람이 부는 약간 높은 둔덕에 첫 비행을 기다리는 비차가 모습을 나타냈다. 조선 여기저기에서 왜군의 침략으로 백성들의 앓는 소리가 들려오는 것 같아서 비차의 성공적인 비행을 바라는 사람들의 염원은 더 간절했다. 제발 잘 날 수 있기를 바랐다.
 비차에는 평구와 그 동안 훈련을 받아 온 병사 중 한 명이 올라탔다. 달규는 본인이 타길 원했지만 어차피 앞으로 비차를 조종할 사람은 평구였기 때문에 직접 실험비행을 하길 원했다. 비차가 비행에 성공하면 달규는 본가로 갈 것을 알고 있었기 때문이기도 했다. 날개를 조종할 평구와 또 다른 병사는 수레에 엎드려 누웠다. 남은 두 병사는 비차의 앞을 추켜세우고, 수레의 양쪽에서 신호를 기다리며 뛸 준비를 하고 있었다.
 드디어 키 모양의 몸체에 연결된 밧줄을 끄는 소 네 마리가 앞으로 이동을 시작했다. 다행히 적당한 방향으로 바람도 불어 주었다. 비차가 하늘을 향해 뜨기 시작하자 양쪽에서 밀던 두 병사는 잽싸게 수레에 올라타서 양 팔에 고리를 차고 누웠다. '치이익 팡'하는 소리를 내며 대나무 화통에서 불꽃이 일고, 동시에 소를 향한 채찍질은 더 세졌다.

네 마리의 싸움소는 더해지는 채찍질에 입에 거품을 물며 앞으로 힘겹게 나가기 시작했다. 화통에서 뽑아내는 소리에 더 놀라서 앞으로 힘차게 내딛었다. 구경을 하던 사람들도 굵은 대나무 통 밖으로 뿜어져 나오는 화약의 연기와 소리 때문에 놀라 귀를 막았지만 하늘을 나는 비차의 모습을 놓치지 않으려고 두 눈은 더욱 크게 뜨고 지켜봤다.

네 마리의 소와 연결된 밧줄이 탱탱하게 당겨지고, 키 모양의 몸체가 비스듬히 하늘을 향해 날아 오르기 시작했다. 비차 안쪽에 덧댄 한지가 한 낮의 햇빛에 눈부시게 빛을 내면서 대나무의 초록빛을 신비롭게 만들어 주었다. 대나무 수레에 누운 네 명의 조종사의 형체가 어렴풋이 보이고, 평구가 나머지 군관들에게 명령하는 우렁찬 소리가 귓가에 들려왔다.

"1, 2, 3통에 화약 발사!"

"우측, 좌측 통에 화약 발사!"

소가 앞으로 나아갈수록 골무모양의 비차는 더 팽팽하게 하늘로 날아올랐고, 이제 평구의 소리도 들리지 않게 되었다. 세 개의 큰 대나무 통이 기세 좋게 화약을 내뿜고 골무모양의 몸체가 바람을 잘 타고 있다고 느낄 때 쯤 네 마리의 소와 비차를 연결했던 밧줄을 끊었다.

'텅'하는 소리를 내며 밧줄은 끊어졌고, 소를 몰던 사람들은 흥분한 소를 진정시키느라 애를 먹고 있었다. 줄이 끊긴 비차는 마치 한 마리의 따오기가 날개를 접고 하늘을 향해 비상하는 것처럼 보였다. 밑에서 마음 졸이며 구경하는 사람들의 목이 비차를 보느라 완전히 꺾이고 그제야 여기저기서 탄성이 흘러 나왔다.

"와! 난다. 날아. 살다보니 내가 이런 것도 보는 날이 있군."

"드디어 만들고 말았네 그려. 수고했어. 정말 수고가 많았어."

김시민 장군의 눈가가 촉촉해지면서 두 사내에게 진심으로 고맙고 존경하는 마음이 들었다.

"비연아! 아빠가 드디어 만들었어. 저기 보이지? 하늘을 날고 있단다. 아빠가 드디어 하늘을 날고 있어."

흐르는 눈물을 훔치면서 연실은 등에 업혀있던 비연을 앞쪽으로 안아 하늘을 볼 수 있게 들어 올려 주었다. 조금이라도 더 가깝게 비차를 보게 해주려는 마음에서였지만, 이제 저 멀리에서 둥그스름한 형체만 어렴풋이 보일 뿐이었다.

비차의 모습이 멀리 사라졌지만 둔덕 아래 서 있던 사람들은 발을 떼지 못하고 그 자리에서 움직일 생각을 하지 않았다. 다시 그 곳으로 돌아와야 할 비차였기 때문에 그들의 시야에 비차가 다시 들어올 때까지 아무도 돌아서지 않았다. 잠깐 동안 정적이 흐르고, 여기저기에서 놀라움의 내뱉음이 들렸고 그제야 털썩 자리에 주저앉는 사람도 보였다. 얼마나 긴장을 했던지 연실도 비연을 품에 안고 그 자리에 풀어져 내렸다.

날아오르긴 했지만, 계획한 대로 잘 날아가긴 하는 건지 그리고 다시 방향을 잡아 이곳으로 와서 착지를 할 수 있을지 연실의 마음은 비행 전보다 더 복잡해졌다. 연실 옆에는 연실만큼이나 마음을 졸이면서 비차의 안전한 회항을 기다리고 있는 달규도 있었다. 본인이 함께 타지 못해서 미안한 마음까지 더해지니 입술이 바짝 타들어갔다.

비차에 타고 있는 네 사람의 마음은 그들보다 더 긴장되었겠지만 그런 긴장조차 느낄 여유도 없었다. 풀무작업을 맡은 관군 한명이 화약에 불을 붙여 힘을 실어주고 양쪽에서 풀무작업을 시작했다. 엎드려 있던 평구와 병사는 몸체에 연결된 쇠막대를 위아래로 흔들면서 방향을 잡기위해 막대를 조종했다. 우측으로 가기 위해서는 좌측 화통에, 좌측으로 가기 위해서는 우측 화통에 불을 붙였다.

평구는 비차 앞쪽의 상황을 계속 주시하면서 비차의 조종을 맡은 다른 한 병사에게 상하좌우 지시를 내렸다. 진주성의 윤곽이 드러나면서 길게 이어진 성곽의 모습이 보일 정도로 위로 떠올랐다. 가슴속에서는 환호성이 올라왔지만 조금만 움직임이 생겨도 혹시 비행에 지장을 줄까봐 소리조차 낼 수가 없었다. 네 사람의 긴장감과 기쁨을 대신해서 흘러내리는 땀과 눈물로 그들의 마음을 알 수 있었다.

김제에서 마을 주민과 이 대감을 위해 만들었던 물건들과 연실을 놀리느라 만들었던 종이 화약. 꿈꾸던 비차를 만들 수 있게 인연을 연결해 준 이억기 장군과 이순신 장군. 비차를 만들 수 있게 모든 장비와 재료를 구비해주고 도와주었던 김시민 목사와 진주 병사들. 마지막에 큰 힘이 되어준 달규. 비연이 태어난 날 새벽에 이순신 장군이 날렸던 연의 모습이 떠오르면서 동시에 묵묵히 자신을 지켜봐주었던 연실과 금지옥엽 비연의 젖살 오른 얼굴까지. 평구의 흐르는 눈물 속에 섞여 차례로 떠올랐다.

계획했던 반환점이 나오자 왼쪽 화통에 불을 붙이고 풀무질을 했다. 처음 출발했던 장소로 다시 비행에 박차를 가했다. 모여 있는 사람들의 모습이 멀리 보였다.

"하강 준비!"

평구가 들뜬 목소리로 명령을 내리자 키 모양의 비차 날개 앞부분에 붉은 천으로 감겨있던 머리 부분이 아래로 꺾여 졌다. 비차가 완성되던 날 마지막 작업으로 상승과 하강을 도와줄 머리모양을 추가하였다. 이것 역시 거북선을 떠올리며 만든 것이다.

배의 방향과 속도를 제어하는 역할을 하는 돛대처럼 비차의 키 앞부분에 머리를 장착하였다. 줄을 연결하여 위쪽으로 당기면 머리가 들어져 상승을 돕고 아래쪽으로 당기면 하강을 돕는다.

돌아오는 비차의 모습이 멀리 보이자 모인 사람들의 소리가 커지고, 김시민 목사도 연실도 걱정을 한시름 덜며 기분 좋은 웃음을 터트렸다. 무얼 아는 것처럼 연실의 품에 안겨 잠깐 잠들었던 비연도 깨어나 옹알이를 하였다. 그들의 첫 비행은 그렇게 성공적으로 끝났다.

달규는 이제 다 됐다는 안도감과 한시라도 빨리 집으로 돌아가야겠다는 조급함이 함께 밀려왔다. 노성 본가에 계신 부모님 걱정에 하루도 마음 편히 지내질 못했다. 왜적이 어디까지 쳐들어 올라갔는지 정확하게는 알 수 없지만 왜군이 부산을 침략한지 보름밖에 안되었는데 벌써 한강까지 다다랐다는 소문이 나돌았다. 본가에 계신 부모님이 혹시 화를 당했을까봐 조바심이 계속 일었다. 이제 비행에 성공했으니 오늘 저녁에라도 노성을 향해 출발할 심사였다.

달규는 평구에게 미안한 마음을 전하고 노성으로 떠났다. 평구의 마음으로야 잡고 싶었지만, 그의 효심이 얼마나 지극한지 알기에 차마 잡질 못하고 보냈다. 전란이 끝나면 꼭 다시 만나서 더 멋진 비차를 만들자는 약속을 하였다.

달규는 비차의 설계도를 급히 한 장 더 그렸고 소중하게 봇짐에 싸서 길을 떠났다. 평구와 김시민 장군과 함께 하질 못해서 미안함 마음이 컸지만, 들려오는 왜군의 진격소식에 한 시도 지체할 수가 없었다.

평구는 완성된 비차를 이용해 김시민 목사와 함께 진주성을 왜군으로부터 꼭 지켜내고야 말겠다고 다짐을 하면서, 일차 비행 후 부족하다고 느꼈던 부분을 손보며 길었던 하루를 마무리했다.

***

"오빠, 너무한 거 아냐? 내가 이렇게 나서지 않으면 당장 봉죽원 문 닫게 생긴 거 몰라서 그러는 건 아니지?"

아침부터 동희의 닦달이 또 시작되었다. 며칠 전 긴히 할 얘기가 있다며 퇴근하는 동비를 집 근처 생맥주 집으로 끌고 간 동희는 봉죽원 운영에 대해 심각하게 의논을 해왔다. 물론 사정을 모르는 것은 아니었지만 동비는 일부러 외면하고 있는 중이었다.

봉죽원을 물려받아서 운영하고 싶은 생각도 없고, 대나무나 한지공예가로서의 삶도 애당초 동비의 인생에서 선택사항이 아니었다. 아버지에 이어 동비까지 봉죽원을 나 몰라라 하니 할아버지의 섭섭함이 동비의 마음을 짓누르긴 했지만, 어쩔 수 없는 일이다.

동비는 자신이 하고 싶은 다른 일이 있는데, 억지로 공방을 물려받을 수는 없었던 것이다. 어머니가 도맡아 하고 있긴 했지만 해가 갈수록 운영의 어려움이 적자로 나타나고 있었다. 차라리 봉죽원을 접어야 하는 게 아닌가 하는 생각이 들었지만 차마 입 밖으로 내지는 못했다. 그런데 뜻밖에 동희가 나서준 것이다.

"내가 다 알아서 할 테니 신세대적인 감각으로다가 일주일에 한 개씩만 디자인해서 만들어줘 오빠. 예전엔 잘 만들었잖아. 오빠가 할 일을 내가 하고 있으니깐 그 정도는 해줘."

"동희야, 오빠 요즘 많이 바빠. 제발 나 좀 봐주면 안 되겠냐?"

"오빠가 엄마 좀 봐주면 안 돼? 봉죽원에 평생을 매여서 산 엄마 숨 좀 쉬게 해주자고."

동희 말이 틀리진 않았다. 시집와서 평생을 공예가인 시어른을 모시고 살림도 살고, 공방 운영까지 하느라 정작 당신의 삶은 따로 없었던 분이다. 옛날엔 다 그렇게 살았다고는 하지만, 집안일은 부인에게 떠 맡겨 놓고, 꼿꼿한 윤 노인의 상대까지 하게 한 남편의 무심함을 참아야 했던 어머니다. 할머니가 함께 했다고는 하지만 집안 살림도 똑 부러지게 해내고, 공방과 공예원까지 운영하느라 그 흔한 제주도 여행을 한번 가질 못했다.

동비가 공방 일을 하지 않고 본인이 하고 싶은 항공 일을 하겠다고 했을 때 어머니가 적극적으로 응원했던 건 어쩌면 고단한 어머니의 삶을 반복하지 않길 바라서였을 것이다. 그래서 동희의 부탁을 묵살할 수만은 없었다. 동비 대신 어머니의 짐을 덜어주는 것 같아 고맙기까지 했다.

"그래, 알겠다. 일단 논산에 출장 다녀와서 하나 만들어 볼게. 됐지? 그러니 그만 좀 볶아."

"오케이. 그럼 계획대로 진행한다. 오빠가 새로운 상품을 내놔야 내가 계획한 기획을 진행할 수 있다고. 알았지?"

카랑카랑한 목소리로 동비에게 숙제를 던지고는 출장 잘 다녀오라며 밝게 대꾸한다.

동비는 이번 주 논산의 노성에 있는 육군항공학교에 삼일간의 출장이 있다. 동비가 일하는 항공회사와 연계되어 있는 곳인데 항공기술 관련 강의와 연구가 진행 중이었다. 목요일부터 토요일 오전까지 교육 일정이 잡혀있었다.

일 년에 두 번 정도 출장이 잡히는 곳이었는데 늘 일정이 빠듯하여 근처 구경도 제대로 못하고 바로 내려오곤 했다. 이번엔 토요일 오후에 개인적으로 자유 시간이 주어져서 동비는 근처에 있는 윤증 고택을 다녀오기로 마음먹었다. 파평 윤씨인 동비가 괜히 끌리는 곳이기도 하다.

국도에서 마을길로 조금 올라가니 커다란 느티나무가 고택 앞으로 먼저 보였다. 그 옆에 윤증 선생의 어머니인 공주 이씨의 정려각이 있는데 정려문에 쓰인 안내문이 동비가 고택에 들어서는 걸 잠시 미루게 했다.

윤증의 아버지인 윤선거는 청국의 사신이 왔을 때 유생들과 함께 청나라 사신 용골대를 죽이고 명나라에 대한 의를 지키고자 상소를 올리게 된다. 그런데 그 해 겨울 청나라가 병자호란을 일으켜 쳐들어오자 윤선거는 강화도로 피난을 떠나고, 강화도마저 함락되자 윤증의 어머니는 청군에게 죽느니 순절을 택하게 된다.

어린 나이에 이 모습을 본 윤증은 조정의 관직에 임명되어도 조정에 나가 벼슬을 한다는 것은 어머니의 순절에 대한 보답이 아니라며 사양한다. 윤증의 덕행에 많은 선비들이 그를 '백의정승'이라고 대우했다고 한다.

고등학교 때 역사동아리를 하면서 동비에게 남은 습관이다. 고찰이나 고택 등 오래 된 옛것을 볼 때면 꼭 입구에 있는 설명문을 보거나 그런 게 없으면 인터넷으로 검색을 해서라도 알아보고, 그곳을 방문한다.

 윤증 고택은 부드러운 곡선의 노성산과 어울려 기와의 지붕이 안정감 있게 자리하고 있다. 집 앞에 커다란 연못과 우물이 있는데 연지 가운데 있는 둥근 동산의 배롱나무가 고택과 함께 매력을 한껏 뿜어내고 있다. 사방으로 꽃과 나무가 심어져 있어 계절마다 다른 아름다움을 느낄 수 있는 곳이다.

 동비는 이 계절 연지에 비친 배롱나무의 붉은 색깔이 마치 한지처럼 느껴졌다. 물색과 물 흐름과 어우러져서 붉지만 강하게 붉지 않은 한지. 사랑채와 행랑채, 안채를 조용히 돌면서 효심이 지극했던 윤증 선생을 떠올리며 괜히 자신을 반성해본다.

 바로 옆에 연결되어 있어서 한번 들러봐야겠다고 생각한 노성향교로 향하던 중 어르신 한 분을 만났다. 주말이었지만 더운 날씨 탓에 고택을 찾는 이가 없어서 동비 혼자 조용히 구경하던 중이었는데, 그 어르신은 심심하던 차에 동비가 반가운 모양이었다.

"어디서 오셨누? 혼자 온 걸 보니 근처 볼일이라도 있어 온 겐가?"

"네, 고택이 좋다고 하여 구경 왔습니다. 이 동네 사시는 가 봅니다."

"여기 관리하는 사람이여. 파평 윤씨지."

"그러시군요. 수고가 많으십니다. 저도 파평 윤씨입니다. 이상하게 마음이 편하더라고요. 하하."

 관리인이라는 그 노인은 동비에게 더 친절하게 고택에 관해 얘기를 해주었다. 이 고택은 윤증의 여러 제자가 스승을 모시기 위해 추렴하여 지었지만 청렴했던 윤증은 고택이 과하다며 옆에 초가집을 짓고 살았다고 하였다. 자랑스러워하는 마음이 어르신의 몸짓에서 나타났다. 동비도 괜히 기분이 좋아졌다.

"그리고 잘 몰라서 그렇지, 우리 가문에 똑똑한 인재가 많아. 이거는 우리 집안에서만 회자되는 이야기긴 해도 학자도 많지만 과학자도 있었지. 윤달규라고. 어릴 때 할아버지가 이야기 해주고, 또 그 할아버지는 그 할아버지한테 듣고."

그 이름을 듣는 순간 동비는 깜짝 놀라며 심장의 맥박이 빨라지는 것을 느꼈다. 진주성에서 역사동아리 모임을 했던 날 유연과 함께 나누었던 이야기의 주인공 중 한명이었다. 비차를 만들었다는 설은 있지만, 실제 있었다는 증거가 없으니 갑갑하기만 했다. 그 이름을 여기서 다시 듣게 될 줄은 몰랐다. 어르신의 옆으로 바짝 다가서며 더 자세히 듣고 싶다고 부탁했다.

비행기를 만드는 항공회사에 근무하고 있다고, 묻지도 않았는데 홀린 듯 자기소개를 늘어놓았다. 그래야 더 자세히 이야기를 이어가 줄 것만 같았기 때문이다.

"집안이 워낙 꼿꼿하기로 유명해서 나라에서 주는 벼슬도 사양하고 학문에만 전념했지만 머리가 좋은 가문이야. 그래서 비행기 같은 것도 만들고 그랬지. 허지만 기록이 없으니 떳떳하게 말도 못하고, 우리끼리는 다 아는 얘기지."

동비는 그 기분을 잘 안다며 자기는 믿는다고 추임새를 넣었다. 관리인은 마치 눈앞에서 봤던 것처럼 이야기를 이어갔다.

"그 분도 워낙 효심이 지극했던 모양이야. 윤증선생을 봐서도 알겠지만 집안 자체가 효자집안이야. 나만 해도 그렇고. 허허."

노성향교는 대성전 · 명륜당 · 동재(東齋) · 서재(西齋) · 삼문(三門) 등의 건물이 있는데 개방을 다 하지 않아 입구에서 관리인과 이야기를 나눌 수밖에 없었다. 바로 옆으로 고택의 사랑채가 보이고 배롱나무가 아른거린다. 계속해서 윤달규에 관한 이야기를 이어갔다.

　"그 분이 어릴 때부터 영민했다고 해. 그래서 유학도 잘 했지만, 손재주도 있어서 생각한 거는 머든 뚝딱 만들었다지 아마. 그러다 몇 년 동안을 새처럼 하늘을 나는 물건을 만들 거라고 그렇게 고심을 했다네. 결국 만들 재료를 구하러 호남까지 갔다가, 우연찮게 진주에서 귀인의 도움을 받아서 완성했다고 해. 근데 그때가 하필 왜놈들이 쳐들어와서 난리가 났던 때라 비행기를 만들자마자 여기 부모님이 걱정이 되어 바로 올라 온 거여. 간단한 설계도면은 챙겨 온 모양이던데 그게 그 난리 통에 잘 보관이 됐을 리가 없고, 비행기를 만들었다는 이야기만 우리 가문 족보에 기록되어 있는 거지."

　"아마 비차라고 쓰여 있죠? 수레 거를 쓰니 비거라고 하기도 하고."

　"그렇지. 아니 자네는 어찌 그걸 아는가? 비행기 만드는 회사에 다녀서 그런가?"

　"저도 우연히 알게 된 것입니다. 함께 비차를 만들었다는 다른 분은 정평구라고 알고 있습니다. 혹시 그 남아있는 기록을 볼 수 있을까요?"

　노인은 어디론가 전화를 걸었다. 아마 종친회의 사무장인 듯 했다. 대강의 이야기를 나누고 사무실에서 만나기로 했다. 동비의 차로 고택에서 십 여분을 읍 쪽으로 나오자, '파평 윤씨 종친회'라는 작은 간판이 붙은 삼 층짜리 상가에 자리한 사무실이 있었다. 사무실 두 벽을 가득 메운 책장에는 족보로 보이는 책들이 한 가득 꽂혀 있었다. 사무장은 그 중 몇 권을 꺼내서 탁자위에 올려놓았다. 자주 꺼내서 본 듯 익숙한 손놀림이었다.

"여기 보이시죠? 이 부분하고 여기 이 부분."

동비는 색 바랜 종이가 혹시 상할까봐 눈으로만 보면서 읽어 내려갔다. 한글과 한자가 혼용으로 써져 있어 빨리 내용을 이해하기가 쉽지 않았지만, 노성의 윤달규라는 분이 진주성에 가서 비차를 완성하고 그 만든 과정을 그림으로 남겨 왔으나 임진왜란 중에 분실하고, 지금은 남아있지 않다는 내용이었다. 그리고 또 한 부분은 그 비차가 사람 넷은 거뜬히 태우고 30리쯤 날았다는 내용이 있었다. 이것은 윤달규가 직접 쓴 것은 아니었고 그 후손들이 들은 바를 기록한 것 같았다.

개인 집안의 족보에 적힌 몇 줄의 기록으로 사실을 증명 할 수 없으니 윤씨 집안에서는 안타까울 뿐이었다. 가끔 역사학자나 관련 부처에서 보고 싶다고 찾아오긴 했지만 그렇다고 윤달규의 업적을 인정해 주진 않았다. 동비에게도 보여 주기는 하지만 큰 기대는 가지지 않는 눈치였고, 그저 자랑을 하는 것만으로 만족하는 것 같았다.

동비는 극구 사양하는 그들에게 근처 식당에서 저녁을 대접하고 밤길을 달려 진주로 내려왔다. 요즘 슬럼프에 빠져 있던 동비에게 이번 노성에서의 일은 막혀있던 벽에 문이 생기는 것 같은 것이었다.

16세기에 비차가 있었다면 지금 21세기에는 새로운 비행기가 발명되어질 때이다. 바로 개인형 자율 항공기가 연구개발 되고 있는 시점이다. 시작점에 네 명이 타는 비차가 있고, 지금 다시 개인이 타는 자율 비행기가 만들어지고 있다.

항공우주산업이 올해 중점을 두고 하는 사업이 개인형 자율비행기와 관련된 것이고, 동비가 맡은 프로젝트도 이것이다. 다음 달 개최될 콘퍼런스에 독일과 중국, 미국 등에서 이와 관련한 전문가들이 참석을 하고, 그 일련의 작업을 동비가 맡게 되었다.

동비가 슬럼프에 빠진 이유는 아직 한국에서는 내놓을 만한 성과물이 없고, 이제 시작 단계이다 보니 다른 나라의 연구결과와 성과물을 부러워하는 처지에 있다는 것이다. 독일이나 중국보다 늦게 시작하기도 했지만, 우리나라 산업사회의 여건과 정부 관련 부처의 오래 된 관행이 발목을 잡고 있었다. 기술이나 아이디어 면에서는 훨씬 뛰어나다고 동비는 생각했다.

이번 콘퍼런스의 개최 목적은 개발과 판매단계까지 간 다른 나라의 개인 형 자율 비행기의 성과를 알고, 우리의 기술과 아이디어를 펼칠 수 있는 협력나라를 찾거나, 우리 스스로 만들 수 있는 방법을 찾는 것이다. 안타까운 마음에 동비는 기운이 빠졌고, 더 잘할 수 있는데 하는 아쉬움과 우리도 만들 수 있을까 하는 불안함 때문에 우울했었다.

동비는 노성에서의 비차이야기로 자신감이 생겼고, 우리나라가 최초 비행기를 만들었다는 확신이 생기면서 그 옛날 진주성에서의 유연과의 만남이 계속 떠오르는 것이었다. 진주에 도착한 동비는 늦은 시간이었지만 공방에 불을 켰다. 다듬어진 대살과 한지, 도구들을 챙겨 무언가 만들기 시작했다.

옛날 유연에게 선물했던 상상의 비차 모양 펜던트. 그때는 막연히 키와 새 모양을 합쳐서 만들었는데, 이제 조금 더 상세하게 만들 수 있을 것 같았다. 낮에 봤던 노성고택 연지의 배롱나무의 색깔과도 같은 한지를 날개의 안쪽에 덧붙이고 나니 더욱 예쁜 펜던트가 완성되었다. 동이 트기 시작했지만 거기서 멈추지 않고 또 하나의 작품을 만들기 시작했다.

이번에는 자율 비행기이다. 머릿속에 그려 두고 상상했던 개인용 자가 비행기이다. 대나무로 표현하기가 쉽지 않지만, 대강의 틀을 만들고 이번엔 비단을 이용해 색을 넣고 비행기의 모양을 완성했다. 밤을 꼬박 새운 동비는 작업대 위에 놓인 두 대의 비행기를 흐뭇하게 바라보다가 밀린 잠을 청하러 집으로 들어갔다.

다음날 일요일인데도 공방 일에 푹 빠져 있는 동희는 이른 아침 작업실 문을 열었다가 오빠가 만들어 놓은 두 대의 비행기를 보았다. 호들갑을 떨며 동비에게 전화를 걸었지만, 밤을 샌 동비는 전화를 받지 않았다.

이리저리 돌려가며 사진을 찍어 공방홍보 SNS에 올리고, 이름을 공모한다는 게시문을 올렸다. 이것도 동희의 마케팅 전략중 하나이다. 작품을 만들어 올리고 소비자들로 하여금 이름을 짓게 하면서 관심을 유도하고, 그리고 스토리를 입히는 것이다.

한 대의 비행기는 비행기로서의 모양을 완전히 갖춘 것 같지는 않지만 예전에 오빠가 한 번 씩 만들었던 것과 비슷한 모양이다. 새와 연을 결합한 것 같은데 고전적이고 무게감이 느껴진다면, 또 다른 한 대는 신세대적인 느낌이 물씬 풍기는 것이다. 자동차와 헬리콥터를 합친 것 같은데 화려한 색을 입혀 색다른 매력을 풍긴다.

두 가지 제품이 나왔으니 이제 판매를 위한 전략을 착착 진행하고, 판매 뿐 아니라 만들고 싶어 하는 체험 형 소비자들을 찾을 계획이다. 동희는 해야 할 일거리가 쌓여가는 것에 희열을 느끼며 속으로 '봉죽원의 미래는 내 손안에 있다!'를 외쳤다.

동비의 콘퍼런스 준비도 노성 출장 후 잘 진행되고 있었다. 몇 달 쳐져 있던 어깨와 마음이 한결 가벼워졌다. 콘퍼런스에는 몇 달 전 개최되었던 모의 자율비행기 경연대회 대회에서 본상을 수상한 세 팀이 참가하기로 했고, 항공우주 연구원과 항공대학의 전공 교수가 주제 발표를 할 것이다.

이번에는 우리나라의 개인 형 자율비행기의 개발단계 발표와 특허와 관련한 정보를 제공할 전문가의 발표도 있다. 독일과 미국, 중국에서는 현재 개발되고 상용화 단계에 있는 개인 형 자율비행기를 소개하는데 특히 주목할 나라가 독일이다.

독일은 개발단계를 넘어 판매까지 이른 상태이고, 더 발전된 비행기를 만들기 위해 연구하는 과정에서 우리나라와의 협력을 염두에 두고 이번 콘퍼런스에 참석하기로 했다. 그래서 동비는 더욱 독일 연구원이 신경이 쓰였고, 독일의 비행기에 대한 자료를 더 많이 찾아보고 준비하였다.

독일 연구원의 이름을 보고 혹시 한국인이지 않을까 궁금했다. 검색해 봐도 특별한 정보가 없어서 콘퍼런스 때 직접 보고 확인해 봐야겠다고 생각했다.

콘퍼런스가 개최되는 날이 늘 장마가 오는 시기여서 걱정했는데 더할 수 없이 날씨가 쾌청했다. 진주 내 대학교 항공산학 협력관의 대강당에는 빈자리가 거의 없을 정도로 많은 사람들이 참석을 했고, 준비위원인 동비는 바쁘게 여기저기를 오갔다.

오후 한시부터 발표가 시작될 예정이었고, 오전에는 참가자들과의 간단한 미팅이 있었는데 거기서 동비는 독일 연구원과 인사를 하게 되었다. 예상대로 한국인이었다. 독일계 한국인이 아닌 순수한 한국

사람이라서 동비는 내심 속이 상했다. 우리나라에서 연구하고 개발했으면 좋았을 걸 하는 아쉬움이었을 것이다. 그 연구원의 이름은 필립 정이었다.

＊＊＊

왜장 고니시가 인솔한 제1번대가 4월 부산포에 침입한 것을 시작으로 왜군의 걷잡을 수 없는 폭주는 조선의 이곳저곳에서 터졌다. 중앙로를 선택한 제 1번대는 양산과 밀양, 청도, 대구, 안동을 거쳐 상주에 이르렀다.

경상 좌도를 택한 가토의 제 2번대가 기장과 울산을 함락하고, 경주 문경을 거쳐 청주로 들어갔다. 구로다의 제 3번대가 경상 우도를 따라 올라가 성주에서 김천을 거쳐 충청도의 영동과 청주를 침입하였다. 뒤를 이은 제 4번대 부터 제 9번대 까지 우후죽순처럼 조선의 여기저기에서 승전보를 울리며 백성들을 불안과 공포에 떨게 했다.

부산에 상륙한지 불과 보름 만에 한양을 점령당했고, 두 달 만에 평양성까지 함락 당했다. 연이은 패전 소식에 진주성안의 김시민 장군과 병사들은 의기소침해졌지만, 성내 백성들에게 그런 티를 낼 수는 없었다. 하지만 패전소식만 있었던 것은 아니었다. 의령과 현풍에서 곽재우 의병이 왜군을 격파했다는 반가운 전령의 소식도 있었다.

광주목사 권율이 이끄는 조선군과 의병의 연합부대가 전북 완주와 충남 금산에서 호남을 지키기 위해 고군분투했다는 소식도 들렸다. 바다에서는 이순신 장군이 이끄는 수군이 연승을 거두며 제해권을 장악하고 있다는 통쾌한 소식도 들려 왔다. 특히 평구는 이순신 장군의 승전보에 가슴 한쪽에 짜릿함을 느꼈고, 눈앞에 거북선이 활약하는 모습이 그려졌다.

김시민 장군은 진주성 안의 백성들을 보살피고, 흉흉한 기운을 없애고자 노력했다. 겉으로는 아무 일 없을 것이라고 안심을 시키면서 진주성의 안과 밖을 재정비하도록 지시를 내렸다. 언제 왜군의 습격이 있을 줄 모르니 미리 대비하려는 마음에서였다. 진주성내 관군은 김시민 장군과 함께 평소에도 훈련에 게을리 하지 않았고, 성내 백성들 중 젊고 건장한 사내를 뽑아 함께 훈련에 참가하도록 하였다.

누구하나 싫은 내색을 하지 않고 혹시 모를 전투에 대비하였다. 여기저기서 들려오는 왜군의 극악무도함에 알게 모르게 백성들은 불안해했고, 누구라도 나서서 준비를 해야 함을 당연하게 생각했다. 더구나 김시민 장군에 대한 성내 백성들의 신뢰는 남다르기도 했다.

김시민 장군은 총통과 화약무기의 원료인 염초를 확보하는데 온 힘을 쏟았다. 그렇게 모은 것이 총통 70여 자루, 염초 510근 정도였지만 전란 중에 그 정도를 모을 수 있었던 것도 장군의 능력이었다. 물론 왜의 조총과 비교해서 성능이 떨어지긴 했지만 승자총통과 천자총통, 지자총통, 현자총통, 황자총통은 이순신 장군이 거북선과 함께 사용하여 큰 효과를 봤다.

평구는 총통의 중요성을 잘 알기에 김시민 장군과 함께 총통을 정비하고 모으는데 힘을 썼다. 뿐만 아니라 평소 화약을 다루는데 재주가 있었던 평구는 이번에도 염초를 이용해 화약무기를 만드는데 일조를 했다. 비격진천뢰는 조총에 대적할 만한 대단한 성능을 가진 시한폭탄이라고 할 수 있다.

포탄이 떨어진 뒤 조금 지나야 폭발하고, 화약만 터지는 것이 아니라 탄 속에서 날카로운 철 조각들이 사방으로 흩어져 나오니 그 위력은 조총에 비할 바가 아니었다. 하지만 그만큼 만드는데 시간이 많이 걸렸고 만드는 방법이 쉽지 않았다.

평구는 비차를 만들면서 화약 만들기도 병행했었다. 비차의 추진체 역할을 하는 것도 화약이었기 때문이다. 무엇보다 김시민 장군에게 큰 힘이 되는 것은 바로 비차였다. 요긴하게 쓰일 것 이라고 확신했다.

김시민 장군은 진주성을 지키기 위해 전력을 쏟았을 뿐 아니라 다른 지역에서의 전투에서도 그 빛을 발했다. 수성군 1천명을 이끌고 의병장 김면과 함께 연합작전을 펼쳐 거창에서 왜군을 크게 물리치면서 그 공을 인정받아 목사대행에서 정식으로 목사로 임명되었다. 그때 진주성내에 있던 백성들은 모두 제 일처럼 기뻐하고 자랑스러워했다. 거기서 그치지 않고 진해에서 왜군을 격파하고 왜장 평소태를 생포하여 선조가 있던 의주행재소로 압송하였다. 그 전과로 비변사의 장계에 의하여 통정대부가 되었다.

진해에서의 승전 후 사천과 고성을 왜군으로부터 수복했고 창원까지 밀어붙이니 왜군의 입장에서 김시민 장군이 좋게 보일 리 없었다. 왜장은 김시민의 본군이 진주성에 있음을 알아차리고 마음속 깊이 그 이름을 새겨두고 이를 갈았다.

부산포를 시작으로 도성 한양까지 한걸음에 진격했던 왜군들은 경상우도 쪽의 의병들의 반격과 해상에서 이순신 장군의 활약으로 점차 어려운 상황을 겪게 되었다. 거기다가 조정의 요청으로 명나라가 지원군을 보내어 조선과 명의 연합군이 평양성을 탈환했고, 지친 왜군은 한양까지 후퇴하게 되었다. 특히 왜군이 힘들었던 것은 군량미 확보가 어렵게 된 점이다.

경상우도와 바닷길이 막히니 후방군에 의한 군량미 조달은 어려울 수밖에 없었다. 왜는 안정적인 후방의 보급로를 확보하기 위해서라도 호남지역으로 진출을 해야 했고, 그러기 위해서는 반드시 진주성이라는 관문을 통과해야 했다.

바닷길을 통해 호남으로 갈 수도 있었지만 거기는 이순신 장군이 이끄는 수군과 거북선에 가로막혀 있었다. 하는 수없이 호남의 길목인 진주성을 공격할 수밖에 없었고, 경상우도의 본거지가 진주성이고 그곳에 목사 김시민 장군이 있음을 잊을 리 없는 왜장은 진주성으로의 침략을 꾀하게 되었다.

성내에는 3800명의 군관이 있었고, 일반 양인 약 2만 여명이 있었다. 진주성은 내성과 왜성으로 축조된 것으로 남쪽으로는 남강이 흐르고 서쪽에는 가파른 절벽과 나불천의 물줄기가 있으며, 북쪽의 성벽은 높지는 않지만 언덕위에 축조되어 있었다.

김시민 장군은 성의 지형을 이용하여 전술을 펼칠 작전이어서 성문을 굳게 닫고 왜군들과 함부로 붙어 싸우기 보다는 적의 공격을 효율적으로 막아내는 방어 전술을 펼칠 생각이었다. 그 뒤에는 총통과 화약 그리고 숨겨진 비차가 있었다.

"남강이 있는 남쪽과 절벽이 있는 서쪽은 왜군이 침입하기 힘든 곳이니 아마도 동쪽과 북쪽으로 주로 공격을 해올 것으로 보이네. 그러니 그쪽으로 병력을 집중시켜야 할 것이야. 이미 창원에서 우리 군이 패전했다는 소식이 들려오니 곧 여기로 들이닥칠 것 같네. 만발의 준비를 하도록!"

김시민 목사의 우렁차고 자신감 있는 명령으로 병사들뿐만 아니라

성내 평민들의 사기가 진주성 밖으로 퍼져 나갈 정도였다. 병력 수에서 차이가 있는 만큼 성내의 군민이 총동원 되었고, 특히 여인들도 남장시켜서 우리의 병력이 많은 것처럼 혼란을 주려고 했다. 그리고 주변의 경상우도와 호남의 의병에게 지원을 요청하여 왜가 진주성에 대한 전방 공격에만 집중할 수 없도록 후방에서 견제하길 바랐다. 진주성을 지키는 것은 경상도를 지킴과 동시에 호남지역을 지키는 것이니 경상도와 호남이 손을 잡지 않을 수 없었다.

10월 5일 왜적의 선봉대 1천여 명이 진주성 동쪽 마현의 북쪽 봉우리에서 군세를 과시하며 모습을 나타냈다. 진주성내의 우리 군은 그들의 모습에 절대 기 죽지 않고, 다가올 접전에 대비해 한시도 허투루 지내지 않았다. 다음날 왜군은 세 패로 나누어 산을 뒤덮으며 내려 왔다.

7일 밤 으스름한 달빛에 왜군의 바쁜 움직임이 포착되었다. 수백 보에 달하는 죽편을 몰래 세워놓고 앞을 가린 후 빈 가마니에 흙을 담아 쌓아서 언덕을 만들었다. 성곽과 같은 높이에서 공격을 하겠다는 심사였다.

8일, 진주성 밖 대나무 사이로 날이 밝아 오기 시작함과 동시에 왜군이 대나무 사이를 헤치고 성에 사다리를 걸치기 시작 했다. 왜군들은 조총을 메고 오르고 있었고, 마치 기다렸다는 듯 우리의 수성군과 성 안 양민들은 사다리를 부서뜨려 성안으로 한 발도 들여 놓지 못하게 하였다.

김시민 목사는 화약을 장전한 대기전을 쏘게 하고 마른 갈대에 화약을 싸서 던지게 하였다. 군인들이 그렇게 왜군과 혈전을 벌이는 동안 백성들은 물을 끓여 성을 기어오르는 왜군에게 부었고 큰 돌을 던져 사다리를 오르는 왜군을 떨어트렸다. 누구 하나 조총을 쏘는 왜군을 피하거나 겁내지 않고 하나가 되어 김시민 목사의 지휘에 따랐다.

조선군보다 훨씬 많은 병력을 가지고 있으니 쉽게 진주성을 탈환 할 것이라고 생각했던 왜군은 철벽같은 진주성의 군관과 평민들의 합심에 기세가 한 풀 꺾였다. 성안으로의 진입이 힘들자 그날 밤 작전을 바꾸어 성 밖 두 곳에 더 큰 산대를 만들었다. 흙을 져 나르는 모습이 더 많이 눈에 띄었다.

"적들이 산대를 더 높게 쌓아 올리고 있습니다. 아무래도 조총과 활로 집중 공격 할 것 같은데 우리도 다른 작전을 써 보시는 게 어떻겠습니까?"

김시민 목사에게 조심스럽게 평구가 운을 뗐다. 그 즈음 성 밖 왜군의 배후에는 의병과 지원군들이 왜군을 교란시키기 위해 진을 치고 있었다. 왜적이 진주성에 대한 총공격을 못하는 이유이기도 했다. 그런데 중간에 적군들이 있으니 의병들과의 교신이 수월하지 않았고, 짧은 시간에 작전을 교환 할 수 있다면 더 효과적으로 전투에 임할 수 있을 것 같았다.

호남 의병장 최경회와 임계영 장군이 남강 건너편 망진산에 있었고, 의령의 곽재우 의병장이 진주성 북쪽 비봉산에 주둔하여 작전을 기다리고 있는 상황이었다. 그 뒤에는 고성출신 의병장 최강과 이달도 왜군의 동태를 살피며 대기하고 있었다. 이럴 때 평구의 제안은 시기 적절한 것이었다.

"나도 생각을 안 한 것은 아니지만 자네한테 짐을 지우는 것 같아서 망설였었네. 아직 한번 밖에 시험비행을 해보지 못했고, 운달규도 없으니… 혼자 할 수 있겠는가?"

"달규는 시작할 때부터 집으로 돌아갈 것을 알고 있었습니다. 그래서 병사 여러 명을 더 훈련을 시켜 놓았지요. 전 자신 있습니다. 염려 마시고 명령을 내려 주십시오."

이렇게 비차의 첫 출전이 거행되었다. 윤달규가 고향으로 돌아가고 평구는 훈련받은 군사들과 함께 비차 조종 연습을 두 번 더 했었다. 네 명의 손발이 잘 맞아야 원하는 높이와 방향으로 비차를 조종할 수 있기 때문이다. 드디어 비차의 진면목을 보여줄 때가 왔다. 왜군이 쏘아대는 조총에 버금갈 만한 화력이 있는 총통이 있긴 했지만 수적으로 열세였기 때문에 언제까지 버텨 낼지도 모를 일이었다.

높게 쌓은 산대 위에서 종일 그치지 않고 총과 활을 쏘아 댔고, 맞서는 진주성 수성군들도 현자총통을 쏘아 적을 놀라게 했지만 더 많은 공격이 필요했다. 비차에 올라 탄 평구와 세 명의 군사는 지난번 비행 때 보다 더 긴장한 상태였다. 수레 속에는 비격진천뢰 여러 개가 실려 있었다. 훈련된 싸움 소 네 마리도 비차를 끌기 위해 기다리고 있고 화통도 점검이 끝났다. 이제 출전의 깃발이 펄럭이기만을 기다렸다.

"비차, 비행 시작!"

가슴이 넓고 허리가 긴 싸움소들이 뿔로 허공을 가르며 달리기 시작했다. 한 치의 오차도 없이 비차는 위로 날아올랐고, 다행히 바람도 적당한 방향과 속도로 불어주었다. 진주성곽을 막 통과하여 남강에 비차의 모습이 어렴풋이 비치기 시작하였다.

긴장감으로 비차 위 네 사람은 숨소리도 크게 내지 못하였지만, 중요한 임무를 맡았다는 사명감으로 그 긴장감은 어느새 사라지고 있었다. 말소리가 잘 들리지 않을 것을 고려해서 넷은 미리 손짓으로 필요한 의사를 전달하기로 약속을 하였다.

진천뢰를 정확하게 떨어뜨리기 위해 속도를 늦추며 낙하해야 할 지점에 이르자 평구는 약속한 수신호를 하였다. 비차 몸체의 하단부에 방패연의 개구부와 같은 구멍을 만들어 두었는데 한 명의 군관이 그것을 열어 속도를 늦추었다. 첫 번째 목표는 왜군이 가장 많이 모여 있는 산대 중의 하나였다. 진천뢰를 맡은 병사는 평구가 머리 위로 손들 들고 손가락을 접기 시작하자 진천뢰 하나를 들어 점화하여 떨어뜨릴 준비를 하였다.

조종 칸의 병사가 아랫줄을 당겨 앞머리를 아래로 향하게 하자 비차가 아래로 하강하기 시작하였다. 평구의 손가락은 하나씩 접히기 시작했고, 마지막 새끼손가락이 접히고 손을 머리위에서 아래로 내리는 동시에 진천뢰는 왜적을 향해 떨어졌다. 그리고 동시에 세 개의 긴 화통에 불을 붙이고 화약을 투입하며 추진체에 힘을 실었다. 아까와는 반대로 앞머리에 연결된 윗줄을 당겨 머리를 위로 향하게 하자 비차가 하늘을 향해 날아오르기 시작했다.

진천뢰가 떨어짐과 동시에 터지는 것이 아니어서 충분히 비차가 날아오를 시간적인 여유가 있었다. 멀리 남강의 대나무 끝이 흔들리는 것이 보이고 그제야 폭발음이 귀를 멍하게 만들었다. 전대위로 거대한 그림자가 생겨 밑에 있던 왜적들이 하늘 위를 쳐다봤을 때는 이미 그 그림자의 주인공은 하늘로 날아 올라갔고, 그 정체를 알 수가 없었다. 그리고 순간 폭발이 일어났으니 도망갈 시간도 없었던 것이다.

"성공이다. 이렇게 하면 되는 거야. 한 번 더!"

굉음과 고공에서 퍼지는 소리 때문에 평구의 말이 잘 들리지는 않았지만, 표정만 봐도 어떤 내용일지 훈련 받은 병사들은 다 알아챘다. 한발, 두발, 세발 그렇게 여섯 발을 가장 많은 왜군이 모여 있는 곳이나, 물자나 무기가 쌓여 있는 곳을 겨냥하여 진천뢰를 떨어뜨렸다. 비차가 내렸다 떴다 하는 그 간격만큼 차이를 두고 왜군이 질러대는 아우성이 반복되었다.

 "이게 대체 뭐야. 악. 살려줘. 하늘에서 폭탄이 떨어지고 있어."

 "장군, 쌓아놓은 산대도 다 무너지고 그 위와 근처에 있던 병사 수십 명이 죽거나 다쳤습니다."

 "무기창고에 불이 붙었습니다."

 "식량저장소에 불이 붙어 먹을 것이 다 타버렸습니다."

 생각하지도 못했던 일격에 왜군의 피해는 더 컸고, 한참 동안을 넋이 나간 왜장은 어떤 명령도 내리지 못하고 있었다.

 아수라장이 된 왜군의 적장을 뒤로 한 체 비차는 유유히 진주성 쪽으로 방향을 틀었다. 착륙지점으로 미리 점찍어 둔 넓은 평지가 보이기 시작하자 대나무 몸체의 개구부를 완전히 열고 무게 중심을 앞쪽으로 쏠리게 하였다. 이륙할 때만큼이나 신중하고 긴장이 되었지만, 임무를 완수했다는 기쁨에 절로 어깨에 힘이 들어갔다.

 비차의 활약을 멀리서 지켜보고 있던 김시민장군과 병사들은 하강하는 비차의 모습을 지켜보며 환호성을 질렀다. 짚더미를 넓게 쌓아둔 준비된 장소에 비차는 약간의 덜컹거림과 함께 착륙했다. 할 일을 다 한 화통의 불꽃은 이제 다 사그라들었고, 대나무 수레에서 네 명의 영웅이 내려섰을 때 조선군의 사기는 하늘을 찌를 듯했다.

그 시각 왜군의 적장에서는 긴급회의가 열렸다. 각 분대의 대장과 책임자 그리고 하늘에서 거대한 구름같이 생긴 무언가를 목격했다는 군사들이 모여서 대책회의를 하기 시작했다. 하늘을 뒤덮을 만큼 큰 물건에서 포탄이 떨어졌다고 증언하는 병사의 말을 직접 보지 않은 사람들은 믿지 않았다. 포탄을 떨어뜨리고 갑자기 하늘로 사라졌다는 것도 놀란 병사가 헛것을 본 것이라고 결론지었다.

결코 가능한 일이 아니었기 때문에 군사적인 피해 상황만큼이나 왜군을 혼란에 빠트렸다. 큰 새가 있다고 하더라도 그 새에 사람이 타고 포탄을 떨어뜨릴 수는 없었다. 그야말로 귀신이 곡할 노릇이었다.

다음 날 새벽 하루를 시작하는 해가 미처 떠오르기 전 평구는 다시 한 번 적장을 향한 비행을 감행했다. 왜적은 전 날과 같은 공격에 심리적으로 크게 동요되었다. 하늘을 뒤덮은 거대한 새를 이번에는 더 많은 병사들이 보았다. 그 크기에 압도되어 두려움은 더욱 커졌다.

왜장은 악에 받쳐 마지막 안간힘을 쓰며 공격 하였다. 적은 두 패로 나누어 침입하였는데, 만여 명의 한 패는 동문 쪽 성벽으로 밀고 들어왔다. 김시민 장군은 동문 북쪽에서, 판관 성수경은 동문 옹성에서 최선을 다해 전투에 임했다. 수성군 뿐 아니라, 성안의 백성들도 마지막 힘을 내어 큰 돌을 던지고, 화철을 던지고, 짚을 태워 던졌다.

동쪽에서의 싸움이 정점에 달했을 때 또 만여 명의 군사가 구북문쪽에 이르렀고 여기에는 최득량과 이눌, 윤사복 장군이 동문에서와 마찬가지로 백성들과 최선을 다해 왜군을 막아내었다. 이때도 비차의 활약은 그치지 않았고, 왜군들은 어느새 하늘에서 비처럼 내리는 화약 때문에 두려움에 떨기 시작했다.

진주성 전투가 이렇게 끝을 향해 달려가고 있었다.

# CHAPTER
04

# Ⅳ. 하강 – 유키타 이야기

아가타 준세이와의 인연

　– 조선을 지키고 진주성을 지키고 비차를 지키기 위해
　남강 쪽으로 방향을 틀었다.

# CHAPTER
## 04

## Ⅳ. 하강 – 유키타 이야기

키미지로는 이번에도 진주성을 구경하지 못하고 일본으로 돌아가는 게 아닌가 걱정이 되었다. 매달 한 달의 일주일을 진주에 와서 있었지만 일이 많아서 반나절도 자유 시간을 가지지 못했다. 내일 일본으로 돌아가기 전 오늘은 기필코 진주성을 한번 가볼 거라고 마음을 먹었다.

"오늘은 조금 일찍 마쳐도 되겠죠? 내일 납품할 거는 다 정리를 했고, 말썽이던 기계도 손을 봤났으니까요."

"키미상, 미안해요. 오실 때 마다 제대로 된 밥 한 끼를 대접하지 못하고 보내네요. 오늘은 저녁이라도 같이 하고 싶은데…"

"박 부장님, 실은 올 때 마다 저기 진주성을 한 번 가보고 싶었는데 일정이 여의치 않아 보질 못했어요. 오늘은 여유가 생겼으니 꼭 한번 가볼까 싶은데요. 혹시 괜찮으시다면 진주성을 둘러보고 저녁을 먹고 싶은데."

키미지로가 진주에 와 있는 일주일 동안 파트너로 함께 일을 하고 있는 박성민 부장은 진주성을 가고 싶어 하는 키미지로를 의아하게 생각하며 저녁 약속을 잡았다. 늦은 가을비에 제법 쌀쌀한 오후였다. 박 부장은 여섯시에 진주성 근처에 있는 식당에서 보자며 식당 명함을 한 장 건넸고, 비가 오니 우산을 챙겨 갈 것을 권했다.

진주견직은 지금은 상평공단에 자리한 직물 회사이지만, 70년대 상평공단이 생기기 전에는 대안동에 있던 공장이다. 회사가 처음 문을 연 것은 1920년대로 당시에는 일본에서 역직기를 수입해 비단을 만들었다. 일본의 기계를 수입해서 비단을 만들었다고 해서 비단 직조 기술도 수입을 한 것은 아니다.

진주의 비단 역사는 삼한 시대로 거슬러 올라가는데 뽕밭을 조성하고, 견직물을 생산했을 것으로 추정되는 역사 기록이 남아있다. 토질과 기후가 좋아서 양잠의 적지였다는 기록이 있다. 공장의 기계가 낙후하여 비단의 품질이 떨어질 뿐이지 원료가 풍부하고 우수하였기 때문에 일본 직기를 수입해서 비단을 만들었던 것이다.

진주견직이 근대식 견직공장의 시작을 열었고, 당시 진주에 견직회사를 차렸던 사장은 인근의 산청과 함양의 질 좋은 누에고치와 진주의 남강이라는 자연적 환경을 고려한 최적의 선택이라고 생각하였다. 무엇보다 진주의 남강 물로 염색을 하면 비단의 색깔이 고와질 뿐 아니라 변색이 되지 않아 비단 생산지로 진주를 손꼽았었다.

해방 이후 견직과 양잠이 쇠퇴기에 접어들긴 했지만 진주 비단의 명성을 꾸준히 이어가고자 진주견직의 사장은 노력을 했고, 사장이 죽고 장남이 공장을 물려받아 지금의 자리에 터를 잡았다.

키미지로가 일본에서 일하는 의류회사는 진주견직과 해방 전부터 인연이 있었던 곳이다. 직조기를 진주견직에 수출하기도 했지만, 질 좋은 비단을 다시 사가지고 와서 옷을 만들어서 판매한 의류회사였다. 당시 일본에서는 진주에서 들여오는 비단의 인기가 상당했고, 그 회사가 지금의 회사만큼 성장할 수 있었던 발판이 되었다.

키미지로가 하는 일은 한 달에 한번 진주에 와서 기계를 점검하고, 기계에 문제가 있으면 수리하는 일을 하고 있다. 그리고 진주에 온 김에 필요한 직물을 사서 들여가는 일도 함께 하고 있다. 일본 의류회사에서는 키미지로가 방직에 관련된 기계를 잘 다루기도 하지만, 비단이나 양단 등 직물을 고르는 감각이 있어서 작년부터는 진주의 출장은 키미지로에게 완전히 일임했다.

취직을 위해 공대를 나오긴 했지만, 원래는 미술학도가 꿈이어서 틈나는 데로 미술작품을 감상하고 그림을 그려서인지 직물을 보는 눈이 남달랐다. 두 가지 일을 맡아서 하다 보니 진주에 출장을 오면 일주일이 하루도 빠짐없이 바빴던 것이다.

진주성은 회사 가까이 있어서 숙소로 오가는 중에 늘 지나치는데도 구경을 한번 가질 못했다. 꼭 가봐야 하는 것은 아니었지만, 왠지 낯설지 않은 이곳을 이번에는 꼭 가봐야겠다고 생각했다. 비까지 을씨년스럽게 내리는 오늘이 진주성을 가보기에 더없이 좋을 것 같기도 했다.

아침에 출근할 때는 비가 오지 않아서 우산을 챙기질 못했다. 물론 숙소에 본인 우산이 없기도 했다. 회사 근처 편의점에서 일회용 우산을 하나 사서 진주성으로 들어섰다. 비가 내리고 있어서인지 성을 구경하는 사람은 많지 않았다.

어느 방향으로 가야할 지 잠시 망설이고 있는데 가까운 곳에서 익숙한 일본말이 귀를 건드렸다. 우산을 쓰고 있어서 어디서 누가 말하고 있는 건지 잘 보이질 않아, 우산을 옆으로 밀쳐 소리가 나는 쪽으로 고개를 돌려보았다. 서너 명의 사람들이 누군가의 설명을 듣고 있는 것이 보였다. 아마 일본인 관광객에게 가이드를 하고 있는 게 아닌가 싶었다.

투명 비닐우산을 쓴 가이드는 일본어로 가이드라고 적힌 이름표를 목에 걸고 있었다. 자그마한 체구에 화장기가 없어서인지 나이를 가늠할 수는 없었지만, 유창한 일본어 실력에 반가운 마음이 들어서 그 무리에 저절로 합류하게 되었다.

설명을 듣고 있는 사람들은 일본인 대학생들인 것 같았는데 키미지로가 뒤에 서자, 슬쩍 쳐다보고는 다시 안내하는 이야기에 집중했다.

"아까 말했다시피 여기는 촉석루라고 하는 곳입니다."

키미지로가 뒤에 선 것을 의식한 듯 한 번 더 같은 이야기를 반복하였다.

"이곳은 영남에서 제일 아름다운 누각입니다. 고려시대인 1241년에 창건되었다고 전해지고, 중간 중간 전쟁을 겪으면서 여러 차례 고쳐서 지었습니다. 촉석루는 전시에는 군관들의 지휘본부로 쓰이던 곳입니다."

뒤에 서 있던 키미지로는 이야기가 계속되는 동안 어느새 관광객들과 나란히 서게 되었고, 생각지도 못한 시점에서 불쑥 질문을 던졌다.

"임진왜란 중에도 여기 진주성에서 전쟁이 있었죠?"

함께 이야기를 듣던 일본인 관광객들은 당황스러워하는 표정을 지으며, 가이드와 키미지로를 번갈아 봤다. 오래 전 일이었지만 편하게 이야기 할 수 있는 주제는 아니었다. 임진왜란 중 진주대첩은 치열한 전투 중 하나였고, 뿐만 아니라 우리는 일본의 강점기까지 겪었으니 좋은 감정을 가질 수는 없는 것이다.

"그럼요. 여기가 임진왜란 당시 중요한 곳이었거든요. 진주성에서는 두 번의 큰 전투가 있었습니다. 1차 때는 조선 즉 한국이 이겼고, 2차 때는 일본의 승리로 끝났죠. 이런 이야기도 지나간 역사이니 괜찮으시죠?"

혹시 나머지 관광객들이 어색한 마음을 가질까봐 별스럽지 않은 듯 흘리며 말을 이어갔다. 그제야 키미지로는 가이드가 목에 메고 있는 명찰을 유심히 쳐다봤다. 일본어로 가이드라고 적혀 있고, 이름은 한국이름을 그대로 적어 놓은 듯 했다. 강현주. 속으로 이름을 읽어보고 있는데 일행들이 이동하려고 하는 것이 느껴져 정신을 가다듬었다.

촉석루를 끼고 뒤로 들어가니 강 쪽으로 내려가는 길이 보였다. 그 강은 키미지로가 숙소에서 회사로 가는 길에 늘 보는 곳이니 남강이라는 정도는 알고 있었다. 그 남강 물 때문에 견직 공장이 진주에 생긴 것도 알고 있었다. 남강과 진주 성곽이 어우러진 풍광 때문이라도 진주성을 한번 가보고자 생각했었다.

회사 일 때문에 작년 처음 한국을 왔고, 당연히 진주도 처음 와보는 곳이었지만 남강 변을 지나갈 때면 그 곳이 낯설지 않은 기분이 들어 마음이 설레었다. 바람이라도 부는 날이면 회색빛 성곽과 바람에 흔들리는 작은 댓잎이 어우러져 한 폭의 수채화를 떠올리게 했다. 본국을 떠나 다른 나라에 와 있다는 이질감도 있겠지만 그것과는 다른 느낌이었다. 코감기에 걸렸을 때 숨 쉴 때마다 느껴지는 코가 찡한 느낌 같은.

"발밑을 조심하세요. 아직 길이 정비가 안돼서 미끄러울 겁니다."

촉석루 뒤로 내려가자 신기하게도 남강과 연결되는 작은 문이 하나 있었고, 가이드의 염려대로 길이 미끄러워서 조심해야 했다.

"저기 조그만 바위 하나가 보이시나요? 의암이라는 바위입니다. 아까 촉서루에서 말한 것처럼 진주성에서는 두 번의 전투가 있었는데 두 번째 전투 때 조선이 크게 패하게 되죠. 그때 진주 성안에 있던 많은 일반 백성들이 처참하게 죽임을 당하기도 했습니다. 물론 왜군의 피해도 컸죠."

조심스럽게 가이드는 말을 이어갔다.

"당시 왜군의 장군들이 전쟁에서 이긴 것을 축하하기 위해 여기 촉석루에서 연회를 열었는데, 그때 관기로 있던 논개라는 여인이 왜장 한명을 여기 바위로 유인해 끌어안고 남강에 뛰어내려 함께 죽었다고 전해지는 바위입니다. 의암이라는 것은 의로운 바위라는 뜻입니다."

키미지로와 일본인 관광객들은 자그마한 그 바위를 큰 바위를 보는 양 눈동자를 크게 굴려가며 쳐다보았다. 직접 겪은 일은 아니었지만 두 나라간의 미묘한 감정은 어쩔 수 없이 생기는 것이다. 하지만 가이드를 맡은 강현주는 덤덤히 이야기를 이어갔다.

관광해설사로서 사적인 감정을 섞어서 설명을 해서는 안 되는 것이었고, 특히나 일본인 관광객일 때는 더욱 조심스러웠다. 몇 년 간 해설사로 일을 하면서 감정을 얼굴에 나타내지 않고 설명하는 것에 익숙해져 가고 있었다.

한국 사람으로서 마음이 좋다고는 할 수 없는 역사적인 사건들이지만 지금 눈앞에 있는 그들에게 감정이 있는 것은 아니기 때문이었다. 가끔 불쾌한 감정을 표현하는 일본인도 있지만 극히 드물었고, 대부분은 관광하는 자체로 즐겼다. 그리고 진주성을 찾는 일본인은 그렇게 많지도 않았다.

촉석루와 의암을 본 후, 서장대와 호국사, 창렬사 등을 함께 걸어서 진주성을 한 바퀴 돌았다. 떨어진 낙엽이 비에 젖어 길이 미끄러웠다. 나무에 매달려 있을 때는 계절에 바랜 색이 아름답지만 떨어진 낙엽은 발걸음을 조심스럽게 만드는 귀찮은 존재가 되어버렸다.

한 발 앞서 걷는 가이드는 이야기를 해줄 게 있을 때마다 급히 돌아섰고, 그럴 때 마다 키미지로는 넘어질 듯 흔들리는 현주 때문에 신경이 곤두섰다.

창렬사는 높고 가파른 계단을 올라가야 하는 곳이어서인지 다른 일행들은 그곳을 가지 않으려 했고, 가이드와 마지막 인사를 나눴다. 가이드는 키미지로에게 어떻게 할 것인지 묻는 의미의 눈짓을 보냈고, 내심 가보고 싶었으나 선뜻 함께 가자는 말을 하지 못했다.

"아, 여긴 저 혼자 보도록 하겠습니다. 긴 시간 설명 감사했습니다."

이렇게 말을 하고 창렬사 계단을 오르려는데 가이드가 한발 앞서 올라서며 짧게 웃었다. 한 시간여를 함께 있었는데 처음으로 웃는 모습을 보았다. 그제야 가이드의 얼굴이 정확하게 눈에 들어왔다. 앳되다고만 생각했는데 예쁜 얼굴이었다. 자그마한 얼굴에 하얀 피부가 아까 본 의기사의 논개 영정사진과 닮았다는 생각이 스쳤다. 창렬사는 1차 진주성 전투에서 활약을 했던 김시민 이라는 장군과 그 외 장군들의 신위가 모셔진 곳이라는 설명을 들었다.

참 이상한 일이었다. 진주성과 남강이 낯설지 않은 것처럼 지금의 가이드도 낯설지 않았고, 둘 사이에 무언가 새로운 일이 생길 것만 같아서 키미지로는 살짝 두렵기까지 했다.

"밤에 와서 봐도 참 아름다운 곳이에요. 날씨가 추워지기 전에 산책하러 한번 나와 보세요. 밝을 때와는 또 다른 느낌일거예요."

"아쉽지만 내일 제가 일본으로 돌아갑니다. 여기 진주는 한 달에 한 번씩 출장을 오는 거구요. 다음 달 이맘때 쯤 되어야 다시 오는데 그땐 너무 추울까요?"

"그러시군요. 아니에요. 겨울에는 겨울 나름의 운치가 있죠."

"혹시 실례가 안 된다면 연락처를 주실 수 있나요? 다음에도 가이드를 부탁드리고 싶은데."

어디서 그런 용기가 나왔는지 모를 일이었다. 그런데 그렇게 하지 않으면 안 될 것 같은 생각이 들었다. 흔쾌히 연락처를 주는 가이드에게 뭉기적거리며 인사를 하고 헤어졌다. 참 희한한 일이었다. 여자에게 먼저 말을 걸고 연락처를 받은 것은 처음 있는 일이었고, 연락처를 적은 종이를 쥔 손에서 땀까지 났다.

박 부장과의 약속 시간이 다 되어가는 바람에 급히 진주성을 나왔다. 아까는 대충 받아 챙기느라 제대로 못 봤는데 식당 이름이 '촉석루'였다. 약도를 보니 진주성에서 멀지 않은 곳이라 금방 찾을 수 있을 것 같았다. 촉석루라는 이름이 운명처럼 느껴졌다.

아주 큰 산을 하나 넘은 것 같은 하루를 보냈다. 체증이 풀리는 것 같은 하루였다. 수채화 같았던 진주성의 그림이 이제 밝은 유화가 되었다. 거기 강현주라는 가이드가 색을 더했다.

'촉석루'라는 식당은 진주의 전통 음식을 파는 곳이었다. 기와집의 모습이 그대로 남아 있어 음식만큼이나 고급스러워 보였다. 예전에 맛봤던 한정식과 비슷했지만, 또 다른 별미들이 나왔다. 전통한복을 입은 안주인의 기품 있는 서비스에 마음이 포근해졌다. 오늘따라 한국이라는 나라가 따뜻하게 느껴지는 것은 진주성 때문인지 촉석루의 음식 때문인지 모를 일이었지만, 오늘이 키미지로의 인생에 있어서 중요한 날인 것만은 확실했다.

*** 

"나는 마땅히 충의를 맹세하고 진주성을 지켜 국가 중흥의 근본으로 삼을 것이니 힘을 합쳐 싸우면 천, 만의 오랑캐인들 무엇이 두려우랴! 나를 따르는 자 살 것이며, 도망하는 자는 멸할 것이니 감히 도망하는 자는 목을 베리라. 나의 엄지는 이미 떨어지고 식지와 장지로 활을 당기다 남은 세 손가락마저 떨어질 때까지 싸우리라!"
  시작할 때는 분명히 지는 전투였다. 수적으로도 열세였고, 무기도 열세였다. 그런데 이기는 전투로 바뀌었다. 거기에는 지휘관인 김시민 목사의 진주성을 지키려는 의지가 있었고, 성안의 군심과 민심이 하나 됨이 또한 큰 힘이 되었다. 손가락정도 떨어져 나가는 것은 김시민 진주 목사에게는 아무런 걸림돌도 되지 않았다. 그에게는 그를 따르는 군사가 있었고, 그를 믿는 백성이 있었고, 하나 되어 진주성을 지키려는 성 밖 의병들이 있었다. 그리고 평구와 비차가 있었다.
  마지막으로 남은 힘을 다해 왜군이 공격을 해왔지만, 진주성내의 반격도 만만치 않았다. 전사자가 속출하고, 준비한 화약과 화살이 떨어지고 돌덩이들이 성 밖으로 다 던져져 남아있는 성한 돌이 없었지만 진주성을 지키겠다는 마음은 처음과 달라진 게 없었다. 지친 왜군의 공격은 점차 힘을 잃어가고 있었다.

아침부터 멀리 비봉산자락에 먹구름이 걸쳐 있더니 한낮이 되었는데도 어둑한 사위로 진주성 안의 분위기는 한층 가라앉아 있었다. 김시민 목사는 군관들과 함께 성 안에 떨어져 죽은 왜군 전사자들을 살폈다. 부상자가 있는지 살피고, 있으면 일단 치료 후에 포로로 잡아 둘 생각이었다.

한 명 한 명 살피고 있던 중 갑자기 김시민 장군의 앞쪽에서 불꽃이 튀었다. 눈 깜짝할 사이에 벌어진 일이라 막을 새도 없었다. 장군의 이마에서 피가 솟구쳤다. 옆에 함께 있던 군관들은 비명을 지르며 그 왜군에게 칼을 휘둘렀고 동시에 다른 군관은 장군을 들쳐 없고 막사로 뛰었다. 그 모습을 본 근처에 있던 군관들이 웅성거렸다.

이마에 총상을 입어 의식이 오락가락 하던 중에도 김시민 목사는 계속 안간힘을 다해 병사들을 조용히 시키라고 명령을 내렸다. 괜찮으니 절대 다른 사람들이 알게 하지 말 것을 명령했고, 좌익장 이광악 장군을 불러 오라고 시켰다.

오늘 벌써 세 번의 비행을 하고 들어왔기 때문에 평구는 세 명의 군사와 함께 비차의 망가진 부분을 손보고 있었다. 화력을 높이기 위해서는 화통을 깨끗하게 청소해 둘 필요가 있었다. 비행은 간단하지 않은 일이라 체력 소모도 많아서 군사와 평구는 지쳐있었다. 비차가 보관되고 있는 창고에 군관 한명이 숨을 몰아쉬며 뛰어 들어왔다. 평구는 심상치 않은 기운에 비차를 손보던 손길을 멈추고, 무슨 일인지 물었다.

"장군님이 총에 맞으셨답니다. 피를 많이 흘리신 것 같습니다. 아무에게도 알리지 마라고는 하셨지만 아무래도 의원을 모시고 오든지 해야 할 것 같습니다."

얼굴이 하얗게 질린 군관의 얼굴만 봐도 얼마나 위급한 상황인지 짐작이 갔다. 평구는 나머지 군사에게 비행을 할 수 있게 준비하라고 일러두고 목사의 숙소로 한걸음에 달려갔다. 숙소에는 이광악 장군도 와 있었다. 아마 앞으로의 지휘를 맡을 모양이었다. 김시민 장군의 이마에 붕대가 칭칭 감겨 있었고, 피가 계속 새어나와 얼굴 아래까지 피가 흘러내리고 있어서 창백해진 얼굴이 드러나지 않을 정도였다. 평구가 찬바람을 앞세워 들어서자, 의식을 잃고 있던 김시민 장군의 눈이 반쯤 떠지고 신음 소리를 내며 손짓을 했다. 이 광악 장군과 평구는 얼른 얼굴을 갖다 대며 장군이 하는 말에 귀를 기울였다. 평구의 눈에서는 눈물이 흘러내렸다.

"나는 이제 다 됐어. 으… 조금만 더 힘을 내어 주게. 진주성은 꼭 지켜야 하네. 으…"

한 마디를 할 때마다 고통스러운지 신음소리를 참지 못하고 내뱉었다.

"말씀하지 않으셔도 됩니다. 진주성은 꼭 지킬 것이니 걱정하지 마시고 얼른 일어나실 생각만 하십시오. 곧 의원이 올 것입니다."

그 말을 들은 김시민 장군은 손을 저으며 의원은 필요 없다는 손짓만 몇 번 하다가 다시 의식을 잃었다. 평구는 분함에 어쩔 줄을 몰라 했다. 본인이 곁에서 지켜주기 못한 것도 후회스러웠다. 비행을 나가지 말고 김시민 장군 곁에 있어야 했는데… 흐르는 눈물을 닦으며 벌떡 일어난 평구는 이광악 장군에게 다시 한 번 비행을 나가겠노라고 말했다.

"벌써 여러 번 비행을 했는데 또 나간다는 건 무리일세. 날씨도 우중 충하니 비가 곧 올 거 같은데 오늘은 그만 하는 게 좋을 듯 싶네."

"마지막으로 한 번만 더 다녀오겠습니다. 장군님에게 총을 쏘다니… 흑흑."

"그렇다면 되도록 비가 오기 전에 서둘러 돌아 와야 하네. 장군도 자 네가 무사한 걸 더 중요하게 생각할 게야."

"그럼요. 마지막으로 저들을 일망타진하고 돌아오겠습니다."

 

 세 번의 비행동안 제대로 된 밥을 먹지도 못했고, 며칠째 비연을 보 지 못한 게 떠올라 먼저 집으로 발걸음을 재촉했다. 무슨 생각에서 였는지 비행 전 집엘 들러야겠다는 생각이 문득 들었다. 마침 연실과 비연은 집에 있었다. 요즘엔 비연을 정주 큰 마님에게 맡겨두고 돌을 나르거나 다친 군사들을 보살피느라 집에 있을 겨를이 없었는데 마 침 비연이 감기기가 있는지 칭얼거려서 집으로 데리고 들어오던 참 이었다. 평구의 피곤에 찌든 얼굴을 보자마자 연실은 밥상부터 차렸 다. 비연은 평구의 품에서 방실거리며 품속으로 파고들었다.

"많이 피곤해 보여요. 비행이 힘들어 그렇지요?"

"지금은 다들 그렇지. 자네도 얼굴이 많이 상했어. 비연은 열이 있는 것 같은데…"

"안 그래도 그래서 집으로 데리고 왔어요. 잠시라도 안아서 재우려 구요. 요즘 계속 정주마님에게 맡겨두느라 마음이 안됐어요."

 진주성 안에 있는 군관이든 일반 백성이든 며칠 난리 통에 제정신으 로 사는 사람은 아무도 없었다. 모두들 진주성을 지키겠다는 마음 하 나로 작은 힘이라도 보태려고 안달이었다. 연실도 남편 평구를 따라 이곳에 왔지만 진주성이 마치 태어난 고향이라도 되는 것처럼 온 힘을 다해 동참했다. 어린 비연을 떼놓는 것이 마음 아팠지만 평구가 하는 큰 일에 조금이라도 도움이 되고 싶다는 생각이 먼저였다.

"갑자기 차리느라 찬이 변변치 않아요. 그래도 얼른 한술 뜨세요."

제대로 된 찬이 있을 리 없었다. 급히 끓인 배춧국과 무짠지가 전부였다. 얼마 만에 집에서 먹는 밥인지 생각도 나지 않았다. 보리밥 한 술에 국 한 숟갈을 떠 넣자 그간에 쌓인 피로가 한 번에 풀리는 것 같았다. 금세 국 한 보시기를 비우고 열이 나서 칭얼거리고 있는 비연을 다시 한 번 안아주고는 자리에서 일어섰다.

"연실아, 오늘 한 번 더 비행을 해야 할 것 같아."

혼례를 치르고는 이름을 잘 부르지 않던 평구였는데 갑자기 이름을 부르니 연실은 마음이 덜컥 내려 앉았다.

"곧 해가 질 건데, 내일 나가는 건 어때요? 오랜만에 세 식구가 만났는데 하룻밤이라도 같이 자면 좋으련만."

"김시민 장군이 왜군 총에 맞았어. 이건 자네만 알고. 오늘 비행이 마지막이 될 거야."

"제발 몸 조심하구요. 비가 올 것 같으니 밤이 되기 전에 돌아와야 해요."

평구는 비연을 안고 있는 연실의 어깨를 힘주어 안았다.

세 번이나 비차를 띄우느라 싸움소들도 지친 기색이 역력하였지만 소 주인은 소죽을 급히 준비하여 먹이고 소 등을 세차게 채찍질하며 비차를 날 수 있게 도왔다. 평구도 싸움소들 만큼이나 지쳐 있었지만 김시민 장군의 피범벅이 된 얼굴이 자꾸 떠올라 비차를 조종하는 손에 더 힘이 실렸다. 김시민 장군을 위해, 진주성의 안위를 위해, 조선을 위해 육신의 피로쯤은 남강위로 흘려보냈다.

앞선 비행보다는 더딘 느낌이 들긴 했지만, 평구의 마음을 아는지 감사하게도 비차는 순조롭게 적진까지 날아올랐다. 적진에 진천뢰를 하나씩 떨어뜨릴 때마다 승전에 한걸음씩 가까워지고 있다는 것을 알 수 있었다.

그만큼 적진의 피해는 컸다. 한 발 한 발 정성을 다해 투하했다. 왜군의 진영은 아수라장이 되어 제대로 정렬된 군이 하나도 남아 있지 않았다. 평구와 비차에 타고 있는 세 명의 관군은 불바다가 된 전장에 마지막 진천뢰를 투하하고 서둘러 진주성 쪽으로 방향을 틀었다. 아침부터 심상치 않게 비봉산 자락에 걸려있던 먹구름이 남강 쪽으로 몰려오기 시작했다. 비차의 한지 빛이 검게 바뀌기 시작하자 평구의 마음도 바빠지기 시작했다. 비가 쏟아지기 전에 진주성 안으로 들어가야만 했다. 비가 오는 날을 대비한 연습비행도 없었고, 비가 오는 날 비차를 띄운 적도 없었다.

비를 몰고 온 거센 바람을 이겨내고 착륙을 해야 하는 부담감도 있었다. 수레에 바로 누워 비행을 조종하던 관군이 긴장된 어투로 평구에게 소리를 질렀다.

"비가 내리기 시작했습니다. 날개에 한 방울씩 떨어지고 있어요."

수레에 엎드려 있던 평구도 이미 비가 내리기 시작했다는 것을 짐작했다. 물기를 머금은 바람이 세지기 시작했고, 세 개의 대나무 통 화약을 모두 점화시켰는데도 속도가 나질 않았기 때문이었다. 몸체에 비가 후두둑하고 떨어지는 소리가 더욱 커지고 바람도 세지기 시작했다.

세 명의 군관은 말은 안했지만 바람에 요동치는 비차만큼이나 마음이 불안해졌다. 연이어 왜군의 전장 위로 비차를 날리며 전투를 했지만 계속 성공을 거두고 있었으니 몸은 지쳐 있었으나 신이 나 있었다.

이제 전쟁이 끝나면 모두 큰 포상을 받고 환영을 받으며 본가로 돌아갈 것이라는 꿈을 꾸고 있었다. 그런데 그들 앞에 먹구름이 몰려오기 시작했고, 괜히 비행을 하겠다고 나선 게 아닌지 후회가 되었다. 말은 하지 않았지만 군관들의 두려움과 긴장감은 둔하게 움직이는 비차를 통해 평구는 확연히 느낄 수 있었다.

"조금만 더 힘을 내자고! 저기 남강이 보이기 시작했어. 남강만 지나면 바로 진주성이야. 다 왔어!"

평구는 지쳐가는 군관들을 위해 목청껏 소리를 질렀다. 어쩌면 스스로에게 채찍질하는 것인지도 몰랐다. 평구의 갈라진 목소리에서는 위급함이 세어 나왔다. 마지막 힘을 쏟아 부어야 했다.

비가 더 세지기 전에 진주성 안으로 들어가야 했다. 한지가 물에 젖어 무게가 더 나가자 대나무 추진체에 화약을 넣어도 속도를 내지 못했다. 이제 남은 화약도 얼마 되지 않았다. 평구는 병사들에게 화약을 계속 넣으라고 이르고 비차조종을 혼자 도맡았다.

멀리 진주성 북장대의 누각이 보이고, 횃불도 보였다. 이제 빗방울도 더 거세져서 눈을 제대로 뜨기 힘들 지경이었지만, 감각으로 방향을 잡아서 날았다. 남강이 보였다. 남강만 지나면 진주성이었다. 이제 다 왔다고 생각하며 안도의 한숨을 내쉬었다. 마지막 남은 화약을 넣었다고 병사가 큰 소리로 외쳤다. 그 마지막 화약의 힘으로 남강을 건너야만 했다.

"조금만 더 힘을 내! 저기 진주성이 보인다. 조금만 더!"

남강의 넘실거리는 검은 물결이 보이기 시작했고, 남강 옆 대나무들이 바람에 흔들리며 내는 소리가 무섭게 들려왔다.

 "으악!"

 갑자기 양쪽에서 화약을 관리하던 군관 중 한 명이 한 쪽으로 미끄러지기 시작했다. 그러자 비차도 한쪽으로 기울어졌다. 평구가 힘들게 손을 뻗어 군관의 손을 잡긴 했지만 끌어올리기가 쉽지 않았다. 들이치는 빗물에 시야가 흐렸고, 평구도 미끄럽기는 마찬가지였다. 비차 조종까지 해야 하는 평구는 언제까지 군관의 손을 잡고만 있을 수는 없었다.

 한쪽으로 기울고 있는 비차를 바로 세우기 위해서는 다른 손에 잡고 있는 조종막대도 놓을 수 없었다. 평구 옆에 군관이 반대쪽으로 몸을 옮겨 비차의 수평을 맞추어 보려고 했지만 한번 기울어진 비차는 빠른 속도로 기울며 낙하하기 시작했다.

 "그만 놓아주십시오. 비차를 꼭 살려주십시오!"

 그때 갑자기 번쩍하며 사위가 밝아졌다. 벌써 해가 떠오를 시간이 된 건가하고 생각하는 순간 천둥 치는 소리가 들렸다. 해가 뜬 게 아니라 번개가 친 것이었다. 평구의 손끝에서 군관은 남강 수면으로 떨어졌다.

 순식간에 일어난 일이었다. 비통할 겨를이 없었다. 균형을 잃고 흔들리는 비차부터 제자리로 돌려놓아야 했다. 겨우 비차의 수평이 맞춰졌나 했는데 젖은 비차가 속도를 내는 것은 무리였다. 앞머리를 아무리 치켜세워도 비차는 하늘을 향해 날지를 못했다. 이런 속도로 가다간 남강을 겨우 건너더라도 진주성 근처에서 진을 치고 있는 전장에 떨어질 것이 뻔했다.

평구는 짧은 찰나였지만 큰 결정을 내려야만 했다. 비차를 만들었던 지난 노력과 시간들이 빠르게 평구의 뇌리에 스쳐 지나갔다. 그런 비차를 적군에게 드러내 보일 수는 없었다. 전장에 떨어진다면 비차를 왜에게 바치는 꼴이 되는 것이다.

비차의 속도가 떨어지기 시작했다. 갑자기 평구의 한 쪽 손에 힘이 들어갔다. 방향을 트는 것이었다. 진주성 쪽이 아닌 남강 쪽으로 다시 우회하기 시작했다. 두 군관도 아무 말을 하지 않았다. 마음이 통해서였을 지도 몰랐다.

"연실아! 비연아! 장군!"

남강 위에 비차의 그림자가 드리워지자 평구와 두 군관은 손을 잡고 눈을 감았다. 조선을 지키고 진주성을 지키고 비차를 지키기 위해 결연하게 맞잡은 손에 힘을 더했다.

차가운 강물이 입속으로 들어오는 것이 어렴풋이 느껴졌다. 비차와 하나가 되어 물속으로 가라앉았다. 분명 강으로 빠지고 있는데 하늘을 날고 있는 것 같았다. 다시 비차가 위로 날아오르는 것 같은 착각이 들었다. 강이 아니라 하늘이 보였다. 비차가 평구 아래에서 날고 있었다. 꿈처럼 그렇게 남강으로 그들은 사라졌다.


진주성에서 이 광경을 보고 있던 이광악 장군과 병사들은 진주성으로 오다가 다시 남강으로 방향을 바꾸는 비차를 보며 누구랄 것도 없이 소리 내어 안타까움을 쏟아냈다. 가을비가 왜 그렇게 매섭게 내리는지 천둥까지 치고 있었다. 예정에 없던 비차의 비행이었다.

김시민 장군의 부상소식에 평구는 분이 차올라 남은 왜군을 본인 손으로 소탕할거라며 꼭 비행을 해야겠다고 고집을 피웠다. 다음 날 왜군들이 패전을 인정하고 돌아갈 것이라는 첩보가 있었기 때문에 비차가 마지막 활약을 해주길 바라는 이광악 장군의 욕심도 있었다.

김시민 장군이 총상을 입자 우리 군의 사기는 더욱 불타올랐다. 부상을 입었다는 것을 모르게 해달라고는 했지만 병사들 사이에서 빠르게 소식이 퍼졌고 성곽을 사이에 두고 마지막 치열한 전투가 이어졌다. 특히 이광악 장군이 쏜 화통에 왜장의 동생이 사망했다는 소식은 우리 군의 사기를 더욱 높이는 불쏘시개가 되었다. 그리고 진주성 밖에서는 비차가 전장의 남은 왜구를 소탕하였다. 다 이긴 전투였다. 그런 비차가 남강에 추락을 해버리다니…

소식을 듣고 달려온 연실은 믿기지 않는 듯 멍하게 남강을 하염없이 쳐다봤다. 아직 전쟁이 완전히 끝난 것이 아니니 그 누구도 성 밖으로 나갈 생각을 하지 못했다. 나갈 수 있었다고 한들 비차와 평구를 구할 수는 없었다. 애통한 마음에 터져 나오는 한숨 소리만이 진주성을 메웠다.

비차의 마지막 흔적인 대나무 화통이 마치 연실을 부르는 듯 애처롭게 강위에 떠 있었다. 비가 그치는 듯싶더니 다시 내리기 시작했다. 연실은 홀린 듯 성곽 끝으로 다가섰고 아무도 눈치 채지 못했다. 남강을 바로 만날 수 있는 성곽 쪽으로 비틀거리며 연실은 걸어갔다. 마지막으로 함께 했던 짧은 시간이 덧없게 생각이 나면서 좀 더 푸짐한 밥상을 차려 주지 못한 게 미안해서 또 눈물이 흘렀다.

큰일을 앞둔 서방의 발걸음을 무겁게 하고 싶지 않아서 잡질 못했던 자신이 후회스럽기도 했다. 그렇게 위태롭게 걷던 연실은 남강이 가깝게 보이자 성곽에 올라섰다. 붉은 해가 비에 젖어 검게 변한 남강에 물들고 연실의 하얀 저고리가 검붉은 남강에 빠질 때 비로소 사람들은 연실이 사라졌음을 눈치 챘다. 뒤늦게 비연을 안고 달려온 정주 어멈의 눈에서는 눈물이 계속 흘러내렸지만 비연이 놀랄까봐 차마 울음소리를 입 밖으로 내질 못했다.

진주성은 지켰고, 비차와 평구와 연실은 그렇게 남강으로 사라졌다.

***

키미지로는 진주성을 다녀간 이후로 한국을 올 때 두 시간의 비행이 결코 길게 느껴지질 않았다. 현주의 연락처를 받아 간 키미지로는 일본에 있는 동안 수화기를 여러 번 들었다가 놓기를 반복했다. 전화를 할 변명거리가 아무리 생각해봐도 떠오르지를 않았다.

이상했지만 그 날 현주를 만나고 온 이후로 창렬사 계단에서 짧게 웃던 그 표정이 계속 떠올랐다. 일본에서도 주말도 없이 바쁘게 지냈기 때문에 3주가 금방 지나가는 것처럼 느껴지기도 했지만, 또 한 편으로는 참 더디게 지나갔다.

키미지로가 사는 오사카에서는 한국의 김해공항까지 가는 직항 비행노선이 없다. 그래서 신칸센을 타고 도쿄를 가서 한국행 비행기를 타야했다. 세 시간쯤 신칸센을 타고 두 시간쯤 비행기를 타야 드디어 한국에 내린다. 일요일 오후에 출발하여 저녁 늦게 도착을 하는 일정을 일 년 넘게 반복했었다.

이번에는 좀 다르다면 일요일 비행기를 타기 전에 공항에서 한국으로 국제 전화를 걸었다는 사실이다. 공중전화카드를 사서 몇 번을 망설이다 한국번호인 82를 누르고, 다른 메모지에 다시 한 번 옮겨 적었던 현주의 전화번호를 눌렀다. 지난 달 연락처를 건네며 현주는 저녁 5시 이후에 전화를 걸어야 한다고 했었다.

아마 퇴근 후의 시간일 것이다. '따르릉'하는 벨 소리가 몇 번 울리는지 하나, 둘 속으로 세고 있었다. 떨리는 마음을 진정시키기 위해서였다. 정확히 일곱 번 만에 전화가 연결되었고, 한국말로 전화를 받았지만, 분명 현주의 목소리임을 알았다.

키미지로는 심호흡을 크게 한 번 하고, 본인이 누구이며 왜 전화를 걸었는지 떠듬거리며 용건을 말했다. 다시 한 번 진주성 안내를 부탁하며 날짜는 돌아오는 토요일 오후로 잡았다. 혼자만의 생각이었는지는 모르겠지만, 상대방의 목소리에서 기다림과 반가움이 느껴졌다. 그래서 두 시간의 비행시간이 절대 길지 않았다.

매표소에서 만나도 되었지만, 무슨 마음에서였는지 키미지로는 창렬사 앞을 약속 장소로 정했다. 거기까지 가는 동안 가을과 겨울 사이의 정취를 냄새로 느끼고, 땅에서 올라오는 추운 기운을 가벼운 발걸음으로 누르며 걸었다. 똑같은 앳된 얼굴에 '강현주'라고 적힌 명찰. 지난달에 입었던 조끼보다 조금 더 두꺼워진 조끼로 바뀐 것 말고는 그대로였다.

더 설명할 것도 없는 창렬사를 들렀다가, 지난 번 한 바퀴 돌았던 진주성을 오늘도 한 바퀴 돌았다.

"할머니가 일본어를 좀 하세요. 일제강점기 시대에 배우신 거라고 했죠. 제가 고등학교를 다닐 때 일본어를 배웠는데 할머니랑 가끔 일본어로 대화를 하면서 연습을 하니 쉽게 배우게 되더라고요. 할머니는 당신이 일본어를 하시면서도 제가 일본어 공부하는 건 별로 좋아하시지 않으셨어요. 그래도 그걸로 이렇게 밥벌이를 하게 됐어요. 훗훗."

전에는 듣지 못했던 개인적인 이야기를 들어서 좋았다. 키미지로도 한국에 오는 이유를 설명하고, 진주성을 봐서 좋다고 덧붙였다.

"밤에 보면 더 좋다고 하셨죠? 혹시 실례가 안 된다면 오늘 밤에 다시 올 수 있을까요? 내일이면 일본으로 돌아가야 해서요."

맘 같아서는 지금부터 저녁까지 함께 시간을 보내고 싶었지만, 염치없어 보일 것 같아서 참았다. 남강에서 불어오는 바람이 찼지만, 키미지로의 귓불이 뜨거워지면서 붉게 변했다. 혹시 거절하면 어떤 말을 해야 할 지 머릿속이 복잡했다.

"같이 저녁이라도 먹으면 좋을 텐데 집에 할머니가 혼자 계세요. 되도록 저녁은 같이 먹으려고 하는 편이라서. 여덟시 어떠세요?"

지난번 창렬사에서도 그랬고, 오늘도 그렇고 번번이 키미지로의 예상을 빗나가는 대답을 하는 그녀였다. 그래서 더욱 끌리는 것인지도 몰랐다.

야간의 진주성은 현주의 말처럼 낮과는 다른 매력이 있었다. 누각의 아름다움이 확실하게 드러나는 것은 밝을 때이겠지만, 은은한 선으로 나타나는 누각의 아름다움은 사람의 감정을 몽롱하게 만들었다. 코끝에 찬바람이 들어 찡한 것처럼 머릿속에도 찡한 느낌이 드는 것이 기분 좋았다.

촉석루에서 바라본 남강의 어둠과 그 어둠에 어울리는 대밭의 정취는 언젠가 키미지로가 봤던 한 장의 그림을 떠올리게 했다. 어릴 때 아버지가 보여줬던 오래된 서책에 그려진 것이었는데, 이번에 돌아가면 꼭 찾아서 봐야겠다고 생각했다.

자그마한 체구에서 풍기는 당당한 기운과 늘 예상을 빗나가는 매력의 현주가 촉석루 같다고 생각했다. 본인이 일본사람인 것이 마음에 걸리기는 오늘이 처음이었다. 일본 사람이 한국 사람을 좋아해도 되나 싶고, 한국 사람이 일본 사람을 좋아하지 않을 것 같은 슬픈 생각도 들었다.

그날부터 시작이었다. 한 달에 한 번 네 번째 주 토요일이 둘이 만나는 날이다. 현주는 할머니와는 점심을 먹고 저녁은 혼자 드실 수 있게 준비해놓고 키미지로를 만나러 나왔다. 오후부터 만나 진주성을 함께 돌면서 그 달만 느낄 수 있는 진주성의 매력을 찾고, 함께 저녁을 먹고 다시 밤의 진주성을 보고.

다섯 번을 그렇게 만났다. 현주가 할머니와 단둘이 살고 있다는 것, 중학교 때 부모님이 갑자기 동시에 사고로 돌아가셨고 그때부터 할머니와 산다는 것, 언니가 한명 있는데, 시집가서 다른 곳에서 살고 있다는 것, 그리고 나이가 생각보다 많다는 것을 알게 되었다. 키미지로 보다는 두 살 아래였다.

여섯 번째 만나는 날 키미지로는 진주성이 아닌 다른 곳에서 만나자고 했다. 토요일이 아닌 금요일에 식당 '촉석루'에서 만나자고 했다. 조용한 방으로 예약을 했고, 그 전에 박 부장과 먹었던 한정식을 주문했다. 현주는 전과 다른 요일에 다른 곳에서 보자고 하는 키미지로의 요구에 당황하기는 했지만, 시키는 대로 촉석루의 예약한 방으로 들어갔다. 먼저 와 있던 키미지로의 얼굴에서 왠지 모를 비장함이 보였고, 미리 주문해둔 음식이 들어와도 두 사람 다 음식에는 관심이 없어 보였다.

키미지로는 주문 벨을 눌러 따뜻한 정종 두 잔을 부탁하여 마시고, 결심한 듯 말을 꺼냈다.

"한 달에 한 번씩 보는 거 이제 그만하고 싶어요. 계속 보고 싶어요. 나랑 함께 남은 날을 계속 보면 안 될까요?"

정종의 도움을 받아서인지 술술 이야기를 풀어나갔다. 일본의 부모님에게는 이미 말씀을 드렸고 허락을 받았다고 했다. 쉽지 않은 과정이 있었을 것이라고 생각했다. 왜냐하면 할머니에게 키미지로에 대해 이야기를 한다면 어떨지 상상이 갔기 때문이었다. 한 잔의 정종 때문이었는지 이번에도 현주의 대답은 예상을 빗나갔다.

"언제부터 계속 볼까요?"

다음 날 현주의 집에서는 진주대첩만큼이나 격렬한 언쟁이 있었다. 부산에 살고 있는 언니와 형부까지 합세해서 현주에게 악다구니를 퍼부었지만, 자그마한 체구에서 어떻게 그런 힘이 나오는지 신기할 정도로 꼿꼿하게 서서 일본사람에게 시집을 가겠다고 선포를 했다.

할머니는 뒷목을 잡고 쓰러지셨고, 방으로 들어오지도 못하고 서 있던 키미지로는 놀라서 신발을 신은 체 방으로 들어가 할머니를 안았다. 그리고 울면서 죄송하다고 말했고, 대신 정말 잘 살겠다고 계속 말했다. 듣지 못할 수도 있을 것이었지만 그렇게라도 해야 할 것 같았다.

다음 달 키미지로가 한국에 들어왔을 때 현주는 일본으로 함께 떠났다. 한 달 동안 할머니는 현주를 쳐다보지도 않았고, 결국 짐을 싸는 현주를 보고는 부산 언니 집으로 가버리셨다. 그렇게 한국 사람이 일본 사람에게 시집을 갔고, 그 뒤로 유키타를 낳을 때까지 진주를 찾지 않았다.

옛날에는 만난 적도 없고 얼굴도 모른 체 결혼을 하는 경우가 있다고는 하지만 예닐곱 번 만나고 그것도 국제결혼을 하겠다고 하는 현주를 아무도 이해해 주지 않았다. 하기는 현주 본인도 왜 그렇게 일본인에게 시집을 가게 되었는지 명확하게 설명할 수가 없으니 그런 사람들을 뭐라 할 것도 없었다.

언니와는 몇 달 후 어렵사리 통화를 했고, 끊을 수 없는 자매의 정으로 연락을 이어갔다. 한 달에 한번 정도 전화통화를 하고 수시로 편지를 주고받았다. 통화와 전화의 내용 대부분은 아직도 현주의 전화를 받지 않는 할머니에 대한 걱정이 다였고, 언니는 잘 계시니 걱정하지 말라고 늘 현주를 안심시켰다.

일본에서의 생활은 좋았다. 일본말이 능숙하니 일상생활에 불편함이 없었고, 간단한 일이었지만 일도 구했다. 한국말을 가르치는 학원 강사였는데 낮에 서너 시간만 할애를 했고, 나머지 시간은 오롯이 키미지로를 위해서 썼다. 청소를 하고 장을 보고 음식을 하고 그리고 남는 시간은 책을 읽거나 사는 곳 근처에 있는 박물관과 미술관을 관람하는 것으로 여유로움을 즐겼다.

키미지로가 한국에 출장을 가 있는 일주일 동안 주로 하는 여가생활이었다. 함께 한국으로 오갈 수도 있었지만 비행기 삯과 숙소에 드는 비용이 만만치 않았고, 현주를 받아주지 않는 할머니가 계신 진주를 가고 싶지 않았다.

일본으로 온지 이 년이 지나고 벚꽃이 흐드러지게 핀 봄날 아지랑이가 피어나듯 현주와 키미지로에게 새 생명이 찾아왔다. 유키타라고 이름 지었다. 같은 연립주택에 살면서 친하게 지내는 이웃들이 하나같이 너무 잘생겼다고 축하를 해줬고, 백일이 되는 날 한국의 풍습처럼 백설기를 돌리고 한국행 비행기 표를 끊었다.

언니가 유키타를 꼭 한 번 보고 싶다고 했고, 아이도 생겼으니 할머니가 마음을 열지 않을까 하는 기대가 생겼기 때문이었다. 유키타는 하얀 얼굴에 뚜렷한 이목구비를 갖춘 잘생긴 아기였다. 그리고 백일밖에 안된 아기가 고집도 웬만했다. 아무리 배가 고파도 무언가 맘에 들지 않으면 울음을 그치지 않고 분이 풀릴 때 까지 젖을 빨지 않았다.

엄마와 아빠 중 누가 그런 성격일까 서로 떠넘기며 행복한 고민을 했다. 키미지로의 부모님 즉 현주의 시부모님은 절대 당신의 아들은 그렇지 않다고 했다. 그럼 현주를 닮은 것인지 이번에 할머니에게 그 대답을 들을 수 있기를 바랐다. 다행히도 진주까지 가는 복잡한 여정을 유키타는 순하게 잘 참아주었지만, 기차와 비행기를 타는 내내 가시방석에 앉은 것처럼 현주의 마음은 심란하고 불안했다.

공항에는 언니 내외가 마중을 나와 주었다.

"현주야… 괜찮지?"

언니는 울먹이느라 말을 제대로 못했지만 곧 유키타를 안고 어르느라 환한 웃음이 그치질 않았다.

"유키타, 이모야. 예쁜 것. 사진보다 더 예쁘네. 할머니도 분명 예뻐하실 거야."

"나 온다고 말씀드렸어?"

"아니, 괜히 얘기하면 오지마라고 할까봐. 딴 데로 가실수도 있고. 너무 걱정 마. 이제 애기도 있는데."

언니의 말이 크게 위로가 되지는 않았지만 이 년 만에 온 진주의 남강이 보이자, 기분이 떨리는 것은 어쩔 수가 없었다. 일본남자에게 시집을 갔지만 여전한 한국 사람이고 진주 사람이었던 것이다.

할머니는 그새 많이 늙어있었다. 그게 다 현주 탓인 것 같아서 보자마자 일본으로 가면서 울었을 때 보다 더 서럽게 울었다. 할머니도 말없이 그냥 우시기만 했다. 한참을 그렇게 서로 보고 서서 울다가 언니와 형부의 손에 끌려 자리에 앉았다.

"가거라. 뭐하러 왔노? 난 싫다. 하필 일본사람이고. 난 싫다."

"할머니! 나 진짜 행복하게 살고 있어. 일본사람이면 어때? 이제 그만 나 좀 봐주면 안 돼?"

할머니는 대답 없이 먼 곳만 쳐다보며 눈물을 훔치기만 했다. 결국 언니가 키미지로 품에 있던 유키타를 받아 안고서는 할머니 얼굴 앞에 갖다 댔다.

"할머니, 봐봐. 현주랑 똑같이 생겼어. 내가 전에 말했지? 사내애야. 지난 주 백일이었어. 잘 생겼지?"

눈물을 닦느라 손수건을 쥐고 눈가만 짓이기던 할머니는 못 이긴 척 유키타에게 시선을 줬다.

"친정 엄마도 없이 그 먼데서 애길 낳았잖아. 할머니가 현주 좀 봐줘. 혼자 얼마나 힘들겠어. 응?"

"후우. 백일 밖에 안된 거를 비행기를 태우고…"

한숨을 크게 내쉬더니 할머니는 유키타를 조심스레 안아주었다. 그 모습을 보는 현주는 더 마음이 아리어서 울었고, 언니도 같이 울었다.

"할머니, 미안해. 나도 내가 이런 결혼을 할 줄 몰랐어. 그래도 어쩔 수가 없었어."

그날이 유키타의 첫 진주 방문이었다. 그리고 그 날부터 해마다 추석이 되면 할머니를 만나러 진주에 왔다. 세 가족이 일 년에 한 번씩 한국을 오는 것이 쉬운 것은 아닌 일이었지만, 유키타가 10살이 되던

해, 할머니가 돌아가실 때까지 추석은 진주에서 보냈다.

현주는 그 해 추석을 보내고 일본으로 돌아가면서 부쩍 기력이 쇠한 할머니를 걱정했다. 그리고 한 달 쯤 뒤 언니에게서 급하게 전화가 왔고, 며칠 후 할머니가 돌아가셨다. 열 살이었지만 유키타는 엄마의 슬픔이 그대로 전해져서 함께 슬펐다.

장례식을 치르고 일본으로 돌아가기 전 현주와 키미지로, 유키타는 진주성을 찾았다. 엄마와 아빠가 처음 만났을 때처럼 촉석루부터 시작해서 성곽을 따라 걸었고, 창렬사를 갔고, 북장대에 들렀다. 엄마는 아빠를 만났을 때 해준 것처럼 진주성에 대한 이야기를 해주었다.

"너는 일본사람이 아빠이고, 한국 사람이 엄마이니 두 나라가 어떻게 서로 연결되어 있는지 있는 그대로 받아들였으면 좋겠어. 역사는 역사일 뿐이지만, 역사가 없었다면 지금 우리도 없으니까 알고는 있어야지? 어렵겠지만 니가 좀 더 크고 나면 이해할 수 있을 거야. 하지만 엄마와 아빠는 서로 사랑해. 앞으로도 계속 그럴 거야."

이렇게 유키타의 첫 진주성 방문이 시작된 것이었다. 유키타는 일본 말을 더 많이 사용할 수밖에 없었다. 집에서 보다 밖에서의 생활이 더 많기 때문이었다. 집에서 현주와 대화를 나눌 때는 가급적 한국말을 쓰려고 노력은 했지만 세 가족이 얘기를 할 때면 아무래도 일본말이 편했다. 그러다보니 한국말은 대화를 나누는 정도의 수준밖에 되질 않았다. 하지만 엄마의 나랏말을 잊지 않으려고 부단히 애를 썼다.

책을 좋아하고 역사를 좋아하는 현주의 피를 받았는지 유키타는 대학에서 고고학을 전공하긴 했지만, 아버지인 키미지로를 닮은 것도 있어서 미술에도 관심이 많았다. 고고학과 미술을 함께 전공하기란 쉽지 않았다. 그림 그리는 솜씨도 좋았지만 그림을 보는 감각도 남다르게 뛰어났다.

키미지로가 섬유를 고르는 재주가 있듯이 그림을 보는 유키타의 눈은 일반 사람이 집어내지 못하는 것을 잘 찾아냈다. 고고학을 전공해서인지 고전미술에 더 끌렸고, 복원미술도 관심분야였다. 아직 일본에서는 인정받지 못하는 분야이긴 했지만.

대학에서 고고학을 전공하고, 부전공으로 예술사를 선택했다. 집안 어른들은 돈이 안 되는 일이라고 말렸지만, 부모님은 유키타가 하는 공부를 적극 밀어주었다. 현주와 키미지로 둘 다 본인들이 하고 싶었던 공부와 일을 아들이 대신 해준다는 생각을 했던 것 같다. 역사를 공부할 때는 다른 일본학생들과는 다르게 한국의 역사도 함께 공부했다. 물론 혼자 독학이었지만 도서관의 책과 현주의 도움이 큰 힘이 되었다.

대학을 졸업하는 날, 키미지로는 유키타를 조용히 서재 방으로 불렀다. 현주는 차를 준비해서 들어왔다.

"별거 아니지만 대학 졸업 선물이라고 생각하고 받아라. 집안 대대로 내려오는 고서라서 어차피 이집 여기에 두겠지만 오늘부터 이 고서의 관리자겸 주인은 유키타 너야. 진주성을 이 책 그림 속에서 봤던 게 엄마를 만난 인연이 된 거였다. 어디선가 본 듯한 진주성과 남강 모습이 계속 아른거려서 진주성을 가게 되었고, 거기서 엄마를 만난 거야. 서로 운명처럼. 하하."

아주 오래된 책이었다. 아주 귀하게 보관되어왔다는 것이 바로 느껴졌다. 오동나무로 된 함에 들어 있었다. 고고학과 예술사를 전공했으니 유키타의 손끝이 예민해졌다.

"급하게 보려 하지 말고, 천천히 음미해서 보거라. 아주 오래된 기록서이다. 1952년에 쓰여진 것이야. 우리의 직계 조상 중에 역사적 사실을 기록하는 사관이 계셨어. 아가타 준세라는 분인데, 돌아가신 이후로 계속 이렇게 전해져 내려오는 아주 중요한 기록물이지. 언젠가는 세상에 모습을 내보여야겠지만 아직은 때가 오지 않은 것 같아서 이렇게 우리에게 있는 것이라고 생각한다. 이 책의 미래는 이제 너에게 달렸다."

유키타는 부담감이 들었지만 어떤 내용들이 들어 있을지 궁금한 것이 더 컸다. 대학원 진학을 앞두고 한 달쯤 여행을 계획했었지만 그 날부터 서재 방에서 나오질 않고 그 책을 탐독했다. 그리고 10살까지 해마다 갔었던 진주를 다시 가기 시작했다.

*** 

분로쿠 – 케이쵸의 역 :조선 경상도 진주목 진주성
1592년 텐쇼20년, 분로쿠 원년
11월 8일(음력 10월 5일)

선발대로 일만 여명이 진주 동쪽에 도착하여 공격을 위해 주변의 지형을 파악하고, 막사를 설치하였다. 창원 쪽에서 우리 군에 의해 패전한 유숭인의 부대가 먼저 와 성문 밖에서 진을 치고 있었으나 진주성 안으로의 출입이 저지되고 있는 것 같았다.

하세가와 장군이 선공으로 유숭인 부대를 공격하였다. 이미 그들은 창원전투에서 사상자가 난 상태여서 쉽게 전멸시킬 수 있었다. 시작이 좋다고 하세가와 장군은 기뻐했다. 본대가 합류하기도 전에 진주성에서의 첫 승을 거두었다.

11월 9일(음력 10월 6일)

　3만의 우리 군이 도착하기 시작했다. 군사들은 별로 긴장하지 않은 것 같다. 왜냐하면 우리나라의 성은 이곳 진주성보다 훨씬 튼튼하게 지어져 있고, 우리는 성을 사이에 두고 전투를 벌이는 공성전에 이골이 나 있기 때문에 시작만 하면 바로 진주성을 함락 시킬 수 있기 때문이다. 진주성 내의 수성군의 수가 3천 명 정도라고 하니 우리의 많은 군사와 조총으로 하루 이틀 정도면 전쟁은 끝날 것이라고 생각한다.

　우리 군은 세 개의 분대로 나누어 중요한 위치에 거점을 정하고, 오후에 있을 전투를 대비해 조총을 점검하고 훈련을 했다. 우리는 오전에 성을 포위했으나 뒤 쪽의 조선 의병 부대가 있어서 섣불리 공격을 하지 못하였다.

　우리는 조선 땅에서 거의 승리를 거두고 있지만, 해전에서 이순신이라는 장군과 그리고 육지에서는 곽재우라는 의병장에게 패하는 수모를 겪었다. 우리 막사의 뒤에서 횃불을 들고 뛰어다니면서 우리 군사들을 교란 시키고 있는 것도 곽재우이다. 피리까지 불어대니 더욱 심란해진다. 그래서 우리도 군사들이 머리를 풀어헤치고 급하게 만든 뿔이 있는 가면을 쓰고 깃발을 흔들면서 뛰어다니고 있다.

　붉은 해 가리개와 흰 칼날도 적을 혼란스럽게 만들기 위해 들고 뛰어다닌다. 전투를 시작하기 전 심리전을 치르느라 힘을 먼저 뺐다. 드디어 우리 군은 성 공격을 시작했다. 조총수가 일제히 사격을 시작했으나 무슨 연유인지 조선군은 반격을 하지 않아서 우리는 성으로 직접 돌격을 시도했다. 그러자 잠잠하던 조선군은 성안에서 대포를 발사했다.

갑작스런 공격에 우리 군사 몇몇이 부상을 입어 다시 재정비를 위해 후퇴하였고, 성 밖에 있는 민가를 헐어서 방패 막부터 설치를 했다.

다시 공격을 시작했다. 어느새 해가 지고 횃불을 밝혔다. 양 쪽에서의 공격은 끊임없이 이어졌다. 성곽을 기어오르려고 했지만 돌덩이를 던지고, 뜨거운 물을 부어서 사다리로 성을 오르다가 떨어져 다치거나 화상을 입은 군사들이 속출했다.

게다가 곽재우와 그 군사들이 뒷산에 올라가 호각을 불고 횃불을 흔들며 소리를 지르고, 성안의 조선군들도 호각을 불며 답을 하니 중간에 끼인 우리 군사들은 귀신에 홀린 듯 우왕좌왕 정신없이 뛰어다녔다. 결국 우리는 공격을 멈추고 늦은 저녁을 먹고, 보초를 제외하고는 잠을 잤다.

11월 10일 (음력 10월 7일)

어제 생각보다 많은 부상자가 나왔다. 아침부터 공격을 시작했지만 어제와 비슷하게 적군은 포를 쏘고, 남강을 메우려고 모아놓은 솔가지 등에 불을 붙인 활을 쏘아 불태워버렸다. 기가 죽은 우리 군은 그 화풀이로 민가를 습격하고, 먹을 것을 빼앗았다. 그리고 집을 불태웠다. 밤이 되자 성안에서 거문고와 통소를 타는 소리가 났다.

남강에서 불어오는 서늘한 바람과 컴컴한 하늘에 희미하게 뜬 달과 생각보다 쉽지 않은 성 공격에 의기소침한 우리는 그 악기 소리에 더욱 예민해졌다. 우리가 꾀를 낸 방법은 민가에서 잡아온 조선아이들에게 성을 돌며 "한양이 이미 함락되었습니다. 조선팔도가 붕괴되었습니다. 아저씨들이 작은 새장 같은 진주성을 어떻게 지키겠어요? 빨리 성문을 열고 항복하세요."라고 말하게 시켰다. 아이들은 죽임을 당할까 무서워서 아주 큰 소리고 외치고 돌아다녔지만 성안에서의 반응이 시큰둥하여 그만두게 하였다.

11월 11일 (음력 10월 8일)

 오늘은 분대별 장군들이 새벽부터 모여 군사회의를 열었다. 총공격을 하여 오늘 중으로 진주성을 함락시켜야 한다고 의기투합하였다. 식량과 무기도 남아있는 것이 눈에 보일 정도이고, 사기도 점점 떨어지고 있었다. 저쪽의 사상자도 있겠지만 우리군의 사상자 수도 훨씬 많다.

 해가 뜨자 일부 부대는 성곽의 높이와 비슷한 산대를 쌓고, 일부 부대는 배후에 있으면서 우리 군을 위협하고 있던 의병들을 견제하였으며, 또 일부는 떨어져 죽는 한이 있더라도 성을 넘겠다는 마음으로 대나무로 만든 사다리를 걸치고 또 걸쳤다.

 산대가 만들어지자 그 곳에서 성 누각에 있는 조선군을 향해 조총을 쏘고, 성을 넘을 수 있게 뒤에서 지원을 했다. 그런데도 진주성을 넘어갈 수가 없으니 우리 군의 마음은 더 조바심이 났다.

 총공세를 벌여 조총을 쏘고 활을 쐈다. 이제 거의 우리 군의 승리로 굳혀 지는 것 같았다. 곧 성문이 열릴 것 같은 승리의 분위기였다. 그런데 갑자기 여러 개 만들어 놓은 산대중 한 곳에서 굉음이 들리고, 군사들의 비명소리가 들려왔다. 급히 소리가 난 곳으로 달려가서 보니 병사 십 여 명이 터진 폭약에 죽거나 다쳐서 뒹굴고 있고, 쌓아 놓은 대나무와 솔가지가 불에 타고 있었다.

불과 얼마 지나지 않아서 무기와 식량을 보관해 두었던 곳에서도 불이 나기 시작했고, 군사들은 불을 끄기 위해 남강 물을 퍼 나르느라 정신이 없었다. 분명 성에서 쏜 화포일리는 없다. 식량고와 무기고는 성안에서 맞출 수 있는 거리가 아니기 때문이다. 그렇다면 뒤에 있던 의병들이 쏜 것인지 의심되었지만, 며칠간 한 번도 그 방향에서 포가 날아온 적은 없었다.

정확한 위치에 명중을 시킬 수 있는 포가 있단 말인가? 우리 군은 비상회의를 열었다. 다친 병사 중 대화가 가능한 몇 명이 불려 왔고 무슨 일이 있었는지 본데로 말하게 했다.

"갑자기 떨어졌습니다. 앞 쪽에서 날아 온 것이 아니라 위에서 떨어졌어요. 무엇인지 보던 병사는 폭파하는 바람에 흑흑…"

"예. 위에서 떨어졌어요. 커다란 그림자가 하늘을 덮었어요. 구름이 끼나 하고 하늘 쪽을 봤는데 큰 연 같은 것이 멀리 날아가는 게 보일 뿐이었습니다. 갑자기 사라졌어요."

"성 쪽이나 뒷산 쪽에서 온 것이 아니라고? 확실하나?"

병사들은 하나같이 하늘 위에서 아주 커다란 새 같은 것이 나타났다가 사라졌고 동시에 폭약이 터졌다고 증언했다. 우리 군사들이 많이 모여 있던 산대 몇 군데와 무기고, 식량고에 폭발과 함께 불이 났다고 했다.

내가 본 모습도 그랬다. 첫 번째 굉음이 들리고 얼마 안 되서 두 번째 굉음이 그리고, 나머지도 차례차례 들려왔다. 우리 군은 다 이겨 놓은 전쟁이었는데 막바지에 뒤통수를 맞은 기분이었고, 도저히 무슨 변괴인지 이유를 찾질 못한 체 회의를 마쳤다.

11월 12일 (음력 10월 9일)

 어제의 후유증에서 아직 헤어나질 못하고 있었다. 장군들은 작전을 바꾸어 작은 소부대로 나누어 편성했다. 혹시 외곽 쪽에서 지원 포사격이 있었을 수도 있다는 생각에 조선군 지원군을 공격하려는 작전을 세웠다. 하지만, 결과는 참패였다. 오히려 우리의 전력이 약해져 저들에게 당하는 꼴이 되었다. 많은 병사를 잃는 결과를 가져왔다. 의병장 김준민이 우리의 병사를 많이 사살시켰다. 게다가 전라도에서 최경회 부대도 도착했다는 전갈이 있어서 우리 군은 작전을 바꾸어야 했다.

 대나무 다발과 연결 사다리를 많이 준비했다. 산대를 더 쌓고, 방패막이를 만들었다. 산대위에서 성 쪽으로 총을 쏘아대는 동안 나머지는 대나무로 만든 방패와 사다리를 들고 성으로 접근했다. 마침 해가 지기 시작했기 때문에 어두워서 우리를 제대로 공격하지 못할 것이라고 예상했다.

 더 어두워지기 전에 성에 도착하려고 막 나서는 순간이었다. '피이익'하는 요상한 소리가 나고는 다시 산대에 폭발이 일어났다. 재빨리 하늘 위부터 살폈다. 어두워지고 있던 터라 명확하게 보이질 않았지만 분명히 하늘을 뒤덮은 커다란 형체가 있었고, 위로 희미하게 무엇인가 날아가는 게 보였다. 얼마 후 어제와 같이 다섯 번의 폭발이 더 일어났고, 우리는 혼비백산했다.

 분명히 하늘에서 떨어진 것이 맞다. 큰 새였다. 거기에서 폭탄이 떨어진 것이다. 그런데 그게 과연 무엇이란 말인가. 내가 본 것을 대충 그림으로 남긴다. 가까이 있을 때의 크기는 시커먼 비구름을 연상하게 할 정도로 컸다. 그리고 좌우로 자유자재로 움직였고, 비상하는 새처럼 빠르게 상하로 움직이는 게 보였다. 우리는 또 한 번 혼란에 빠졌다.

## 11월 13일 (음력 10월 10일)

이틀에 걸쳐 괴물과 같은 물건의 공격을 당하고 나니, 우리 군의 사기는 바닥까지 떨어졌다. 장군들은 계속 성을 공격하라고 명령했지만, 언제 또 하늘 위에서 공격을 받게 될지 몰라 두려움에 떨었다. 하지만 넋 놓고 있을 수만은 없었다. 남은 무기를 총 동원하여 성으로 돌진하였다. 선두 병사들이 성곽에서 떨어지고, 활에 맞아 죽어도 멈출 수가 없었다.

뒤에서는 의병들이 퇴각하려는 우리 군을 기다리고 있을 것이 빤하기 때문이다. 어차피 살아서 돌아가지 못할 것이라면 진주 성안에서 죽을 것이라는 각오로 전진하라고 명령했다. 완전한 총 공격이었다. 그래서였는지 일시적으로 성곽의 수비가 뚫렸다.

성벽에 매달려 있던 군사들이 절반은 조선군의 공격에 밑으로 떨어지고 절반은 넘어가기 시작했지만, 넘어가도 대부분이 성안에서 기다리던 다른 조선군에 의해 죽임을 당했다. 비가 올 것 같은 날씨였다. 우리의 수장은 드디어 퇴각 명령을 내렸고 우리는 뒤로 돌아섰다. 그때 또다시 의문의 포탄이 터지기 시작했다.

하늘부터 살폈다. 흐린 날씨 탓에 정확하게 보이진 않았지만 분명히 사람이 타고 포탄을 던지는 게 분명했다. 앞쪽으로 둥글게 주둥이가 튀어나온 새 모양인데 날개를 접고 날고 있는 것 같았다. 많은 병사가 사망했고, 다쳤다. 살아남은 병사들은 빨리 본국으로 돌아갈 수있길 바랄 뿐이었다.

나는 전장의 마지막 모습을 남겨야 했기 때문에 하늘의 괴물이 무서웠지만 여기저기를 돌아다녔다. 빗줄기가 더 세져서 짚으로 만든 거적때기를 대충 뒤집어쓰고 남강 변을 거닐 때였다. 하늘에서 커다란 검은 물체가 남강 쪽으로 떨어지고 있었다. 정확하게 보이지는 않았지만 분명 어제와 오늘 우리에게 폭탄을 떨어뜨렸던 그것과 흡사하게 생긴 것이었다.

비가 내려 주위가 어두웠지만, 그 물체가 무엇인지 보기위해 위험을 무릅쓰고 강 쪽으로 다가갔다. 아주 큰 덩치의 새였다. 한 쪽으로 치우쳐 떨어지고 있었다. 순간 날개를 다친 것인가 하는 생각이 들었다.

더 아래로 떨어지고 새의 배 쪽에서 무언가 움직이는 게 보였다. 거리도 있고 비 때문에 정확하게 보이지는 않았지만 사람인 것 같았다. 사람이 타고 있었단 말인가? 갑자기 풍덩 소리가 나며 남강 물결이 흔들렸다. 사람이 타고 있었던 게 분명했다. 조선은 하늘을 나는 무기를 만들었단 말인가? 그렇게 고민하는 사이 그 새가 남강으로 빠져들고 있는 것이 보였다.

진주성 쪽에서 웅성거리는 소리가 크게 들리는 것으로 봐서 분명히 진주성에서 날아온 것이다. 도대체 사람이 새처럼 날 수 있다는 게 말이 된단 말인가? 그 모양새를 잊지 않으려고 막사로 얼른 돌아와 그림을 그렸다. 강변에 있던 병사들이 뒷일은 알아서 할 것이었기 때문이다.

하늘을 날던 그것의 모양은 다음 그림과 같다. 아주 큰 몸통을 가졌으며 앞쪽 끝이 새의 주둥이처럼 모아져 있고 얼기설기 가운데로 커다란 막대 같은 게 보였다. 그 몸통 쪽에서 사람이 떨어졌으니 거기에 사람이 들어 있는 장소가 있었던 것 같다. 분명히 날고 있었다. 조선이 이렇게 대단한 무기를 만들었다는 사실을 본국으로 돌아가 알려야겠다.

아가타 준세이는 결국 본국으로 돌아갔다. 다른 병사들 중에는 계속 조선에 남아서 전쟁에 참여 하기도 했지만, 준세이는 퇴각 중 부상을 당해서 어쩔 수 없이 본국으로 돌아오게 되었다. 진주성에서의 패전이 한이 되었던 도요토미 히데요시는 두 번째의 진주성을 향한 전투를 일으켰고, 전쟁에 승리는 했지만 군사적 손실을 많이 보게 되었다.

준세이의 부상은 꽤 심각한 상태였고, 집에서 몇 년간 칩거하며 치료를 받아야 했다. 그러던 중 전쟁이 끝났다는 소식이 들려왔다. 준세이도 움직일 수 있는 정도로 회복을 하여 곧 다시 기록관으로서 일을 할 수 있을 것이라고 고대했고 조선 전쟁 중 썼던 기록물을 제출하려고 했었다. 하지만 주변에서 다들 준세이를 말렸고, 그냥 조용히 지내기를 권했다.

전쟁에서 살아 돌아온 병사들의 이야기를 들어보니 결코 승리한 전쟁이라고 할 수 없었다. 7년간의 긴 전쟁이 끝났지만 전쟁에 관련해서 나쁜 소문만 들려왔다. 성과도 없이 오히려 큰 손해만 입은 전쟁이었고, 도요토미 히데요시는 괜히 전쟁을 일으켜 우리 군사들만 잃게 한 쓸데없는 전쟁을 한 장군으로 평가를 받는다고 했다.

심지어 조선에 대한 분풀이로 조선 민간인의 귀와 코를 베어왔다는 소문도 들려 흉흉함이 더했다. 준세이는 가족들의 만류대로 기록관을 그만두고 가업을 이어 비단 가게를 이어갔고 결혼을 했다. 그리고 그 기록물은 비단에 싸서 잘 보관해 두었다.

# CHAPTER
05

# Ⅴ.착륙 – 유연, 동비, 유키타 이야기

세상엔 이유없는 우연이라는 건 없다.
비차와 함께 앞으로의 비전Vision도 밝게
펼쳐질 것이다.

# CHAPTER
## 05

## Ⅴ. 착륙 - 유연, 동비, 유키타 이야기

 두 개의 펜던트를 들고 식당 '촉석루'의 내실 문을 열자 두 남자가 유연을 반갑게 맞았다. 서로 인사를 시켜주지도 않고 아무런 연결고리도 없는 두 남자를 한 공간에 덩그러니 남겨 두고 간 게 그제야 생각이 났다.

 "미안해요. 유키타씨. 미안. 동비야. 둘이 불편했지? 갑자기 정신이 없어서 말야."

 누구한테 먼저 이야기를 해야 할지 유연도 난감하기는 마찬가지였다. 둘 다 유연에게는 시간상, 공간상 먼 곳에서 온 반갑고 궁금한 사람들이었다.

 대학교 이후 만나지 못했지만, 유연의 기억 속에 역사동아리와 같이 자리하고 있던 동비. 그리고 진주성과 창렬사에서 일 년에 한번 씩 인연이 있었던 일본에서 온 유키타. 우선 둘을 서로 인사시키는 게 순서였지만 실은 유연도 그들에 대해서 아는 게 많지 않았기 때문에 잠시 머뭇거렸다.

하동댁이 내온 두 사람의 찻잔은 비어 있었다. 아마 어색함을 차로 대신한 듯했다. 유연에게도 마실 거리가 필요했지만 이 상황에서 조용함을 깰 사람은 유연밖에 없다.

"하하, 두 분도 어색하시겠지만 실은 저도 좀 어색한 상황이에요. 두 분 먼저 소개 할게요."

하필 테이블 양쪽에 두 사람이 앉아 있고, 그 중간에 그들을 중매하듯 앉은 유연은 맞선 자리에 있는 듯해서 멋쩍게 웃음이 나왔다.

"이쪽은 고등학교 친구에요. 저도 대학 다닐 때 한번 보고는 오늘이 처음 보는 거구요. 이름은 윤동비."

"여기 계시는 분은 유키타시고 일본에서 오셨어. 몇 년 전부터 우연히 진주성에서 몇 번 만났어. 오늘은 내가 실수로 두고 온 노트를 주러 오신거야. 하하."

'이 정도 밖에 없었나?' 하고 곰곰이 생각하는 사이에 동비가 먼저 지갑에서 명함을 두 장 꺼냈다.

"한국항공우주산업회사라는 곳에서 근무하고 있습니다. 비행기와 항공관련 일을 하는 곳이죠."

유연에게도 명함을 건넸다.

'결국 비행기 관련 일을 하고 있었던 거야? 역시.'

명함을 뚫어져라 보고 있는데, 유키타가 난처한 듯 말을 꺼냈다.

"죄송합니다. 전 명함이 없어요. 일본에서 고고학 관련 일을 하고 있습니다. 아가타 유키타라고 합니다. 어머니가 한국 사람입니다. 여기 진주에서 살다가 일본으로 가셨죠."

"어머니가 진주 분이시라고요? 그래서 진주에 오신 거군요."

"네. 어머니의 할머니께서 제가 열 살 때 돌아가셨어요. 그때까지 가끔 진주를 부모님과 왔었는데 그 이후로 오질 않다가 몇 년 전부터 다시 와보길 시작했습니다."

"한국말을 잘 하시네요?"

동비가 신기한 듯 물었다. 어머니가 한국 사람이라고 하긴 했지만 일본에서 살고 있으면 유창하게 한국말을 하는 게 쉽지 않을 터였기 때문이다.

"집에서는 되도록 한국말을 쓰려고 했어요. 어머니의 말을 잊지 않으려고 태어날 때부터 어머니와는 한국말로 대화를 하려고 애썼죠. 잘하진 못합니다. 특히 글로 쓰는 건 더 어렵습니다. 그것 때문에 유연씨를 만나게 되긴 했네요. 하하하."

"창렬사에서 방명록을 쓰는 걸 도와드렸지. 그리고 보니 둘은 무슨 일을 하는지 알았고, 내 소개가 없었네."

"대학 때 역사전공을 한 걸로 기억하는데… 역시 그 쪽 관련 일을 하고 있는 거지?"

"응. 맞아. 거기를 벗어나질 못하네. 명함이 지금은 없네. 하하. 가지고 다니질 않아. 딱히 명함을 내밀 일이 없어서."

유키타도 동비와 마찬가지로 유연이 하는 일이 궁금한 모양인지 아무런 말없이 대답을 기다렸다.

"거창한 일은 아니고, 국사편찬위원회라는 곳에서 일을 하고 있어요. 우리나라 고서나 문서 같은 것을 정리하는 일이라고 하면 쉬울라나?"

"유키타씨와 비슷한 일을 하고 있는 거네. 그렇죠, 유키타씨?"

"네. 그럴 수도 있겠네요. 저도 한국역사에 관심이 많습니다. 진주성을 매년 오는 것도 그런 이유에서입니다."

서로 소개를 하다 보니 유연의 머릿속에는 삼각형이 그려지고 있었다. 유연과 유키타의 공통점인 역사와 유연과 동비의 공통점인 비행기가 꼭짓점을 이루는 삼각형. 물론 유키타와 동비는 아직 어떠한 공통점도 없긴 하지만, 느낌으로 둘에게도 분명 무엇인가 있을 것 같다는 생각이 들었다.

세 사람이 앉아있는 내실의 방석은 어머니가 특히 신경을 써서 철마다 바꾸는 것이다. 여름에는 시원한 느낌이 나는 모시나 삼베를 덧댄 천으로 씌우고 봄, 가을에는 꽃문양이나 단풍 문양이 자수로 놓여 진 보료방석을 쓴다. 겨울에는 누비로 만든 방석을 써서 좀 더 폭신한 느낌이 들게 한다. 아직 가을이라 할 수 있으니 지금 앉아 있는 방석은 단풍이 수 좋아진 비단 보료이다.

유연이 앉아 있는 방석의 오른쪽 안으로 오래된 양장노트가 놓여있고, 그쪽엔 동비가 앉아있다. 왼쪽 방석 귀퉁이에는 동비의 펜던트가 두 개 놓여 있고, 유키타가 앉아있다. 처음 만난 두 사람이지만 이질감이 들지 않는 것은 무슨 이유 때문인지 모를 일이었다. 아마 유연이 중간에 있어서 그럴 수도 있을 것이다.

"이 노트, 설마 고등학교 때부터 쓰던 그거야?"

"맞아. 기억나? 그냥 부적처럼 진주성에 갈 때마다 들고 다니는 거야. 오늘 이 노트를 촉석루에 두고 온 걸 유키타씨가 주워서 갖다 주신 거고."

"그래? 진짜 오래된 건데… 잊어버렸으면 어쩔 뻔 했어? 유키타씨에게 많이 고마워해야겠는 걸?"

"아이쿠. 그렇게 오래 된 것인 줄은 몰랐네요. 만날 때마다 들고 있어서 특별한 것이라고는 생각을 했었습니다."

동비는 유키타와 유연의 인연이 왠지 모르게 신경이 쓰였다. 대충 들어봐서는 몇 번 만나지 않은 것 같은데도 오래 만나 온 사람들 같아서이다. 노트를 슬쩍 들어 올리며 동비가 물었다.

"맨 앞장에 써둔 글귀 아직도 기억이 나. 이규경의 책에 나온 거였지 아마?"

"맞아. 기억력 좋은데."

"무슨 글인지 봐도 될까요?"

유키타가 물었다.

"그럼요. 별거 아니에요. 고등학교 때 역사 동아리 활동을 했어요. 그때부터 가지고 있던 노트인데 제가 좋아하는 문구를 써놓은 거예요."

동비는 들고 있던 노트를 유키타에게 건넸다. 아까는 연락처만 찾느라 뒷부분만 봤었다. 맨 앞장에 이렇게 쓰여 있다.

"역사란 나라의 거울이며 옛것을 드러내고 미래를 여는 것이다."

유키타는 느리게 여러 번 반복해서 작은 목소리로 읽었다.

"좋은 말이고 맞는 말입니다. 제가 한국에 오는 이유 중 하나이기도 합니다."

"이규경이라는 조선시대 학자가 쓴 글이에요. 지금 제가 하고 있는 프로젝트와 관련 있는 주인공이기도 하구요. 하하."

진지해진 유키타의 반응에 유연은 괜히 으쓱해졌다. 그런 의미심장한 글귀를 고등학생이 좋아해서 적어놓았다는 게 지금 생각해도 기특한 일이었기 때문이다. 그 글귀 하나가 유연이 살아가는 인생의 좌표가 되었기 때문이기도 하다.

"이규경에 관한 프로젝트 중인가 보네. 어떤 건지 궁금한데… "

"조언 받을 일이 있을 거 같아. 곧 다시 한 번 만나."

동비는 유연의 말에 기분이 좋아서 미소를 지었고, 그런 동비의 모습을 유키타가 유심히 지켜봤다. 그 시선을 유연쪽으로 돌리다가 괜히 어색해서 방바닥에 놓인 펜던트를 봤다

"아! 이거. 비행기인가요? 대나무로 만든 것 같은데."

"참. 이건 아까 두고 갔던 거고. 이거는 기억나? 진주성에서 나한테 줬던. 그때 동아리 모임 할 때."

"이걸 아직 가지고 있었어? 기억하지. 내가 최초로 만든 비행기인 걸. 나름. 하하."

의아하게 쳐다보는 유키타에게 유연은 그때의 일을 간단히 설명했다. 역사 동아리 모임 당시 진주대첩에 관련해 공부를 하다가 비차라는 것이 있다는 것을 우연히 알게 되었고, 그것을 동비가 상상해서 만든 것이라고.

"제가 좀 만져 봐도 될까요?"

많이 놀란 듯한 표정의 유키타가 재차 물었다.

"비차라고요? 하늘을 나는 수레란 뜻인가요?"

"네. 그럴 겁니다. 그런데 왜 그렇게 놀라세요?"

동비도 궁금해서 물었다.

"아… 제가 봤던 어떤 그림에서 비슷한 것을 본 것 같아서요. 물론 동비씨가 상상해서 만든 것이라고 하니 우연히 비슷한 것이겠죠."

이리저리 펜던트를 보는 유키타는 흥미롭다는 듯이 엉성한 예전 것과 제법 그럴싸한 요즘 것을 번갈아 가며 살펴봤다. 동비는 부끄러워하면서 다시 만날 날이 있다면 제대로 만든 것을 선물하고 싶다며 펜

던트를 받아 들었다.

 이제 물건들이 제 각각 주인을 찾아 간 듯했다. 그래서인지 다시 어색한 침묵이 흘렀다. 그때 문 밖에서 하동댁이 노크를 했다. 분위기를 바꿔줄 무언가가 필요했는데, 마침 하동댁이 다과와 차를 내왔다.

 "저녁을 준비할까하고 할머니께서 여쭙는데 어쩌까? 준비를 할까?"

 벌써 저녁때가 다 되어 가는 모양이었다. 같이 저녁을 먹을 만큼 편해진 사이가 아직 아닌 것 같아서 대답을 미루고 있는데 유키타가 대신 대답을 했다.

 "죄송합니다. 저녁엔 다른 선약이 있습니다. 이모님이 부산에 계십니다. 저녁을 같이 하기로 했어요. 혹시 괜찮으시다면 내일 저녁을 함께 할 수 있을까요? 유연씨에게는 그 때의 고마움을 표하고 싶은데요."

 "그래요? 그럼 내일 저녁을 먹기로 하죠. 동비는 괜찮아?"

 "어쩌지. 내일 저녁엔 중요한 손님을 접대할 일이 있어. 안 그래도 여기 저녁 예약을 해뒀는데."

 "그래? 그럼 할 수 없지. 저녁은 신경 안 쓰셔도 되겠어요."

 하동댁은 세 사람의 관계가 궁금하긴 했지만 나중에 유연에게 듣기로 하고 일단 돌아섰다.

 "동비씨에게도 보여 주고 싶은 것이 있는데 그럼 내일 언제 시간이 괜찮으신가요? 제가 모레는 일본으로 들어가 봐야 해서."

 "궁금해지는데요. 시간을 꼭 내고 싶네요. 혹시 오후에 차라도 한잔 할 수 있을까요?"

 "좋습니다. 그럼 장소와 시간을 정해서 알려 주시면 제가 맞추겠습니다. 유연씨도 내일 어떠세요?"

"저도 내일 오후에 괜찮아요. 점심식사를 같이 해도 되고요."

"그럼 점심에 만나죠. 냉면이 먹고 싶은데 같이 가주시겠어요? 진주 냉면이 유명하다고 하는데 아직 가보질 못했어요."

"그래요. 그럼 여기 앞에서 만나요. 우리 셋은 그 이후에 같이 보고요."

이상한 흐름이었다. 그냥 공책을 주고 가고, 펜던트를 건네주면 끝일 수도 있는 관계인데 내일 어렵게 약속을 만들어서 다시 보기로 했으니 유연은 앞으로 이 두 사람과의 인연이 사뭇 궁금해지기까지 했다.

내일 유연과 유키타가 점심을 먹기로 약속을 하자 동비는 자신도 유연과 따로 밥을 먹고 싶다는 생각이 들었다. 유연과 특별한 관계도 아니고, 계속 만났던 것도 아닌데 유키타에게 괜한 질투심이 생겨서 그런 생각을 하는 본인에게도 놀랐다. 하지만 이미 말이 나와 버렸다.

"오늘 저녁 난 시간되는데… 옛날이야기도 할 겸 같이 저녁이나 할까?"

동비의 갑작스런 제안에 당황했지만 유연도 그간 지내온 이야기가 궁금하기도 하고, 펜던트에 관해 물어보고 싶은 것도 있어서 흔쾌히 그러자고 했고 홀을 향해 저녁준비를 해달라고 소리를 냈다. 유키타도 무엇 때문인지는 모르게 아쉬운 마음이 들긴 했지만 다음날의 약속을 기대하면서 촉석루를 나섰다. 처음 방에서 대면했을 때보다 훨씬 편안한 마음으로 동비와 유키타는 악수를 하며 헤어지는 인사를 했다.

저녁은 촉석루에서 파는 음식이 아닌 평소 유연과 식구들이 먹는 집밥으로 내왔다. 점심에도 촉석루에서 연구원들과 밥을 먹었다고 한 걸 기억하고, 유연은 하동댁에게 그렇게 준비해달라고 부탁했다.

"아까 낮에 여기서 파는 한정식 먹었다고 해서, 그냥 우리 먹는 데로 해달라고 했는데 괜찮지?"

"더 좋지. 여기 음식은 맛도 있고 대접하기 좋다고 블로그나 페이스북에 많이 올라 와 있어. 그걸 보고 여기로 점심 회식을 정했던 거고. 니가 평소 먹는 음식이라니 더 기대되는데?"

"하하. 별거 아니야. 할머니랑 엄마가 다 만드시는 거니깐 맛은 보장하지. 그런데 동비 너 참 그대로다."

둘만 남으니 다시 옛날 고등학교 시절이 떠오르면서 지금의 두 사람의 모습으로 오기까지 어떤 일들이 있었는지 궁금해졌다. 대학을 가기 위해 공부하느라 3학년 때부터 모임이 흐지부지 되었지만, 마음으로는 동비도 유연도 아쉬움이 컸다.

"그때 우리 동아리 참 재미있었는데. 고등학교 친구들은 계속 만나?"

"대학을 전국으로 흩어져 가다 보니 만나기가 쉽지 않지. 직장생활도 다른 지역에서 하는 친구들도 있고. 기억나는지 모르겠는데 내 친구 지영이 기억나?"

"모르겠는데. 난 실은 다른 학교 친구들 이름이 기억이 안나. 유연이너 밖에."

동비의 말에 얼굴이 화끈해지는 것을 느꼈다.

"내가 회장이었으니까 그랬겠지."

"좀 잘나기도 했지. 그때. 크크. 너 우리 학교 남학생들이 많이 무서워했어. 좋아하는 놈도 있었고."

"그래? 몰랐네. 내가 그렇게 제멋대로 굴었던 거야? 하하. 근데 누가 날 좋아했는데? 진작 알려주지."

"카리스마가 있었지. 회장답게. 근데 누구 얘길 하려고 한 거야?"

"아. 그때 내 친한 친구 지영이라고 기억 안나나 보네. 그러고 보니 그 친구가 너 땜에 동아리 들었었는데. 너 보려고."

둘 다 그때 모임을 했던 장면들이 기억이 나서 입가가 올라갔다. 한참 멋 부리고 이성에 관심이 많을 시기였는데, 역사동아리랍시고 다른 고등학생들하고는 다르다는 자부심이 있었던 모양이다. 서로 호감이 가도 아닌 척 스터디에만 열심인 척 했던 것 같다. 본인들을 좋아했던 친구들이 있었다고 하니 다시 고등학생 때로 돌아간 것처럼 설레고 흥분되는 걸 감출 수 없었다.

"지영이란 친구는 아직도 만나고 있고?"

"왜? 좋아했다고 하니 궁금해? 근데 어째, 시집을 갔으니. 하하. 작년에 시집갔어. 그 결혼식에서 친구들을 다시 만났지."

"하하, 그랬어?"

저녁상이 들어와서 이야길 잠시 멈췄다. 고등학교 때 친구라고는 하지만 처음으로 집에 남자친구가 와서 저녁을 먹는다니 할머니나 엄마가 신경이 쓰였을 것이다. 평소 먹는 데로 차렸다고 하지만 유연은 차려온 음식을 보고 웃음이 터져나오는 것을 간신히 참았다. 어떤 집에서 이렇게 밥을 먹는단 말인가. 동비도 놀라며 연신 잘 먹겠다고 인사를 했다.

"역시 식당 하는 집 밥상은 다른데? 이렇게 거하게 먹는다는 거지?"

"무슨 소리야. 딱 봐도 신경 많이 쓴 거네. 하여튼 많이 먹어."

둘은 고등학교 졸업 후 진학한 학교와 지금 일하고 있는 회사에 대해 서로에게 얘기했다. 역시 원하던 공부를 하고 관련 회사에 들어갔다며 동비는 유연을 대단하게 생각했다. 유연은 너무 한 가지만 해서 다른 건 어떤지 잘 모르겠다며 오히려 새로운 영역에 도전한 동비가 더 부럽다고 했다.

그렇게 흘러 온 시간들을 이야기 하는 동안 밥을 다 먹었다. 이상하게도 어른이 되어서 처음으로 같이 밥을 먹는 거였는데도 어색하거나 불편하지가 않았다. 동아리 모임에서 한 달에 한번 정도 만나서 이야기 하고, 개인적으로는 모임 때문에 전화를 하거나 모임 후에 조금 더 의논을 했던 게 다였는데 둘 사이엔 그것이 쌓여서 친밀감이 생겼던 모양이었다. 늘 만나왔던 친구처럼 금세 편해져서 밥을 먹은 후엔 지금 하고 있는 일에 대해 조금 더 이야기를 나누기로 했다.

"진짜 맛있게 잘 먹었어. 그런데 여기 이 방에 계속 있어도 되는 거야? 이제 마칠 시간도 다 되어 갈 텐데."

"그러네. 홀 정리도 해야 하고. 그럼 우리 나갈까?"

"그래. 너무 오래 있었다. 할머니와 어머니께 죄송하네. 저녁까지 얻어먹고."

"무슨. 나중에 내가 자세히 말씀드릴게. 나가자."

"괜찮음 근처에서 맥주 한잔 할까? 너 술은 마셔?"

"하하. 내가 아직도 고딩 인줄 아나? 많이는 못 마셔도 너만큼은 마실 걸."

진주성 근처 작은 호프집으로 자리를 옮긴 유연과 동비는 더 편해진 분위기에 젖어 각자 하고 있는 일 이야기 나누었다.

"그러니까 서울에서 직장생활을 하고 있다는 거지?"

"응, 역사학과 졸업하고, 바로 국사편찬위에 취직이 되었어. 운이 좋았던 거지."

"고등학교 때부터 그렇게 열심히 했는데 운이 아니라 실력이지. 그러면 거기서 하는 일이 정확히 어떤 거야? 좀 생소한 기관이긴 해서."

"우리나라의 고서나 고문서 사료를 조사하고, 연구하고 또 보존하기 위해 정리해서 편찬도 하고. 기본적인 일은 이런 거지. 한국사를 연구해서 국민들에게 보급시키는 것까지 맡아서 하고 있는 곳이야. 한국사 능력검정 시험 들어봤지?"

"그 시험도 거기서 관리하는 거야?"

"응. 역사를 어떻게 하면 국민들이 중요하게 생각하고 쉽게 접할 수 있을지를 늘 고민하는 곳이기도 하고."

유연은 동비에게 위원회에서 하고 있는 다양한 일들을 알려주었다. 동비는 처음 들어보는 곳인데 그렇게 다양한 일을 하는 곳인지 놀랐다면서 유연을 대단하게 쳐다봤다.

"역사, 역사하더니 결국 그렇게 중요한 일을 하는구나. 존경스러운 걸."

"존경까지나? 하하. 한 우물을 팠다고나 할까? 이상하게 고등학교 때부터 확고하게 이 길을 가고 싶었어. 왜 그런지는 나도 잘 모르겠어. 그냥 재미나. 난 내 일이 참 좋아."

맥주 두 잔에 발그스레해진 유연은 행복한 표정으로 동비를 쳐다봤다.

"그런데 넌 아까 말한 항공 산업인가 거기서 무슨 일을 해?"

"민간 비행기 보다는 전투기와 훈련기를 만드는 일을 주로 하는 회사라고 볼 수 있지. 항공기에 관련한 부품도 제작하고. 난 그런 항공기를 만드는 일을 직접 하는 것은 아니고."

"전투기? 오호. 난 비행기 만드는 회사인줄 알았네. 전투기를 만든단 말이지?"

"훈련기를 외국에 수출하기도 할 만큼 세계적으로도 기술을 인정받고 있다고 볼 수 있어. 그런데 이제는 그런 항공기나 전투기를 만드는 것보다 더 주력하는 사업이 생기고 있는 중이고. 난 그 프로젝트에 참여하고 있다고 보면 돼."

"어떤 사업? 너 원래 비행기에 관심이 있었던 거야? 내 기억으로는 이과보다는 문과에 가까웠던 것 같은데."

"그렇지? 대학 진학 때 고민이 많긴 했지. 집에서는 할아버지께서 전통 공예품 전수를 받지 않고, 생소한 분야의 학과를 가겠다고 하니 못마땅해 하셨고. 갑자기 항공대를 간다고 했으니 그럴 만도 했지. 나도 내가 이런 일을 할 줄 몰랐어."

"그럴 계기가 있었던 거야?"

"특별한 사건이 있었던 건 아니고. 어쩌면 우리 동아리 모임이 도화선이었을 수도 있지."

"응? 뭐가?"

"비차. 진주성에서 우리가 했던 얘기 기억나? 비차에 대해서 알아보고 싶다고 했던. 고등학생이었으니 더 이상 알아볼 방법도 없긴 했지만."

"그것 때문에 항공대를 갔다고?"

"그러게 말이야. 그게 끌렸다고나 할까? 그냥 홀린 것처럼 항공대를 지원하고, 졸업하고 나니 홀린 것처럼 이 회사에 취직해 있더라고. 하하."

할머니가 특별히 신경 써서 차려 준 저녁상이라 먹을 게 많기도 했고, 맛도 있어서 평소보다 과식을 했다. 동비도 밥을 남기면 실례일 거 같기도 했고, 맛있는 반찬이 많아서 배가 부르긴 했지만 밥공기를 다 비웠었다. 그래서 맥주는 안주 없이 두 어 잔만 마실 생각이었다. 맥주도 간단히 하고 이야기도 간단히 근황 정도만 알려주고 헤어지려고 했는데, 이야기는 점점 길어졌고, 맥주도 더 마시게 되었다. 안주도 하나 시켰다. 말을 많이 해서인지 출출해지기 시작했다.

"비행기 만드는 일이 아니면 무슨 일을 맡아서 하는 건데?"

"하하. 회사 기밀인데?"

"뭐?"

동비가 우스갯소리를 하는 걸 보니 둘이 더 편해져가고 있는 모양이었다. 물론 술기운이 퍼지기도 했다.

"민간 비행기를 만드는 프로젝트야. 일반 비행기가 아닌 차세대 미래형 개인 자율 비행기를 만드는 일이야."

"개인 비행기? 지금도 개인이 비행기를 가지고 있는 부자가 있긴 하잖아?"

"좀 다른 형태라고 보면 돼. 미래형이지. 차와 비행기의 결합형태. 차로 타다가 필요할 때 비행기로 전환시키는 거지."

"그런 것도 있어? 그걸 만드는 일에 참여한다는 거야?"

"아직 우리나라는 개발단계에 있어. 독일이나 미국은 벌써 만들어서 상용화시킬 준비를 하고 있지."

"신기한데. 알고 보니 네가 더 대단한 일을 하는데?"

유연은 동비가 하는 일이 어떤 분야인지 정확하게는 알 수 없었지만 비행기와 관련된 일을 한다는 게 신기했다. 어쩌면 둘 다 그 시절 비차가 인생의 방향을 결정하는데 중요한 역할을 했던 것 같았다.

"그런데 넌 회사가 서울에 있는데 여기 진주엔 무슨 일로 내려와 있는 거야?"

"이번에 위원회에서 프로젝트를 하나 진행 중이거든. 이 얘기 들으면 또 대단하다 하겠네."

"무슨 프로젝트인데?"

동비는 몸을 유연 쪽으로 숙이며 답하기를 재촉했다.

"이규경 알지? 내 노트 첫 장에 쓰인 글귀의 주인공. 이규경이 쓴 '오주연문장전산고'를 해석해서 전산화하기 위한 기초 작업을 하고 있어. 그 중에서도 내가 맡은 건 '비차변증설'부분이야."

"비차변증설? 진짜 그런 기록이 있었단 말이지?"

"고등학교 때 우리가 찾아 봤을 때도 그 정도 기록은 나와 있었던 것 같은데… 그땐 우리가 파헤쳐서 찾아볼 상황이 아니었지. 학생이기도 했고, 공부도 해야 해서 흐지부지 됐지 아마."

"그럼 그 부분에 대한 자료를 모으러 내려온 거야?"

"정리를 하다 보니 비차에 관련한 기록은 진주에 집중되어 있더라고. 아마 진주성 대첩에서 사용되었기 때문이 아닐까 하는 추측. 순전히 추측이기 때문에 안타깝지만."

유연의 이야기를 듣는 중에 동비의 표정이 점점 밝아졌다. 술 때문에인지 붉게 변했던 얼굴도 어느새 본 색깔로 돌아오고 정신을 다시 차리는 게 보였다.

"실은 나도 비차에 대해서 얼마 전에 새롭게 알게 된 것이 있어. 혹시 너도 거길 찾아가 본 건 아닌지 모르겠지만."

"그래? 어디지? 난 여기 진주와 사천에서 자료를 수집하고 있는 중이야. 작은 민간 박물관에 의뢰를 하기도 하고, 개인이 소장하고 있는 고문서나 사료를 찾고 있는데 생각만큼 남아 있는 게 없어서 만족스럽지가 않네."

동비는 어쩌면 유연에게 도움이 될 수도 있을지 모르겠다는 생각에 얼마 전 노성을 다녀온 이야기를 했다. 윤달규라는 사람이 비차를 만드는 데 일조를 했다는 기록이 일가를 통해 전해내려 오고 있긴 하지만, 정확한 해설이나 설계도가 있는 것이 아니어서 비차에 대한 주장을 하기엔 미흡한 부분이 있었다. 그래서 노성의 윤씨 문중에서 자부심을 가지는 정도로만 이어져 내려오는 기록이었다.

"직접 보고 왔단 말이지? 어느 정도까지 기록이 남아 있는 거야?"

"전해지고 전해진 것이라서 정확한 비차 형태에 대한 설명은 없지만, 윤 달규라는 사람이 진주성에 와서 비차를 만들었다는 기록이 있더라고. 사람 넷을 태우고 30리를 날았다는데, 윤 달규라는 분은 화통에 불을 붙여 비차가 날 수 있도록 하는 역할을 했다고 적혀 있었어."

"후손들이 기록한 거지?"

"그렇지. 설계도는 분실되었다고 적혀 있더라고. 안타깝지만."

"나도 가서 한 번 보고 싶은데. 이번에 맡은 일에 도움이 될 거 같아. 연락처는 있어? 위치도 좀 알려주고."

유연은 동비의 말에 안달이 나서 내일이라도 당장 달려갈 것처럼 닦달을 했다. 동비는 집에 명함이 있다며, 내일 오후에 만나서 주겠다고 하고 웃었다.

"왜 웃어?"

"성질 급한 건 여전해서."

"참나. 너도 진지한건 여전하거든."

둘은 웃으면서 자리에서 일어났다. 유연은 동비를 다시 만나게 된 것도 들뜨는 일이었고, 윤 달규라는 사람에 대해서 들은 것도 들뜨는 일이었다. 다음 주에는 노성으로 출장을 가야겠다고 마음먹었다.

"내일 오후에 봐. 우리 거기서 볼까? 진주성 앞에 한과 파는 카페가 있는데 가봤어?"

"그런 곳이 있어? 역시 진주성 지키미 답다. 모르는 곳이 없어."

"진주성 지키미? 맘에 드는 별명이다. 내일 세시에 거기서 봐. 이름은 무정이야. 난 유키타씨랑 점심 먹고 그리고 같이 갈게."

"그런데 유키타씨랑은 어떻게 만났어?"

맥주가게에서 나오면서 동비는 의아한 듯 물었다. 유연은 몇 년 간 진주성에서의 우연한 만남을 이야기 해주었다. 이야기를 하면서 걷다 보니 어느새 촉석루 식당 앞까지 왔다. 반나절을 함께 보냈는데, 느낌으로는 한참을 만나온 것처럼 느껴졌다. 많은 이야기가 오고갔기 때문일 것이다.

가게 문은 굳게 닫혀 있었다. 시간이 벌써 열한시가 다 되어가니 할머니와 엄마는 주무시고 계실 것이다. 유연은 뒷문 쪽을 향해 가면서 동비에게 잘 가라는 손짓을 했다. 동비도 얼른 들어가라며 멀뚱히 서서 들어갈 기다렸다. 참 긴 하루였다.

***

전날 늦게까지 동비와 마신 맥주 때문인지 아니면 너무 많은 일이 있어서였는지 아침에 오랜만에 늦잠을 잤다. 유키타와 점심때 냉면을 먹기로 약속을 했기 때문에 늦은 아침을 먹기가 애매해서 커피 한 잔으로 아침을 대신했다.

 어제 동비와 했던 이야기들을 하나씩 떠올리며, 얼른 노성을 다녀와야겠다고 생각했다. 프로젝트가 거의 마무리 단계에 왔다고 생각하니 어제의 피곤함이 싹 가셨다. 동비와의 재회는 변함없고 한결 같았던 유연의 일상에 단비 같은 활력소가 되었다. 촉석루 가게 앞 큰 길엔 또 다른 활력소가 될 유키타가 기다리고 있었다.

 어제와는 다른 느낌의 복장을 한 유키타를 보자 유연은 처음 유키타를 봤을 때의 설렘이 다시 되살아났다. 청바지에 터틀넥 스웨터를 입은 모습이 대학생 같이 보였다. 건너편의 유연을 보고는 환하게 웃으며 손을 슬쩍 들었다. 처음 봤을 때보다 훨씬 사교적인 모습이다. 진주 냉면은 다른 지역의 냉면과 모양부터 다르다. 유키타는 서빙되어 온 냉면을 보고 놀라는 눈치였다.

 "냉면위에 고기 전이 올려 져 있군요. 이게 진주냉면만의 특이한 점인가요?"

 "보통은 고기 삶은 것이 올라가는데 여긴 육전이 올라가는 게 다르죠. 그리고 무채나 배가 주로 쓰인다면 진주 냉면은 익은 배추김치를 다져 넣기도 하구요. 맛보세요."

 "국물이 시원하군요. 어머니가 여기 냉면을 먹고 싶어 하세요. 일본에서는 사먹을 만한 곳도 없고, 한인 식당이 있어도 여기 냉면 맛을 느낄 수가 없다고 하세요."

"육수가 달라요. 일반 냉면은 소의 사골을 이용하는데 여기는 멸치와 해물을 넣어 육수를 만들거든요. 재미있는 건 예전에는 해물육수의 비릿한 맛을 제거하려고 벌겋게 달군 무쇠막대를 넣어 끓였다고 하더라고요."

"재미있군요. 알고 먹으니 더 맛있게 느껴지는데요."

"많이 먹어요. 이건 제가 대접하고 싶어요."

"아이쿠. 더 맛있는데요. 하하."

냉면 한 그릇으로 둘의 사이가 좀 더 가까워 진 것 같아서 유연은 기분이 좋았다. 어떤 인연인지는 몰라도 진주성에서부터 시작된 둘의 만남은 어제보다도 오늘이 훨씬 허물없는 사이가 되어있었다.

"우리 다 먹고 시간이 남는 다면 창렬사에 잠시 들러 보고 싶은데 괜찮을까요?"

"네. 세시에 만나기로 했어요. 충분해요. 그런데 거긴 어제도 다녀왔는데 또 가보고 싶으세요?"

"유연씨에게 거기에서 보여주고 싶은 게 있어요. 특별히 거기일 필요는 없지만 그래도 더 의미 있을 것 같아서요."

"궁금한데요. 얼른 먹고 일어나고 싶지만 유키타씨를 위해서 천천히 먹을게요."

유연은 양이 많아서 조금 남겼는데, 유키타는 국물까지 다 먹고 그릇을 깨끗이 비웠다. 아마 일본에 있는 어머니의 몫까지 대신 먹은 게 아닌가 하는 생각이 들었다.

날씨가 흐린 것이 아무래도 비가 내릴 것 같았다. 집을 나오는데 유연이 귀찮아서 들고 오지 않으려고 하는데도 할머니가 한사코 우산을 챙겨 주었다. 할머니 말을 듣기를 잘 한 것 같다는 생각이 냉면집에서 나오면서 들었다. 이틀 연속 진주성을 가지만, 오늘은 어제와는 다른 기분이다. 어제 동비에게서 들었던 노성의 윤 달규라는 사람과 비차 이야기 때문에 진주성과 진주성 대첩이 특별하게 느껴졌기 때문이다.

유키타가 어제도 다녀간 곳을 왜 또 오고 싶어 하는지 유연은 궁금했다. 보여 줄게 무엇일지도 궁금해서 냉면집을 나오자 마음이 조급해졌다. 아직 비가 내리진 않지만 꿉꿉한 기운에 흙냄새가 묻어났다. 창렬사 가파른 계단을 오르고 사당 앞에 서자 유키타는 돌계단 한쪽에 앉기를 권했다. 비가 오려고 해서인지 서늘한 기운이 감돌았는데 청바지 뒷주머니에서 손수건을 꺼내 펼쳐 주는 유키타 때문에 마음이 따뜻해졌다.

"보여주고 싶다는 게 뭐에요? 어제부터 내내 궁금했는데."

"음. 아마도 이걸 보여주려고 유연씨를 만난 게 아닌가 싶네요. 세상엔 이유 없는 우연이라는 건 없다는 어머니 말을 이번에 제대로 실감하게 되었어요."

"그렇게 말씀하시니 더 궁금한데요?"

유키타는 메고 온 가방에서 조심스럽게 무언가를 꺼내 들었다. 비단 같은 천을 풀자 옛날 책 같은 것이 보였다. 고서는 한눈에도 예사롭지 않게 보였다. 표지에는 일본어가 적혀 있었다.

"분로쿠 케이쵸의 역, 조선 경상도 진주목 진주성. 텐쇼 20년, 분로쿠 원년, 1592년."

고등학교 제2외국어로 일본어를 배우기도 했고, 편찬위 일을 하면서 사료해석을 할 때 따로 일본어를 공부했었다.

"이건 임진왜란 때의 기록이군요. 이렇게 오래된 기록물을 어떻게 유키타씨가 가지고 있나요?"

진주성이라는 지명이 있어서 더욱 유연을 긴장하게 만들었다.

"집안에 대대로 전해져 오는 기록물입니다. 집안 직계 어른이 아마 이때 역사 기록관으로 계셨던 모양이에요. 진주성 싸움에 참여하고 기록을 맡으셨던 모양인데, 당시 제출하지 못하고 가지고 계셔야 했던 사정이 있었다고 합니다. 그 역사기록관이 아가타 준세이셨어요."

"오랜 시간이 지났는데도 보관이 잘되어 있네요. 대단해요."

"내용을 오픈해서 꺼내 놓기가 쉽지 않았죠. 세월이 흐르면서 이것을 객관적 사료라고 보기 보다는 개인적인 기록이라고 보는 학자들이 있기 때문이기도 하고 기록내용이 쉽게 내놓을 만한 것도 아니었어요. 어쨌든 진주성 1차 전투는 패배한 전쟁이었으니까요."

혹시라도 고서에 흠집을 낼까봐 최대한 천천히 첫 장을 넘겼지만, 속으로는 빨리 마지막 장까지 훑어보고 싶었다.

"진주성 1차 전쟁에 대한 기록이군요. 날짜를 보니. 제가 일본어는 기본 정도로 밖에 하질 못해서. 제대로 해석이 될지 모르겠어요."

"다른 건 천천히 봐도 될 것 같은데…"

유키타는 몇 장을 더 넘겨서 그 곳부터 읽어보길 권했다. 유연이 읽고 해석을 하려는 동안, 옆에서 설명을 곁들였다.

"어제 동비씨가 만들었다던 장식물을 보고 좀 놀랐어요. 여기 기록에 보면 비슷한 그림과 설명이 있어서요."

눈으로는 기록물을 보고 있고, 귀로는 유키타의 말을 들으며 유연의 눈빛이 심하게 흔들렸다.

"이건 어쩌면 비차를 보고 썼던 기록이 아닐까 싶은데요. 묘사가 정확하게 일치해요. 안타깝게도 우리나라의 고문서나 역사서에는 설계 도면이 남아 있질 않거든요. 다 글로만 설명 되어있어요. 그것도 구전형식으로 전해져 내려온 이야기를 기록한 것이다 보니 인정을 받질 못하는 거죠."

격앙된 목소리로 말을 하면서도 눈은 여전히 고서에서 떠나질 못하고 있다.

"대충 그려진 것이긴 해도 이렇게 그림이 남아 있다는 게 너무 흥분 되요."

유연의 눈에 눈물이 그렁거리는 것을 보고 유키타는 당황했다. 손수 건을 돌계단 위에 깔아주는 바람에 건넬 손수건도 없었다. 잠시 말을 걸지 않고 혼자 볼 수 있게 둬야겠다고 생각했다. 그렇지 않아도 유연은 유키타의 존재도 잊은 채 고서의 내용에 빠져들었다.

'그것 봐. 맞잖아. 분명이 있었다고. 이렇게 오래전에 비행기가 만들어 진거라고.'

'그런데 이걸 유키타에게 공개하자고 하면 해줄까? 이 기록을 공개하면 혹시 일본 본가에서 싫어 할 수도 있지 않을까?'

유연은 짧은 시간에 많은 생각이 들어서 혼돈스러웠다. 욕심이 나긴 했지만 주인은 유키타이고, 유키타의 집안 이었다.

"그런데 이걸 저한테 보여주시는 이유가 있나요? 집안에서 대대로 보관한 것이라면 이렇게 개인적으로 그것도 한국에서 공개한다는 것은 아무래도 신경 쓰이는 일이었을 텐데."

"유연씨가 해마다 진주성과 창렬사를 찾는 걸 보고 그만큼 한국의 역사에 애정이 깊은 사람이라는 것을 알았어요. 그리고 진주성은 저의 부모님에게도 특별한 곳이지요. 일본인과 한국인을 부모로 둔다는 것은 여러 가지로 복잡한 일이에요. 특히 저는 더 그걸 느끼면서 컸어요."

"네. 아무래도 역사적인 갈등이 있기 때문이죠? 한국인의 반일 감정은 어쩔 수 없이 있을 수밖에 없는 거니까요. 피해자와 가해자가 동시에 나의 부모가 된다는 게 어떤 느낌일지 잘은 모르지만."

"물론 나의 세대에 일어난 일은 아니지만 묻어두고 넘길 수 있는 역사는 아니니까요. 집에서도 아버지와 어머니는 거리낌 없이 저에게 이야기를 해줬어요. 어릴 때부터 한국과 일본에 관련한 역사이야기를 많이 나누고 자랐죠."

"그랬군요. 대단하신 분들이에요."

"하지만 저도 은연중에 스트레스가 있었어요. 그걸 푸는 방법이 여길 오는 것이었어요. 그러다가 우연히 이순신 장군에 대해서 알게 되었고, 충렬사에도 갔던 거구요."

"어머니와 아버지의 입장을 다 이해한다는 것이 힘들었을 것 같네요."

"진주성은 부모님이 만난 사연 있는 곳이기도 해서 더욱 마음이 편해요. 이 책은 제가 대학을 졸업할 때 아버지가 저에게 주셨어요. 세상에 내 보일 때가 언제일지 결정하는 권한을 저에게 넘기셨죠."

아직 흥분이 가시지 않은 유연은 유키타의 말에 묻고 싶은 것이 더 있었지만 쉽게 말을 꺼내지 못했다.

"실은 제가 지금 맡아서 하는 프로젝트가 비차에 관련된 것이기도 해요. 원래 서울에 본사가 있어서 거기서 일을 하는데 진주에 특별히 일 년간 출장을 와 있어요. 비차와 관련한 자료들이 진주에 좀 더 많이 남아 있거든요. 그런데 흡족할 만한 성과가 없었어요."

유연의 눈길이 기록서로 향했다. 객관적인 증거물이 될 수 없다 하더라도 일본역사 기록물에 이렇게 중요한 내용이 남아있다는 것 자체가 큰 이슈가 될 수도 있는 것이었다. 유키타가 난처해 질수도 있다는 생각과 부담을 주고 싶지 않다는 생각이 들어서 쉽게 이야기를 꺼내질 못하는 것이다.

"참 신기하네요. 유연씨를 만나 이야기를 나눌수록 제가 여길 와야 했던 이유가 명확해지네요. 아까도 말했지만 이유 없는 우연은 없다는 말. 하하."

"몇 번 만나진 않았지만 약속을 한 것도 아니었고 일 년에 한번이었으니까 그렇게 생각이 들 수도 있겠어요."

흙냄새가 더 많이 올라오더니 빗방울이 떨어지기 시작했다. 유연은 화들짝 놀라서 고서를 품에 안고 일어났다. 유키타가 유연의 우산을 펴서 들고 둘은 서둘러 진주성을 나왔다. 동비와의 약속 시간이 다 되어가기도 했다. 유키타는 우산을 둘이서 같이 쓰자니 어색해서 어깨가 다 젖을 만큼 우산을 유연 쪽으로 기울였다. 하지만 유연은 고서에 대한 생각으로 그런 것을 생각할 겨를이 없었다.

"잠시 만요. 보자기를 주시겠어요? 책을 다시 쌀게요. 가방에 다시 넣어가는 게 좋을 것 같아요."

그제야 우산은 거의 본인에게 기울어져 있고 유키타의 반쪽은 비에 젖고 있는 것이 보였다.

"세상에. 비를 다 맞으셨네요. 이거 가방에 넣으시고 이쪽으로 오세요."

고서를 정리해서 가방에 넣고 더 세진 빗줄기를 피하기 위해 어쩔 수 없이 붙어 섰다. 약속 장소는 진주성에서 가까운 곳이라 금방 도착했다. 카페 문을 열고 들어서자 커피 향과 함께 달큰한 한과냄새가 났다.

*** 

 아직 동비는 와 있지 않았다. 한과와 커피를 시키고 둘이 먼저 자릴 잡았다. 카페에서 한과를 파는 아이디어는 참 참신하다고 생각했다. 비가 와서 그런지 커피향이 더 짙게 느껴졌다.

 "비가 오면 달달한 게 생각이 나요. 이상하게도. 유키타씨는 어때요?"

 "전 단 걸 즐기는 편은 아니지만 유연씨 이야길 듣고 보니 달게 먹고 싶네요. 설탕을 조금 넣어보겠어요."

 뜨거운 커피가 한 모금 들어가자 찬바람과 비에 얼었던 몸이 녹았다.

 "아까 보여주신 책, 동비에게도 보여 줘도 될까요? 동비도 보면 좋아할 것 같은데."

 "그럼요. 셋이 같이 보자고 한 것도 그러려고 했던 겁니다. 그리고 이 책에 대한 권리는 저에게 있어요. 제 마음이죠. 하하."

 동비가 오면 함께 봐도 되겠지만 유연은 다시 그 내용과 그림이 보고 싶어서 유키타에게 꺼내 주길 부탁했다. 웃으며 가방에서 고서를 꺼내주는 유키타를 가만히 보던 유연은 물었다.

 "이거 보여 주시는 이유 있으시겠죠? 제가 하는 프로젝트에 참고문헌으로 써도 되는지…"

 "하하. 유연씨 아까부터 그걸 묻고 싶었죠? 얼굴에 다 나타나는데 언제 말 하려나 하고 기다렸습니다."

"죄송해요. 제가 욕심이 나서."

"유연씨와 동비씨에게 보여 주겠다고 결심했을 땐 이 고서를 세상에 내놓아야겠다는 결심이 섰기 때문입니다. 이제 때가 왔다고 생각했어요."

그때 마침 카페 문을 열고 동비가 허겁지겁 들어섰다. 늦어서 미안하다는 인사를 하고 자기 몫의 커피를 사 들고 유연의 옆에 앉았다. 눈길이 자연히 유연의 손에 있는 고서에 가 닿았고, 커피를 들고 있던 손이 잠시 흔들렸다. 커피 잔을 탁자위에 얌전히 내려놓고는 몸을 아예 책 쪽으로 구부려서 고서를 살폈다.

"이게 뭐야? 난 일본어는 잘 몰라서. 이 그림은?"

설계도면을 본 동비는 유연의 의사를 묻지도 않고 고서를 유연의 손에서 앗아갔다. 그런 동비의 모습이 재미있어서 아무 말 없이 보고만 있었다. 유연과 유키타는 눈이 마주치자 피식 웃음을 흘렸다. 그제야 동비는 얼굴을 들고 고쳐 앉았다.

"앗. 미안해요. 너무 신기해서. 이건 아마 유키타 씨의 책?"

"괜찮습니다. 보세요. 일본의 오래된 기록서 같은 겁니다. 임진왜란 당시 진주성 전쟁을 기록한 것입니다."

"그래요? 그런데 이 그림은…"

"비차. 맞지? 딱 봐도 알겠지? 당시 비차가 사용됐다는 걸 알 수 있는 기록이야. 물론 개인 집안에서 소장되어져 왔기 때문에 아직 알려져 있는 건 아니고."

"유키타씨 집에 보관되어져 있던 건가요? 아니면 개인 박물관에?"

"우리 집안에서 대대로 전해져서 내려 온 겁니다. 아가타 준세이라는 분이 이 기록을 하셨죠. 직속 장남에게 전해져 오던 것인데 제가 대학을 졸업할 때 아버지로부터 물려받았습니다."

"그렇군요. 글은 읽을 줄 모르지만 그림만 봐서도 한 눈에 알아보겠어요. 유연아, 해석 좀 해줄래? 어떤 내용인지?"

유연은 창렬사에서 봤던 내용을 간단하게 요약해서 동비에게 들려주었고, 셋은 커피가 식어가는 것도 잊은 채 비차 이야기를 계속했다. 동비도 유연과 마찬가지로 제일 궁금했던 건 이 책을 보여주는 이유였고, 유연이 눈치 채고 유연의 프로젝트에 활용할 것이라고 답해주었다. 한 시간 넘게 비차가 나온 부분을 보고 또 보고 하면서 셋의 이야기는 끝날 줄을 몰랐다.

"책 닳겠다. 그만 봐. 유키타씨, 다시 보자기에 싸서 넣어주세요. 이러다 동비 손에 책이 남아나질 않을 것 같네요. 하하."

"야! 하하. 여기 있습니다. 고등학교 시절부터 가지고 있던 궁금증이 해소되었습니다. 꽉 막힌 속이 뚫렸어요. 덕분에. 감사합니다."

"어제 동비씨가 만든 장식 고리를 보고 깜짝 놀랐던 건 이것 때문이었습니다. 상상해서 만들었다고 하셨는데 너무 비슷해서요."

"그러네요. 너 진짜 대단하다. 그걸 기록에 남아있는 짧은 문장 몇 개를 보고 만들었다니."

동비 자신도 놀랐다. 엉성하게 만들었다고 생각했었는데 모양이 그림의 도면과 흡사했다. 그 도면만 있다면 더 정교하게 만들 수 있을 것 같았다. 벌써 머리로는 다시 만들 펜던트의 모양과 쓰일 재료들이 빠르게 정리되어 가고 있었다. 그래서 유연과 유키타 눈에는 딴 생각을 하고 있다는 것이 바로 보였다.

"무슨 생각해? 이 책 들고 도망이라도 가려는 건 아니지?"

"에이, 무슨?"

"정색을 하는 거 보니깐 더 이상한데? 솔직히 말해봐. 무슨 생각을 그렇게 한 거야?"

"다시 비차모양의 펜던트를 만들고 싶어서. 저… 유키타씨! 이 책에 그려진 도면을 보고 펜던트를 만들어도 될까요?"

"그럼요. 제가 여러분에게 보여 드린 건 다 같이 봐야겠다는 생각이 들어서입니다. 얼마든지요. 대신 저에게도 하나 만들어서 선물로 주시면 감사하겠습니다. 부모님께 선물로 드리고 싶어서요."

"당연하죠. 부모님께서 진주로 오신다면 저희 할아버지 공방에도 모시고 싶어요. 지금은 어머니가 공예가로 계시지만 한국의 전통 공예품이 많이 있습니다."

"나도 가보고 싶은걸. 우리 꼭 다 같이 만나서 공방에 놀러가죠. 아마 유키타씨 어머님이 많이 좋아 하실 거예요."

커피가 다 식어서 다시 새로 주문을 하고 한과를 먹었다. 동비는 커피 값을 계산하면서 한과 선물세트를 사서 유키타에게 일본에 계신 부모님께 드리라며 주었다. 다음 날 유키타는 일본으로 돌아갈 일정이 잡혀 있었다.

"내일 가셨다가 조만간 꼭 들어오셨으면 좋겠어요. 멀다면 멀고, 가깝다면 가까운 곳이네요. 이 고서는 이번에는 들고 가시구요. 부모님께 허락을 받고 오시면 그때 제가 활용해서 쓸게요."

"유연씨 말씀 듣고 보니 그렇게 하는 게 좋겠군요. 일주일 후 주말에 오도록 하겠습니다. 그때는 셋이 밥을 한번 먹도록 하죠. 촉석루에서요."

"제가 두 분께 많은 신세를 진 것 같으니 이번엔 맛있는 저녁을 상다리 부서지게 준비하겠습니다. 호호."

이틀이 두 달처럼 길게 느껴졌다. 서로 인사를 하고 유키타는 다른 방향으로 갔고, 동비는 유연의 식당에서 저녁 약속이 있다며 함께 촉석루로 향했다.

"중요한 손님이라고 했지?"

"응. 이번에 행사한 컨퍼런스에서 중요한 발표를 했던 박사야. 독일에서 온 박사인데 개인형 자율 비행기 분야에서 알아주는 사람이야. 독일에서 살긴 해도 한국 사람이야."

"그래? 그런데 우리 식당에서 접대를 한다고?"

"응. 한국 전통 음식을 대접하고 싶어서."

"한국말은 좀 해?"

"잘하던데."

"엄마한테 신경 써서 상차림을 해달라고 해야겠다. 너도 그 박사한테 잘 보이고 싶을 테지?"

"내일 기술협약에 관한 미팅이 있어. 독일이 이 쪽 방면으로 선두 주자라고 할 수 있지. 우리나라도 늦은 편은 아니지만 아직 부족한 분야가 있거든. 독일과 협약 한다면 빠른 시간에 자율비행기 개발이 가능해 져. 그래서 중요한 손님이라고 할 수 있지."

"입맛에 맞아야 할 텐데. 나까지 긴장되는데. 얼른 가자."

유연이 서두르는 바람에 약속 시간보다 이십분 일찍 도착했다. 유연은 바로 주방으로 가서 어머니에게 자초지종을 설명하고 음식에 더 신경 써 달라고 부탁했다. 할머니도 하동댁을 시켜 내실을 한 번 더 정리하게 했다. 동비는 식당 문 앞에서 손님을 기다리고 있었다. 비가 조금 그치는 것 같더니 다시 후두둑 떨어졌다.

"어서 오세요. 제가 모시고 와야 하는데 찾기 힘드셨던 건 아닌지."

"아닙니다. 택시기사가 잘 알더군요."

그렇게 말하면서 정 박사는 식당 입구에 서서 들어갈 생각을 하지 않고 계속 촉석루의 고풍스러운 대문만 쳐다보고 있다. 택시에서 내릴 때부터 우산을 쓰고 있지 않아서 비가 외투위에 떨어지고 있는데도 비를 피할 생각도 하지 않고, 대문을 뚫어져라 보기만 했다. 동비는 혹시 무슨 실수라도 했나 싶어 놀라면서 정 박사의 팔꿈치에 손을 슬쩍 대면서 지붕 안쪽으로 당겨 서길 권했다.

"왜 그러세요? 제가 무슨 실수라도? 비에 맞겠습니다. 안으로 들어가시죠."

"네. 잠시만요. 여긴 그대로 군요. 삼십년 가까이 지났는데도 말입니다."

"여길 아시나요? 이곳은 굉장히 오래전부터 운영되어온 식당으로 알고 있습니다."

"혹시 주인이 바뀌거나 한 적은 없나요?"

"그대로 인걸로 압니다. 여기 손녀가 제 고등학교 시절 친구입니다. 저도 어제 우연히 알게 되었지만요."

그 말을 듣자 정 박사는 발걸음을 떼지 못하고 더욱 굵어지는 비를 피하지 않고 그 자리에 우뚝 섰다. 무슨 영문인지는 모르겠지만 계속 비를 맞게 할 수는 없어서 동비는 정 박사를 억지로 식당 안으로 밀고 들어갔다.

"비가 많이 옵니다. 일단 안으로 들어가시죠."

"네. 죄송합니다. 놀라게 해서."

식당으로 들어서면서 정 박사는 얼굴을 숙이고 정면을 보지 않고 안내하는 내실로 들어갔다. 그러면서도 식당 홀 안의 사람들을 빠르게

살펴봤다. 안도의 한숨을 내쉬는 것 같은 정 박사의 모습에 동비는
궁금함이 더해졌다. 내실에는 몇 가지의 정갈한 식전 음식이 차려져
있었다. 방석 위에 앉자마자 정 박사는 손수건을 꺼내 이마에 땀을
닦았다. 비인지 땀인지 알 수 없었지만 땀인 것 같다고 동비는 생각
했다. 무슨 이유가 있긴 한 것 같지만, 개인적인 일일 수도 있으니 섣
불리 물어볼 수도 없었다.

"컨디션이 나빠 보입니다. 혹시 오는 길에 무슨 일이라도 있었나요?
아니면 요 며칠 일정이 피곤해서 그러신지?"

"네. 좀 피곤하군요. 조금 있으면 괜찮아 질 겁니다. 그런데 여기 식
당의 손녀분과 친구라고요?"

"네. 고등학교 때 함께 동아리 활동을 했던 친구인데 어제 우연히 여
기서 만났습니다. 학교 다닐 때는 여기 사는지 몰랐거든요."

잠깐 동안 말이 없던 정 박사는 '그렇군요.'라며 중얼거렸다.

"따뜻한 차를 먼저 한잔 하시겠습니까? 안색이 안 좋아 보입니다."

"네. 부탁드립니다."

동비는 호출 벨을 눌렀다. 홀 서빙하는 분이 와서 필요한 것을 묻자
식사는 조금 늦게 시작하겠다고, 차를 먼저 내달라고 부탁했다.

"이상하게 생각하실 거는 아는데, 여기 친구 분 이름을 물어봐도 될
까요? 제가 아는 사람 같아서."

"유연입니다. 이유연."

"이유연. 예쁜 이름이군요."

분명히 유연과 관계가 있는 사람이 틀림없어 보였다. 그때 문 밖에
서 인기척을 내는 소리가 났다. 문이 열리고 차를 들고 있는 유연이
보였다. 식당이 바쁠 때는 도와주기도 한다던 말이 생각났다.

"안녕하세요. 여기 차부터 드리겠습니다. 동비야, 음식은 치웠다가 다시 내올게."

"고마워. 박사님 여기 이 친구가 이 유연입니다. 아까 말씀드린."

정 박사의 얼굴이 창백해지면서 유연 쪽으로는 보지도 않고 인사를 했다.

"안녕하세요. 동비씨의 친구 분 이시라고 들었습니다. 반갑습니다."

목소리가 많이 떨렸다. 유연은 의아해 하며 차를 탁자위에 올려놓고 차려진 식전 음식들은 거두었다. 독일에서 오래 살다 와서 한국말이 서툰가보다 라고 생각했다.

"말씀 나누세요. 식사는 원하실 때 말씀해주세요."

유연이 나가고, 동비와 정 박사는 십여 분 아무 말 없이 차만 마셨다. 먼저 말문을 연 것은 정 박사였다.

"미안하군요. 제 개인적인 사연이 있습니다. 이제 진정이 되었으니 내일 있을 회의 이야기를 나누고 싶군요."

"네. 개인적인 일이라고 하시니 저도 더 이상 걱정하지 않겠습니다. 혹시 어디 몸이 안 좋으신가 했어요."

둘은 자율비행기 기술협약에 관한 이야기를 하는 것에 집중했다. 정 박사는 좀 전과는 달리 흔들림 없이 사업적인 이야기를 이어갔고, 내일 있을 회의에 관해 궁금한 점과 동비에게 따로 알려 주고 싶은 이야기를 주고받았다.

한 시간이나 흐른 후에야 저녁 식사를 시작했다. 유연의 부탁 때문인지 어제보다 음식이 더욱 맛깔스럽고 가짓수도 많았다. 한 젓가락씩만 먹어도 배가 부를 지경이었다. 정 박사는 의외로 음식을 잘 먹었다. 오랜만에 먹는 한국의 음식이라서인지 더 정성을 들여서 먹는 것처럼 보였다.

 회의에 관한 이야기를 할 때처럼 음식을 먹을 때도 먹는 것에만 집중했다. 문어, 낙지, 전복, 가오리 등을 넣은 해물 찜과 해산물, 쇠고기, 고사리, 도라지 등을 겨자에 무친 조선 잡채는 이곳에서만 맛볼 수 있는 특별한 음식이다. 전복에 야채를 넣고 소금물을 부어 발효시킨 전복 김치도 진주교방음식을 대표하는 메뉴 중 하나이다.

 동비는 정 박사가 어쩌면 진주 사람일 수도 있겠다는 생각을 했다. 그래서 이곳을 예전부터 알고 있을 수도 있지 않을까 싶었다. 식사가 끝나고 동비는 정 박사를 숙소까지 모셔다 드리겠다고 했지만 한사코 마다했다. 혼자 따로 볼 일이 있다고, 먼저 들어가라고 했다.

 나오면서 할머니께 인사를 드리려고 했지만 늦게 식사를 마쳐서 할머니는 이미 안채로 들어가셨고, 마침 유연의 어머니도 안계셨다. 유연이 식당 카운터에 앉아 뒷정리를 하고 있었다. 그런 유연을 정 박사는 안경 너머로 조심스럽게 쳐다봤다.

 "맛있게 드셨나요? 입에 맞으셨으면 좋겠어요. 동비가 신경 써 달라고 부탁을 어찌나 하는지. 하하."
유연의 발랄한 웃음에 한 박자 늦게 답을 했다.

 "정말 맛있게 잘 먹었습니다. 하나하나 다 좋았습니다. 저, 혹시 할머님을 좀 뵐 수 있을까요? 제가 인사를 드리고 싶은데."

 "할머니를 아세요? 지금 안채에 들어가셨어요. 독일에 계신다고 들었는데."

 "네. 독일로 가기 전에 여기 진주에서 살았습니다. 그때 알던 분입니다. 부탁드립니다."

 동비는 정 박사의 요청대로 먼저 촉석루에서 나왔다. 유연은 안채의 할머니를 모시러 가면서 누구인지 궁금해졌다. 이상하게 안면이 있는 것처럼 느껴지는 것이 예전부터 알던 사람 같기도 했다. 집안 친척인가 싶기도 했고, 식당의 단골이었던 손님이었나 싶기도 했다.

할머니는 어머니와 함께 매상 장부를 정리하고 있었다. 유연이 동비와 함께 온 손님이 할머니를 뵙고 싶어 한다고 하자 어머니도 함께 식당으로 나섰다. 동비 손님이긴 해도 누군지 잘 모르는 낯선 사람이니 할머니와 단 둘이 만나게 하는 게 마음이 놓이지 않았기 때문이다.

유연도 함께 하려다가 그냥 안채에 남았다. 오늘은 쓸 일기거리가 너무 많아서 밤을 새도 모자랄 지경이었다. 얼른 다락방에 올라가 정리하고 싶었다. 다음 주에 노성도 가야했고, 새로운 정보를 얻었으니 이 규경의 '비차변증설' 해석도 서둘러야 했다.

정 박사는 식당 홀에서 하동 댁이 다시 내온 차를 마시고 있었다. 할머니와 어머니가 들어서는 걸 보고는 퇴근한다며 하동 댁은 인사를 하고 나갔다. 정 박사는 자리에서 벌떡 일어나서 구십 도로 허리 숙여 인사를 했다. 언뜻 봐서는 누구인지 알 수가 없었다. 할머니는 아무리 봐도 누군지 모르겠다는 표정이었고, 가까이에 가서 자세히 보던 어머니는 부르르 몸을 떨며 의자에 털썩 주저앉았다.

"여긴 어떻게 왔어요? 다시는 오지 말라고 했을 텐데?"

"대체 누구신지?"

어머니는 정색을 하며 정 박사를 쳐다봤다. 세월이 많이 흘렀지만 어릴 적 눈매와 야무진 인상은 그래도 남아 있었다.

"어머니, 유연이 생부예요. 옛날 유연이 고모와 만났던."

할머니는 혹시 유연이 나올까봐 안채로 연결된 문을 쳐다보며, 작은 소리로 말했다.

"조용히 하거라. 유연이 들을라. 이보시게 이제 와서 여길 온 연유가 무언가? 제발 조용히 돌아가 주게."

할머니는 의외로 차분한 목소리로 흥분한 어머니를 나무랐다. 그리고 앞에 있는 정 박사를 똑바로 쳐다보지 않고 이야기를 했다. 인정하고 싶지 않은 것은 긴 세월이 흘렀어도 여전한 모양이었다.

"일부러 오려고 한 것은 아니었습니다. 윤동비군이 이곳에서 저녁을 먹자고 초청했을 때 혹시나 했었지요. 세월이 삼십 년 가까이 흘렀으니 이곳도 변했을 거라고 생각했습니다. 여기 계속 계실 줄은 몰랐습니다."

할머니와 어머니의 눈에서는 눈물이 흘러 내렸다. 아마도 딸이자 시누이인 유진 생각이 나서일 것이다. 세월이 약이라고는 하지만 자식을 보낸 아픔은 세월이 지나면 희석될 뿐이지 사라지지는 않는다. 잊고 있었다. 유연은 정진과 수현의 딸이라고 머릿속에 각인하며 살아왔다. 깊게 생각하지도 않았다. 당연히 정진과 수현의 딸이고 노부인 미령의 친 손주였다. 정 박사는 이들에게 그래서 불안한 존재였다. 유연이 알까봐 두려웠다.

"걱정 마세요. 유연이, 예쁘게 컸더군요. 저는 독일에서 자리를 잡고 살고 있습니다. 결혼도 했습니다. 유진이를 잊었다는 말은 하지 못합니다. 본 적 없는 딸아이를 생각하지 않았다면 거짓말이겠지요. 하지만 결코 돌아 올 생각은 없습니다."

"절대 유연이는 알게 하고 싶지 않네. 혼란만 줄 뿐이네. 지금 얼마나 평온하고 행복한 줄 아는가? 서울에서 좋은 직장생활을 하고 있어. 제발 그냥 조용히 돌아가 주게나."

"그럼요. 염려 마십시오. 독일에서 열심히 살고 있습니다. 하지만 한

번은 보고 싶었어요. 가정에 충실하고 아이들에게 좋은 아빠가 되기 위해 최선을 다하고 있지만, 그러면 그럴수록…"

결국 정 박사도 눈물을 흘렸다. 할머니는 혹시라도 유연이 나올까봐 울음을 참으며 마음을 다잡았다. 어머니는 유진과 앞에 있는 정연우가 가엾다는 생각이 들어서 참아도 눈물이 계속 흘렀다. 정 박사, 연우는 그간 참았던 눈물을 한꺼번에 쏟아냈다.

"댁을 그리 매몰차게 보냈던 건 어쩔 수 없는 선택이었습니다. 그땐 그럴 수밖에 없었어요. 독일에서 가정을 꾸리고 잘 산다고 하니 마음 한곳에 있던 무거운 짐 덩어리 하나를 내려놓은 것 같아 고맙습니다. 동비 말을 듣자니 오늘 접대를 받는다고 하던데, 직장도 번듯한 것 같고요."

"네. 이 악물고 일했습니다. 독일에서 공부하고 박사학위도 땄습니다. 그때는 유진의 오빠가 많이 원망스러웠지만 지금 돌이켜 보면 감사한 일이죠. 유진도 없이 혼자 아이를 키우며 살 수가 없었겠죠? 저를 위한 선택이기도 했을 것이라는 것을 나중에서야 알게 되었습니다. 감사합니다. 흑흑."

할머니는 정 박사의 손을 잡아주었다. 세월이 약이라는 것은 이럴 때는 맞는 말이다. 세월이 흘러가고 나이를 먹어야 이해할 수 있는 일이 있기 때문이다. 정 박사와 할머니, 어머니는 한참을 울었다. 먼저 간 한사람이 생각났고, 남아 있는 유연이 애틋해서였다.

"이제 진짜 볼일이 없었으면 하네. 여기 내 며느리가 유연의 엄마야. 유연은 정 유연이 아니고 이 유연일세. 자네도 독일에서 더욱 잘 살아주길 바라네. 그게 유진이와 유연이를 위한 길이야."

"잘 알겠습니다. 진주에는 사업 때문에 올 일이 더 있을 것 같지만 여기는 이제 오지 않겠습니다. 유연은 가슴에 묻고 가겠습니다."

 겨우 울음을 그치고 정 박사는 식당 바닥에서 할머니에게 큰절을 올렸다. 정 박사가 돌아가고 나서도 할머니와 어머니는 한참을 넋을 놓고 있다가 안채로 들어갔다.

***

 유연은 일 년 간의 진주에서의 프로젝트를 성공적으로 끝내고 다시 서울로 돌아갔다. 국사편찬위원회에서는 일 년에 한번 성과가 좋거나 특별한 업적을 이룬 연구원을 뽑아서 우수상을 시상한다. 이번엔 당연히 유연이 받았다.

 비차에 관한 사료 해석과 일본의 역사기록물을 재해석한 성과는 한국에서 뿐 아니라 일본에서도 가치가 있는 일이었다. 상금도 받게 되어 기분 좋았지만 무엇보다 편찬위원회 회의실에 이름을 걸 수 있다는 것이 더 큰 뿌듯함이었다. 우수상을 받은 연구원의 명패가 벽면에 걸리는 것이다. 명패가 걸린 연구원 중 유연의 나이가 가장 어렸다. 이래저래 한 해 동안의 고생이 다 잊혀 질 만큼 기뻤다.

 오늘은 다시 진주로 내려가는 길이다. 편찬위원회에서는 진주로 다시 유연을 발령 내고, 남은 이규경의 고서들의 해석을 유연에게 일임했다. 서울에서도 가능한 일이었지만 진주에 본가가 있는 유연을 배려해서 결정된 일이었다.

 할머니와 어머니는 잘 된 일이라며 벌써부터 유연의 방 청소를 해두었다. 그리고 또 좋아한 사람이 있었다. 동비였다. 동비는 지난 번 개최한 컨퍼런스 후 일이 잘 진행되어 독일에도 다녀오고 바쁘게 지냈다.

같이 기술 협력을 하기로 했던 정필립이라는 박사와도 이야기가 원활히 진행되고 있는 모양이었다. 동비는 모든 게 유연의 식당에서 저녁을 접대한 것이 크게 작용한 것 같다며 유연에게 너스레를 떨었다.

오늘은 진주에서 동비와 유키타를 만나기로 했다. 상 받은 기념으로 유연이 한턱내기로 했다. 물론 촉석루에서. 유키타는 고서가 알려지고 일본에서도 더욱 활발히 고고학자로서 활동을 하게 되었다. TV에도 출현해서 유명세를 톡톡히 치르고 있다고 했다.

오늘 모이면 축하할 일이 많게 생겼다. 사천으로 가는 비행기 안에서 그간의 일들이 떠올라 웃지 않을 수 없었다. 동비의 동생 동희에게 부탁해서 비차 펜던트도 대량으로 만들어서 구매할 참이었다. 편찬 위원회에서는 유연에게 진주 발령을 내리면서 한 가지 더 새로운 일을 추진하게 했다. 진주대첩과 진주성을 배경으로 하는 행사를 만들어 보라는 것이었다.

동비와 통화를 하던 중 동희가 요즘 공방마케팅에 열심이라는 말을 듣고 갑자기 아이템이 떠오른 것이다. 비차 펜던트를 기념품으로 제작해서 비차 알리기 행사를 열 계획을 세웠다. 동비의 회사와 협업해서 자율비행기와 관련된 전시와 체험도 함께 할 생각이었다. 유키타에게는 비차의 도면이 그려진 고서를 전시하면 좋겠다고 의견을 물었고, 흔쾌히 도와주겠다고 답이 왔다. 오늘 세 사람이 모이면 그 행사에 관한 의논을 할 참이었다.

어느새 비행기의 창 아래로 사천 시내가 보이기 시작했다. 수화물 찾는 곳에서 캐리어를 찾았다. 서울에서 사용한 것들 중에 쓸 만한 것만 골라서 쌌는데도 큰 캐리어 두 개나 되었다. 힘겹게 밀고 나가는데 멀리서 유연을 부르며 손을 흔드는 모습이 보였다. 그가 동비인지 유키타인지 알 수 없었지만 손에 든 클러치에 매달린 고리에서 비차 펜던트가 눈에 띄게 흔들거렸다. 비차와 함께 앞으로의 세 사람의 비전도 밝게 펼쳐질 것이다.

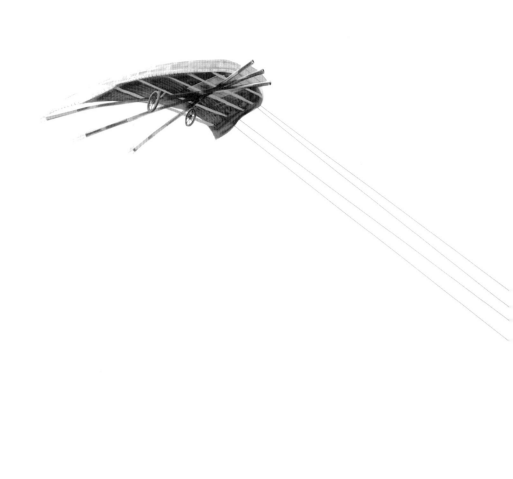

# Ⅵ. 특별부록

비차 구상도 – 하상균

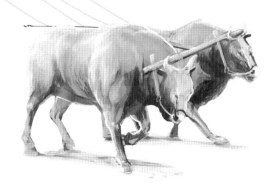

# 비차 구상도

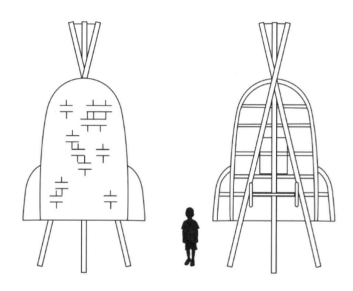

▲ 바람을 일으키는 키(대나무, 한지, 비단)를 활용

▲ 사람이 타는 곳

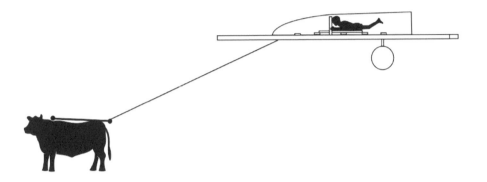

▲ 소와 바람, 신기전을 이용하여 비행

▲ 측면도

발행일 : 2019.09.30

지은이 : 김윤이 · 하상균 · 이상석

펴낸곳 : 도서출판 곰단지

펴낸이 : 이화엽

편집 : 이문희

디자인 : 이수미

주소 : 경남 진주시 동부로 169번길 12 윙스타워 A동 1007호

TEL : 070-7677-1622

FAX : 070-7610-7107

가격 : 15,000 원